FRANKENSTEIN

Mary Wollstonecraft Shelley
FRANKENSTEIN
— Oder: Der moderne Prometheus —

AuraBooks

– Bibliografische Information der Deutschen Nationalbibliothek –
Die Deutsche Nationalbibliothek verzeichnet diese Publikation in
der Deutschen Nationalbibliografie; detaillierte bibliografische Daten
sind im Internet über http://dnb.d-nb.de abrufbar.

IMPRESSUM

ISBN: 978-3750460423

**MARY WOLLSTONECRAFT SHELLEY: FRANKENSTEIN
ODER: DER MODERNE PROMETHEUS**

Originalausgabe 2020/2011 (Print & eBook) by © *AuraBooks*®

Aus dem Englischen übersetzt von Heinz Widtmann

Lektorat und Umschlaggestaltung: *textkompetenz.net*

Covermotiv: Promotion-Foto für den Film ›The Bride of Frankenstein‹,
1931, mit Boris Karloff; Public domain

Einleitung: Armin Fischer

Herausgeber: © AuraBooks | eclassica@aurabooks.de

Gesetzt aus der Garamond

Herstellung und Verlag: BoD – Books on Demand, Norderstedt

Dieses Buch gibt es auch als eBook,
z.B. im amazon Kindle Bookshop

Inhalt

Das Buch

DER EHRGEIZIGE STUDENT Viktor Frankenstein erschafft an der damals höchst renommierten Universität Ingolstadt mit Hilfe alchemistischer Methoden und der neu entdeckten Elektrizität aus unbelebter Materie einen künstlichen Menschen. Als dieser aber zum Leben erwacht, ist Viktor vom Ergebnis seines Experiments – es ist eine monströse, angsteinflößende Kreatur, die er erschuf – entsetzt und angewidert und flieht aus dem Labor. Bei seiner Rückkehr ist der Unhold verschwunden. Als Abkömmling der Menschheit und doch vollständig Ausgestoßener irrt das Monster durch die Welt, auf der Suche nach seiner Bestimmung. Doch mit wachsender Verzweiflung nimmt auch die Begierde nach Rache an seinem Schöpfer, der ihn feige im Stich ließ, zu ...

Die Autorin

MARY WOLLSTONECRAFT SHELLEY (1797–1851), aus einer Londoner Intellektuellenfamilie stammend, war ohne Zweifel eine der faszinierendsten Persönlichkeiten des 19. Jahrhunderts. Von Kindesbeinen an schrieb sie, angeregt durch ihre Eltern, die beide Schriftsteller waren, Kurzgeschichten. Und bereits im Alter von zwanzig Jahren gelang ihr einer der berühmtesten Romane aller Zeiten: ›Frankenstein – oder: Der moderne Prometheus‹. Das Buch entstand 1816 während eines Aufenthalts am Genfer See, in illustrer Runde, unter anderem mit Lord Gordon Byron, ihrem zukünftigen Ehemann Percy Shelley, John Polidori, der zur selben Zeit einen Vorläufer-Roman des späteren ›Dracula‹ schrieb, und mit weiteren Freunden.

Mary Shelley war eine für ihre Zeit außerordentlich fortschrittliche und unkonventionelle Frau, sie lehnte religiöse Dogmen ebenso wie gesellschaftliche Normen ab, gehörte wie schon ihre Mutter zu den ersten Feministinnen, glaubte an freie sexuelle Entfaltung und Individualismus. Ihr Leben war turbulent, neben ihrem Mann, der es nicht anders hielt, hatte sie Geliebte, verlor mehrere Kinder in frühem Alter, wurde von Depressionen heimgesucht, verbrachte viel Zeit an unterschiedlichen Orten auf dem Kontinent, insbesondere in Italien. Zeit ihres Lebens war sie eine Vielschreiberin und Herausgeberin der Werke ihres bei einem Segelunglück früh verstorbenen Mannes. Mary Shelleys Gesamtwerk – neben *Frankenstein* gibt es weitere eindrucksvolle Romane – wurde lange Zeit unterschätzt, doch die Wiederentdeckung hat begonnen und viele ihrer Romane sind in jüngerer Zeit neu erschienen. ✧

BEGLEITWORT DES HERAUSGEBERS

DER INDONESISCHE VULKAN TAMBORA spuckte nach einem gewaltigen Ausbruch – der größten Vulkan-Eruption seit 20.000 Jahren – Millionen Tonnen Asche in die Atmosphäre und sorgte für das legendäre ›Jahr ohne Sommer‹, 1816. In der Schweiz, in einer Villa am Genfer See, traf sich eine illustre Runde, die man, je nach Blickwinkel, als dekadente literarische Spinner, oder als geniale Vorfahren der Hippies bezeichnen könnte.

Im Zentrum der Gruppe: Mary Shelley, die spätere Autorin des *Frankenstein*.

Weil das Wetter so unselig war und überhaupt nicht zu Bergtouren und Spaziergängen einlud, verstieg man sich noch mehr in literarische Exkursionen, als es in der Gemeinschaft dieser intellektuellen Schöngeister ohnehin üblich war. Man schloss einen Pakt, dass sich jeder der Beteiligten an einer Schauer- oder Horrorgeschichte versuchen sollte – inspiriert von ›*Phantasmagorien*‹, eines populären Gespensterbuches, das sie gerade gelesen hatten. Dieser Pakt brachte zwei erstaunliche Werke hervor: einen direkten Vorgänger von Bram Stokers legendärem *Dracula*, und Mary Shelleys *Frankenstein*.

Das klingt nun, als ob sich literarischer Erfolg minutiös planen ließe – doch damit würde man einem oberflächlichen Irrtum erliegen. In der Nachbetrachtung stellt man fest: Bei einer Frau wie Mary Shelley, die Zeit ihres Lebens so viel geschrieben hat, die rastlos als Autorin und Herausgeberin eigene und fremde Texte publizierte, die für das Wort und mit dem Wort lebte, war es einfach naheliegend, dass wenigstens einer ihrer Gedanken Eingang in die Allgemeinkultur fand. Bemerkenswert war allerdings Mary Shelleys Alter, als sie *Frankenstein* schrieb: sie war gerade Zwanzig.

Zurück zur Runde am Genfer See: Wer waren die bohèmehaften Hippies, die da zusammen in den Tag hinein lebten, und sich ihren literarischen Ergüssen hingaben? Der bekannteste zu jener Zeit war Lord Gordon Byron, bisexueller Exzentriker und Künstler, der mit seinem sogenannten Leibarzt Dr. John Polidori, ein gerade mal einundzwanzig Jahre alter Kerl, angereist war. Byron hatte die Villa Diodati am Genfer See gemietet, in der sich die sinistre Runde traf. Dabei auch Claire Clairmont, Mary Shelleys Schwester, die von Byron schwanger war. Dieser wollte aber davon nicht mehr allzu viel wissen und machte stattdessen Mary Shelley Avancen, ungeachtet dessen, dass auch deren Ehemann Percy Shelley zugegen war. Der wiederum zeigte überdurchschnittliches Interesse an Claire.

Ein munteres, sexuell ausschweifendes Luxusleben spielte sich da also ab, das auch Vorlagen für andere Stoffe wie ›Das große Fressen‹ oder ›Der Reigen‹ hätte liefern können.

Von all jenen literarischen Werken der Gruppe, die in jener Zeit entstanden, war ›Frankenstein‹ das bei weitem folgenreichste – zunächst nicht unbedingt das erfolgreichste. Es dauerte eine Weile, bis Mary Shelley einen Verlag für das zwielichtige Werk mit seinen teils blasphemischen Inhalten gefunden hatte. Das Londoner Verlagshaus Lackington, Hughes, Harding, Mavor & Jones brachte das Buch schließlich im Januar 1818 auf den Markt, als dreibändiges Werk, in einer Auflage von 500 Stück, zu einem Preis von 16 1/2 Schilling – für viele Menschen war das damals ein halber Wochenlohn und kaum erschwinglich: aber der übliche Preis für Bücher.

Auf Grund der hohen Preise gab es damals noch keinen Massenmarkt für Literatur. Doch etwas anderes, Bemerkenswertes geschah: Die Populärkultur, wenn man sie schon so nennen kann, entdeckte Frankenstein – und plötzlich gab es zahlreiche Adaptionen des Themas für das große Theater, ebenso wie für heruntergekommene kleine Wanderbühnen. So geschah es, dass Mary Shelley am 29. August 1823, am Abend vor ihrem 26. Geburtstag, im English Opera House ein Stück mit dem Titel ›Presumption; or, The Fate of Frankenstein‹ sah: eindeutig eine Kopie ihres Buches. Sie fühlte sich nicht betrogen, sondern schrieb an einen Freund: »Aber siehe da! Ich fand mich berühmt! …« – Es war eine Zeit, in der es keinen Urheberrechtsschutz im heutigen Sinne gab, der die Adaption und Weiterverwendung eingeschränkt hätte. Jeder konnte sich also des Stoffes bedienen. Im Jahre 1826 wurden bereits rund 15 verschiedene Dramatisierungen des Frankenstein-Sujets gespielt, diesseits und jenseits des Ärmelkanals.

Für einen Autor ist es eine ernüchternde Erfahrung zu sehen, wie andere an seinem geistigen Eigentum profitieren und man selbst leer ausgeht. Andererseits, erklärt Hans Schmid in einem Essay für ›Telepolis‹, hat Frankenstein die laxe Auslegung des Urheberrechts wahrscheinlich sogar genutzt: denn nachdem Mary Shelleys zweiter Verleger Richard Bentley das Buch eine Weile auf den Markt gebracht hatte (von 1831 bis 1849), verzichtete er später auf eine weitere Auflage, gab aber andererseits die Rechte nicht frei – sodass das Buch nach den damaligen Gesetzen mindestens zwei Jahrzehnte lang nicht offiziell nachgedruckt werden durfte. Ohne die populären Frankenstein-Adaptionen im Theater wäre das Werk möglicherweise heute vergessen, und nie wieder aufgelegt worden. Und man kann nur spekulieren, wie vielen großen literarischen Würfen es in der Tat so ergangen ist.

Hans Schmid: »Wenn man das weiterdenkt, lässt sich die Möglichkeit nicht ausschließen, dass ›Frankenstein‹ heute zu den vergessenen, längst nicht mehr gedruckten Werken der Weltliteratur gehören würde, wenn es bei Bühnenadaptionen einen Schutz des geistigen Eigentums von Roman-schriftstellern gegeben hätte.«

Was man bedenken sollte: Das Bild von Frankenstein, das wir heute im Kopf haben, ist geprägt von diesen Theaterstücken, an denen sich wiederum viele spätere Kinostoffe orientierten. Es tauchen darin Versatzstücke, Personen und Schauplätze auf, die sich mehr oder weniger kreative Dramaturgen aus den Fingern sogen, um den Massengeschmack (noch) mehr zu befriedigen. Wer den echten *Frankenstein*, also Mary Shelleys Buch liest, wird über die psychologische Vielschichtigkeit und literarische Tiefe des Romans erstaunt sein. – Andererseits war diese wahrhafte Qualität des Werkes wahrscheinlich genau der Grund, warum es von Beginn an so viele Leser in seinen Bann zog.

Wie viele andere Bücher wurde auch *Frankenstein* erst nach dem Tod der Autorin (1851) zu einem echten Erfolg: Nach dem Auslaufen des Urheberrechtsschutzes veröffentliche der Verlag Routledge ab 1882 drei verschiedene Ausgaben, die es schon im ersten Jahr auf eine höhere Frankenstein-Auflage brachten, als alles, was bis dahin gedruckt worden war – nicht zuletzt wegen der nun erschwinglichen Buchpreise. Nun begann der wahre Aufstieg des *Frankenstein*, bis zum heutigen Tag.

© Armin Fischer, Redaktion AuraBooks

ERSTER BRIEF

An Frau Saville, London

St. Petersburg, den 11. Dez. 18..

Es wird dir Freude bereiten, zu hören, dass kein Missgeschick den Anfang des Unternehmens betroffen hat, dessen Vorbereitungen du mit solch trüben Ahnungen verfolgtest. Ich bin gestern hier angekommen, und das Erste, was ich tue, ist, meiner lieben Schwester mitzuteilen, dass ich mich wohl befinde und dass ich mit immer wachsenden Hoffnungen dem Fortgang meines Unternehmens entgegensehe.

Ich bin ein gut Stück weiter nördlich als London, und wenn ich so durch die Straßen Petersburgs schlendere, pfeift mir ein eisiger Wind um die Wangen, der meine Nerven erfrischt und mich mit Behagen erfüllt. Begreifst du dieses Gefühl? Dieser Wind, der aus den Gegenden herbraust, denen ich entgegenreise, gibt mir einen Vorgeschmack jener frostigen Klimate. Dieser Wind trägt mir auf seinen Flügeln Verheißungen zu und meine Phantasien werden lebhafter und glühender. Ich versuche vergebens, mir klar zu machen, dass der Pol eine Eiswüste sein muss; immer stelle ich ihn mir als eine Stätte der Schönheit und des Entzückens vor. Dort, Margarete, geht die Sonne nicht unter; ihre mächtige Scheibe streift am Horizont und verbreitet ein mildes Licht. Was dürfen wir erwarten von diesem Land der ewigen Sonne? Vielleicht entdecke ich dort den Sitz jener geheimnisvollen Kraft, die der Magnetnadel ihre Richtung verleiht, und bin imstande, die Unrichtigkeit so mancher astronomischen Beobachtung und Hypothese zu beweisen. Meine brennende Neugierde will ich mit dem Anblick von Ländern befriedigen, die nie eines Menschen Auge noch sah, Erde werde ich betreten, die nie vorher eines Menschen Fuß betrat. All das erscheint mir so verlockend, dass ich Not und Tod nicht fürchte und die mühselige Reise mit den freudigen Gefühlen eines Kindes antreten werde, das mit seinen Gespielen das erste Mal ein Boot besteigt, um den benachbarten Fluss zu befahren. Und selbst wenn alle meine Vermutungen mich täuschen sollten, werde ich wenigstens darin ein erhabenes Ziel finden, eine Passage nahe dem Pol zu jenen Ländern zu entdecken, deren Erreichung heute noch Monate in Anspruch nimmt, oder dem Geheimnis des Magnetismus näherzukommen, was ja doch nur durch eine Reise geschehen kann, wie ich sie unternehmen will.

Diese Betrachtungen haben die ganze Rührung verfliegen lassen, die sich meiner bei Beginn dieses Briefes bemächtigt hatte, und ich glühe vor himmelstürmendem Enthusiasmus. Nichts vermag der Seele so sehr das Gleichmaß zu verleihen als eine ernste Absicht, ein fester Punkt, auf den sich das geistige Auge richten kann. Diese Expedition war schon ein Wunsch meiner frühen Jugendjahre. Ich habe mit heißem Kopf die mannigfachen Beschreibungen der Reisen gelesen, die die Entdeckung einer Passage durch die den Pol umgebenden Meere nach dem nördlichen Teile des Stillen Ozeans bezweckten. Du erinnerst dich vielleicht, dass solche Reisebeschreibungen den Hauptbestandteil der Bibliothek unseres guten Onkels Thomas bildeten. Jene Werke waren mein Studium, dem ich Tage und Nächte widmete, und je mehr ich mich mit ihnen befreundete, desto tiefer bedauerte ich es, dass mein Vater auf dem Sterbebett meinem Onkel das Versprechen abgenommen hatte, mich nicht See-mann werden zu lassen.

Sechs Jahre sind es nun, dass ich den Plan zu meinem jetzigen Unternehmen fasste. Ich erinnere mich noch, als sei es gestern gewesen, der Stunde, in der ich mich der großen Aufgabe widmete. Ich begann damit, meinen Körper zu stählen. Ich nahm an den Fahrten mehrerer Walfischfänger in die Nordsee teil; ich ertrug freiwillig Kälte, Hunger und Durst und versagte mir den Schlaf; ich arbeitete zuweilen härter als der letzte Matrose und widmete dann meine Nächte dem Studium der Mathematik, der Medizin und jenen physikalischen Disziplinen, von denen der Seefahrer Nutzen erwarten darf. Zweimal ließ ich mich als gemeiner Matrose auf einem Grönlandfahrer anwerben und entledigte mich erstaunlich gut meiner selbstgewählten Aufgabe. Ich muss gestehen, ich empfand einen gewissen Stolz, als mir der Kapitän die Stelle eines ersten Offiziers auf seinem Schiff anbot und mich allen Ernstes beschwor, zu bleiben. So hoch hatte er meine Dienste schätzen gelernt.

Habe ich es also nicht verdient, liebe Margarete, eine große Aufgabe zu erfüllen? Ich könnte ein Leben voll Reichtum und Luxus führen, aber ich habe den Ruhm den Annehmlichkeiten vorgezogen. O möchte mir doch eine ermunternde Stimme sagen, was ich zu erwarten habe! Mein Mut ist groß und mein Entschluss steht fest; aber mein Selbstvertrauen hat oft gegen tiefste Entmutigung anzukämpfen. Ich habe eine lange, schwierige Reise vor mir, deren Anforderungen meine ganze Kraft beanspruchen, und ich soll ja nicht nur mir selbst den Mut erhalten, sondern auch noch den anderer anfeuern.

Gegenwärtig haben wir die für das Reisen in Russland vorteilhafteste Jahreszeit. In Schlitten fliegt man pfeilschnell über den Schnee. Die Kälte ist nicht lästig, wenn man sich genügend in Pelze gehüllt hat, und das habe ich mir schon angewöhnt. Denn es ist ein bedeutender Unterschied, ob du an Deck spazieren gehst oder stundenlang unbeweglich auf einen Sitz gebannt bist, sodass dir das Blut tatsächlich in den Adern erstarrt. Ich habe absolut nicht den Wunsch, auf der Poststraße zwischen Petersburg und Archangel zu erfrieren.

Dorthin will ich in vierzehn Tagen oder drei Wochen abreisen. Ich beabsichtige, dort ein Schiff zu mieten und unter den an die Walfischfängerei gewöhnten Leuten die nötige Anzahl von Matrosen anzuwerben. Ich werde kaum vor Juni abfahren können. Aber wann werde ich zurückkehren? Wie könnte ich wohl diese Frage beantworten, liebste Schwester? Wenn ich Erfolg habe, können viele, viele Monate, vielleicht Jahre vergehen, ehe wir uns wiedersehen. Wenn es misslingt, sehen wir uns vielleicht eher wieder oder nie mehr.

Leb wohl, Margarete. Der Himmel schenke dir seinen reichen Segen und schütze mich, dass es mir auch fernerhin vergönnt sei, dir meine Dankbarkeit für all deine Liebe und Güte zu beweisen.

Stets dein treuer Bruder

R. *Walton*

ZWEITER BRIEF

An Frau Saville, London
Archangel, 28. März 18..

Wie langsam hier doch die Zeit vergeht, mitten in Eis und Schnee! Der zweite Schritt zur Ausführung meines Planes ist getan. Ich habe ein Schiff gemietet und bin daran, meine Matrosen zu heuern. Die, welche ich schon angeworben habe, scheinen mir Leute zu sein, auf die man sich verlassen kann und die unbegrenzten Mut besitzen.

Aber etwas fehlt mir, Margarete, ein Freund. Wenn ich von dem Enthusiasmus meiner Erfolge glühe, dann habe ich keinen Menschen, mit dem ich meine Freude teilen kann; und habe ich Misserfolge, dann ist niemand da, der mir zuspricht und mich wieder aufmuntert. Ich werde meine

Gedanken dem Papier anvertrauen, das ist wenigstens etwas; aber immerhin ist es doch ein armseliges Mittel zur Aufnahme unserer Gefühle. Ich bedürfte eines Mannes, einer gleichfühlenden Seele. Du wirst mich vielleicht sentimental schelten, aber ich kann nichts dafür, ich brauche einen Freund. Ich habe niemand um mich, der, zugleich vornehm und mutig, gebildet und verständig, von denselben Neigungen wie ich, imstande wäre, meinen Plänen zuzustimmen oder davon abzuraten. Welch guten Einfluss könnte ein solcher Freund auf deinen armen Bruder haben! Ich bin zu unüberlegt und verliere bei Schwierigkeiten zu rasch die Geduld.

Was helfen aber alle Klagen? Auf dem weiten Ozean werde ich ebensowenig einen Freund finden wie hier in Archangel mitten unter Kaufleuten und Seefahrern. Nicht als ob ich sagen möchte, dass diese rauen Naturen ohne jegliches menschliche Fühlen wären. Mein Leutnant zum Beispiel ist ein Mensch von außerordentlichem Mut und unvergleichlicher Tatkraft, geradezu begierig nach Ruhm. Oder wenn ich mich deutlicher ausdrücken muss, begierig, in seinem Beruf Hervorragendes zu leisten. Er ist Engländer und hat sich mitten in seinem Beruf, fern von aller Kultur, einige feine menschliche Regungen zu bewahren gewusst. Ich lernte ihn zuerst an Bord eines Walfischfängers kennen. Da er hier in Archangel keine geeignete Beschäftigung zu haben schien, war es mir ein Leichtes, ihn für mich zu gewinnen.

Der Maat ist ein Mann von vorzüglichen Anlagen und auf dem Schiff beliebt wegen seiner Milde und der vornehmen Behandlung der Mannschaft. Dieser Umstand, verbunden mit seiner untadeligen Ehrlichkeit und seinem rücksichtslosen Mut, brachten mich zu dem Entschluss, den Mann anzuwerben. Meine einsam verbrachte Jugend, der Einfluss, den du in meinen späteren Jahren auf mich geübt, haben mein Gemüt derart verfeinert, dass mir der übliche rohe Ton an Bord ein Gräuel ist; ich habe ihn von jeher für unnötig gehalten. Es ist daher sehr begreiflich, dass ich mich der Dienste eines Mannes versicherte, der zugleich wegen seiner Herzensgüte als auch wegen des großen Einflusses auf seine Untergebenen bekannt war.

Meine Gefühle kann ich dir nicht beschreiben, die mich beseelen, jetzt, wo ich so nahe der Erfüllung meiner Träume bin. Es ist unmöglich, dir auch nur annähernd die Empfindungen zu schildern, die alle meine Reisevorbereitungen begleiten. Ich bin im Begriff, unerforschte Landstriche zu betreten, die Heimat des Nebels und des Schnees; aber ich werde nicht nach Albatrossen jagen, deshalb sei um meine Sicherheit nicht besorgt.

Werde ich dich erst wiedersehen, wenn ich nach langer Fahrt durch ungeheure Ozeanweiten einmal an der Südspitze von Afrika oder Amerika herauskomme? Solche Erfolge darf ich ja gar nicht erwarten; aber ich bringe es jetzt nicht über das Herz, die Kehrseite der Medaille zu betrachten. Schreibe mir jedenfalls so oft als es dir möglich ist, vielleicht erreichen mich deine Briefe gerade dann, wenn ich ihrer am notwendigsten bedarf. Ich habe dich herzlich lieb. Denke auch du meiner in Liebe, wenn es sich treffen sollte, dass wir uns nimmer sehen. Stets dein getreuer Bruder

Robert Walton

DRITTER BRIEF

Frau Saville, London
7. Juli 18..

Liebe Schwester! Ich schreibe dir in aller Eile, um dich wissen zu lassen, dass ich wohlauf bin und dass ich schon ein Stück meiner Reise hinter mir habe. Diesen Brief wird ein Kaufmann von Archangel aus nach England mitbringen. Der Glückliche! Er kann wieder Heimatluft atmen, was mir vielleicht auf Jahre hinaus nicht vergönnt sein wird. Trotzdem bin ich bester Laune. Meine Leute sind kühn und offenbar zu allem willig; auch die schwimmenden Eisberge, die unaufhörlich an uns vorbeiziehen und uns die Gefahren vorausahnen lassen, denen wir entgegengehen, scheinen ihnen keine Sorge einzuflößen. Wir haben schon eine hohe nördliche Breite erreicht, aber es ist Hochsommer, und wenn es auch nicht ganz so warm ist wie in England, so tragen uns doch die Südwinde, indem sie uns dem heißersehnten Ziele näherbringen, eine wohltuende Wärme zu, wie ich sie nicht erwartet hätte.

Bisher hat sich noch nichts ereignet, was der Mitteilung wert wäre. Ein oder zweimal eine steife Brise und einmal ein kleines Leck, das sind Zufälle, deren ein erfahrener Seemann kaum Erwähnung tut, und ich will recht zufrieden sein, wenn uns auf der ganzen Reise nichts Unangenehmeres passiert.

Lebe Wohl, teure Margarete. Sei überzeugt, dass ich um deinet- wie um meinetwillen mich nicht allzu kühn der Gefahr aussetzen werde. Ich will kaltblütig, überlegt und vernünftig sein.

Aber der Erfolg muss mein Werk krönen. Warum auch nicht? So weit bin ich nun gekommen über die pfadlose See; nur die Sterne am Himmel sind Zeugen meines Sieges. Warum soll ich nicht noch weiter fortschreiten auf dem ungezähmten, aber doch zähmbaren Element? Was wäre imstande, sich auf die Dauer dem mutigen, willensstarken Mann entgegenzustellen?

Mein Herz ist zu voll, als dass es nicht überlaufen sollte. Aber ich muss schließen. Gott sei mit dir, liebe Schwester!

Robert Walton

VIERTER BRIEF

An Frau Saville, London
5. August 18..

Etwas sehr Merkwürdiges hat sich ereignet und ich muss es dir berichten, wenn ich auch wahrscheinlich eher bei dir bin, als diese Zeilen dich erreichen.

Letzten Montag (31. Juli) waren wir fast ganz von Eis eingeschlossen, sodass das Schiff kaum mehr den zum Vorwärtskommen nötigen Platz hatte. Unsere Lage war einigermaßen gefährlich, besonders deswegen, weil ein dichter Nebel uns einhüllte. Wir drehten deshalb bei, in der Hoffnung, dass die Witterung endlich anders werde.

Gegen zwei Uhr lichtete sich der Nebel und wir erblickten, wohin wir sahen, weite, fast unermesslich scheinende Eisflächen. Einige meiner Leute wurden unruhig und auch mich beschlichen trübe, ängstliche Gedanken, als plötzlich etwas Seltsames unsere Aufmerksamkeit auf sich zog und uns unsere gefährliche Situation vergessen ließ. Wir bemerkten einen niedrigen Wagen, der auf Schlittenkufen befestigt war, von Hunden gezogen wurde und sich in einer Entfernung von etwa einer halben Meile nordwärts bewegte. Im Schlitten saß eine Gestalt, die einem Menschen, aber einem solchen von außergewöhnlicher Größe glich und die Tiere lenkte. Wir verfolgten mit unseren Fernrohren den Reisenden, der blitzschnell dahinflog und bald durch Unebenheiten des Eises unseren Blicken entzogen wurde.

Diese Erscheinung erregte begreiflicherweise unsere Neugierde in hohem Maße. Wir hatten geglaubt, uns Hunderte von Meilen vom festen Land entfernt zu befinden, diese Erscheinung aber schien uns das Gegenteil zu beweisen. Da wir vom Eis völlig eingeschlossen waren, war es uns unmöglich, die Spuren des rätselhaften Wesens zu verfolgen.

Etwa zwei Stunden danach hörten wir die Grunddünung, und ehe es Nacht wurde, löste sich das Eis und das Schiff wurde frei. Trotzdem aber blieben wir bis zum Morgen liegen, da wir fürchten mussten, in der Dunkelheit mit den treibenden Eismassen zusammenzustoßen. Ich benützte diese Zeit, um mich etwas auszuruhen.

Als es Tag wurde, ging ich an Deck und fand alle Matrosen auf einer Seite des Schiffes stehen, sich mit jemand unterhaltend, der scheinbar unten auf dem Wasser war. Es war in der Tat ein Schlitten, ähnlich dem, den wir gestern gesehen hatten; er war in der Nacht auf einem schwimmenden Stück Eis zu uns herangetrieben worden. Nur ein Hund war noch vorgespannt, und im Schlitten saß ein Mensch, den die Matrosen veranlassen wollten, an Bord zu kommen. Er war nicht, wie uns der Fremde von gestern geschienen hatte, ein wilder Eingeborener irgendeines unentdeckten Eilandes, sondern ein Europäer. Als ich an Deck kam, sagte der Maat: »Da kommt unser Kapitän, der wird nicht zugeben, dass Sie auf offener See zugrunde gehen.«

Der Fremde gewahrte mich und sprach mich dann englisch, allerdings mit etwas eigentümlichem Dialekt, an. »Ehe ich an Bord Ihres Schiffes gehe«, sagte er, »bitte ich Sie mir zu sagen, wohin Sie zu fahren gedenken.«

Du wirst begreifen, dass ich momentan sehr erstaunt war, diese Frage von einem Menschen zu hören, der eben knapp dem Untergang entronnen zu sein schien und von dem man annehmen musste, dass ihm mein Schiff ein Zufluchtsort sei, den er nicht gegen alle Reichtümer der Erde mehr vertauscht haben würde. Ich erklärte ihm, dass ich mich mit meinem Schiff auf einer Entdeckungsreise nach dem Nordpol befände.

Dies schien ihn zufriedenzustellen und er nahm meine Einladung an. Großer Gott! Margarete, wenn du den Mann gesehen hättest, der sich nur so schwer retten ließ, dein Erstaunen hätte keine Grenzen gehabt. Seine Glieder waren fast völlig erfroren und sein Leib war förmlich gebrochen von Müdigkeit und Krankheit. Ich habe noch nie einen Menschen in einer so kläglichen Verfassung gesehen. Wir versuchten ihn in die Kajüte zu tragen, aber kaum hatten wir ihn unter Deck, da wurde er schon ohnmächtig. Wir brachten ihn also wieder an Deck zurück und suchten durch Reiben mit Branntwein und Einflößen von kleinen Schlucken ihn ins Leben zurückzurufen. Als er Lebenszeichen von sich zu geben begann, wickelten wir ihn in Leinentücher und legten ihn in der Nähe des Küchenofens nieder. Allmählich erholte er sich und aß ein paar Löffel Suppe, die ihm sehr wohl taten.

Zwei Tage vergingen, ehe es ihm möglich war zu sprechen, und mir kam es zuweilen vor, als hätten ihm all die Leiden den Verstand geraubt. Als er einigermaßen hergestellt war, ließ ich ihn in meine Kajüte bringen und pflegte ihn, soweit es sich mit meinen Pflichten vereinbaren ließ. Ich habe nie in meinem Leben einen interessanteren Menschen kennengelernt. Seine Augen haben meist den Ausdruck der Wildheit, ich möchte fast sagen des Irrsinnes; aber in manchen Momenten, besonders wenn ihm jemand etwas Liebes erweist oder ihm einen, wenn auch noch so kleinen Dienst leistet, leuchtet sein ganzes Wesen auf und wird durchstrahlt von einem Schimmer von Liebenswürdigkeit und Freundlichkeit, wie man ihn selten findet. Sonst ist er aber melancholisch und verzweifelt und knirscht zuweilen mit den Zähnen, als könne er das Übermaß der Qualen, die er leidet, nimmer tragen.

Als mein Gast einigermaßen wieder gesund war, hatte ich große Mühe, meine Leute daran zu hindern, dass sie ihn mit allen möglichen Fragen belästigten. Ich konnte es doch nicht gestatten, dass durch ihre müßige Neugierde die geistige und körperliche Genesung des Fremden, die offenbar nur durch ungestörteste Ruhe bewirkt werden konnte, aufgehalten werden sollte. Einmal jedoch gelang es meinem Leutnant dennoch, die Frage an ihn zu richten, wo er denn in seinem seltsamen Vehikel so weit über das Eis herkäme.

Ein Schatten tiefster Betrübnis huschte über sein Gesicht, dann sagte er: »Um einen zu suchen, der vor mir floh.«

»Und reiste der Mann, den Sie suchten, in derselben Weise, wie Sie?«

»Ja.«

»Dann, glaube ich, haben wir ihn gesehen. Denn am Tag, ehe wir Sie fanden, sahen wir einen Mann auf einem von Hunden gezogenen Schlitten über das Eis hinwegfahren.«

Dies erregte die Aufmerksamkeit des Fremden und er stellte eine Reihe dringender Fragen, die sich darauf bezogen, welche Richtung der Dämon – so nannte er den anderen – genommen habe. Als er kurz nachher mit mir allein war, sagte er: »Ich habe ohne Zweifel Ihre Neugierde erregt, ebenso wie die dieser guten Leute, aber Sie selbst sind ja zu rücksichtsvoll, um mich auszufragen.«

»Gewiss; ich würde es für aufdringlich und unmenschlich halten, Sie mit irgendwelchen Fragen zu belästigen.«

»Und das, trotzdem Sie mich aus einer seltsamen, verzweifelten Situation gerettet und mich zum Leben zurückgebracht haben!«

Einige Zeit danach fragte er mich, ob ich glaube, dass der Eisgang den Schlitten des ›Anderen‹ zerstört habe. Ich antwortete ihm, dass ich hierüber mit Bestimmtheit nichts aussagen könne, denn der Eisgang habe erst gegen Mitternacht eingesetzt und der Reisende könne bis dahin recht wohl sich in Sicherheit gebracht haben.

Seit dieser Auskunft schien neuer Lebensmut den gebrechlichen Körper des Fremden zu durchströmen. Er wollte absolut an Deck bleiben, um nach dem Schlitten auszuspähen, von dem wir ihm gesprochen hatten. Aber ich habe ihn überredet, sich in der Kabine aufzuhalten, da er für die raue Temperatur da oben doch noch nicht stark genug sei. Ich habe ihm aber versprochen, dass jemand an seiner Stelle Ausschau halten und ihn sofort benachrichtigen werde, wenn sich irgendetwas sehen lassen sollte.

Bis zum heutigen Tag habe ich dir nun alles über das seltsame Ereignis berichtet. Der Fremde scheint sich nach und nach zu kräftigen, aber er ist still und in sich gekehrt und ist ärgerlich, wenn ein anderer als ich seine Kajüte betritt. Aber er ist trotzdem so freundlich und liebenswürdig, dass die Matrosen ihn alle gern haben, wenn sie auch nur sehr wenig mit ihm in Berührung kommen. Ich aber gewinne ihn allmählich lieb wie einen Bruder und sein ständiger, tiefer Gram flößt mir tiefes Mitleid mit ihm ein. Er muss in seinen guten Tagen ein prächtiger Mensch gewesen sein, er, der noch als Wrack so anziehend und liebenswert ist.

Ich habe schon einmal in einem meiner Briefe gesagt, liebe Margarete, dass es mir wohl nicht vergönnt sein werde, auf dem weiten Ozean einen Freund zu finden. Aber ich habe wenigstens einen Mann kennengelernt, der mir wirklich, wäre sein Geist nicht so tief verstört, ein Herzensfreund hätte werden können.

Ich werde dir von Zeit zu Zeit von dem Fremden berichten, vorausgesetzt, dass es etwas zu berichten gibt.

*

13. August 18..

Meine Zuneigung zu dem unglücklichen Gast wächst von Tag zu Tag. Ich bewundere und bemitleide ihn zugleich. Wie wäre es möglich, ein so edles Geschöpf von Gram verzehrt zu sehen, ohne selbst den tiefsten

Schmerz mitzuempfinden? Er ist so gut und dabei klug, auch ist er außerordentlich gebildet und spricht wohlgesetzt und gewandt.

Er hat sich jetzt von seiner Krankheit ziemlich erholt und hält sich unausgesetzt auf Deck auf, offenbar um den Schlitten nicht zu übersehen, auf den er immer noch wartet. Er ist unglücklich, aber in all seinem Elend hat er doch immer noch Interesse für die Pläne der andern. Er hat viel mit mir über den meinigen gesprochen, den ich ihm rückhaltlos dargelegt habe. Aufmerksam folgte er allem, was ich im Sinne eines glücklichen Ausganges meines Unternehmens vorzubringen wusste, und vertiefte sich mit mir bis in die Details der Maßnahmen, die ich getroffen. Er hatte mir so viel Sympathie eingeflößt, dass ich offen mit ihm reden musste. Ich ließ ihn in meine leidenschaftliche Seele blicken und sagte ihm auch, dass ich gern mein ganzes Vermögen, meine Existenz, meine Zukunft aufs Spiel setze, um mein Unternehmen zu einem guten Ausgang zu führen. Leben oder Tod eines Mannes seien ja gar nichts im Vergleich zu dem, was der Wissenschaft durch mein Unternehmen genützt werde. Während ich sprach, überzog eine dunkle Glut das Antlitz meines Zuhörers. Ich bemerkte, dass er anfänglich sich bemühte, seine Bewegung zu meistern. Er hielt die Hände vor das Gesicht, und meine Stimme bebte und stockte, als ich sah, dass Tränen zwischen seinen Fingern niederrannen, als ich hörte, wie ein wehes Stöhnen sich seiner Brust entrang. Ich hielt inne, da sagte er mit gebrochener Stimme: »Unglücklicher! Hat Sie derselbe Wahnsinn erfasst wie mich? Haben auch Sie von dem Gift getrunken? Hören Sie mich an, lassen Sie mich meine Geschichte berichten und Sie werden den Becher mit dem unheilvollen Trank von Ihren Lippen wegstoßen.«

Du kannst dir denken, dass diese Worte meine ganze Neugier erregten. Aber das Übermaß des Schmerzes hatte die schwachen Kräfte des Fremden übermannt und es bedurfte vieler Stunden der Ruhe und sanfter Überredung, um ihn wieder ins Gleichgewicht zu bringen.

Nachdem er seiner heftigen Gefühle Meister geworden war, schämte er sich, dass seine Leidenschaft ihn so überwältigt hatte. Er unterdrückte mit Gewalt seine Verzweiflung und veranlasste mich, über mich selbst zu sprechen. Er frug nach meiner Kindheit. Diese war rasch erzählt, aber dennoch gab sie verschiedene Anknüpfungspunkte. Ich sprach von meinem Wunsch, einen Freund zu finden, von meiner Sehnsucht nach einer gleichgestimmten Seele, die ich nie mein eigen nennen durfte, und gab meiner Überzeugung Ausdruck, dass niemand wahres Glück genossen habe, der sich nicht echter Freundschaft rühmen könne.

»Ich bin ganz Ihrer Ansicht«, entgegnete der Fremde. »Wir sind nur halbe Geschöpfe, wenn uns nicht ein Weiserer, Besserer – und das muss ja ein Freund sein – zur Seite steht, um unsere schwache, fehlerhafte Natur zu verbessern. Ich hatte einmal einen Freund, den edelsten Menschen, den man sich denken kann, und habe deshalb ein gewisses Recht mitzusprechen, wenn von Freundschaft die Rede ist. Sie sind noch voller Hoffnung und haben die Welt vor sich und deshalb keinen Grund zu verzweifeln. Aber ich – ich habe alles verloren und keinen Mut mehr, von vorn anzufangen.«

Als er das sagte, nahm sein Gesicht einen gramvollen Ausdruck an, der mir bis ins Herz hinein weh tat. Aber er sprach nicht weiter und zog sich in seine Kajüte zurück.

Trotz seines Leides hegt er eine tiefe, innige Liebe zur Natur. Der sternenbesäte Himmel, das Meer und alle Wunder dieser herrlichen Regionen schienen erhebend auf seine Seele zu wirken. Ein solcher Mensch hat eigentlich eine doppelte Existenz: er mag leiden und sich grämen, aber wenn er sich in sich selbst zurückzieht, dann ist er wie ein himmlischer Geist, den ein Heiligenschein umgibt, den Leid und Schmerz nicht zu verdunkeln vermögen.

Lächle nur über den Enthusiasmus, mit dem ich von diesem prächtigen Menschen erzähle. Wenn du ihn kenntest, würdest du nicht lächeln. Ich weiß, deine feine Erziehung und die Zurückgezogenheit deines Lebens haben dich wählerisch gemacht; aber gerade das würde dich besonders geeignet machen, das Außerordentliche an diesem Menschen zu erkennen und zu schätzen. Ich habe mich schon öfter bemüht, mir klar zu werden, was es ist, das ihn so himmelhoch über alle anderen Menschen erhebt. Ich glaube, vor allem ist es sein mehr als natürlicher Scharfsinn, eine nie fehlende Urteilskraft, eine Erkenntnis der Ursachen aller Dinge. Stelle dir nun noch vor, dass er die Gabe besitzt, sich glänzend, dabei klar und präzis auszudrücken und dass seine Stimme eine außergewöhnliche Modulationsfähigkeit hat, so wirst du begreifen, dass dieser Mann imstande ist, jemand zu bestricken.

*

19. August 18..

Gestern sagte der Fremde zu mir: »Sie haben sicherlich erkannt, Kapitän Walton, dass mich großes, unsagbares Leid betroffen hat. Ich hatte schon beschlossen, dass die Erinnerung daran mit mir ins Grab steigen solle; aber Sie haben mich so weit gebracht, dass ich meinem Entschluss untreu geworden bin. Sie suchen, wie ich einst, nach Wissen und Weisheit und ich wünsche Ihnen von ganzem Herzen, dass dieses Streben Ihnen nicht, wie mir, zum fürchterlichsten Fluch werde. Ich weiß nicht, ob Ihnen die Erzählung meiner Leiden von Nutzen sein wird; wenn ich aber bedenke, dass Sie denselben Weg gehen wie ich, sich denselben Gefahren aussetzen, die mich zu dem machten, was ich jetzt bin, so kommt mir die Überzeugung, dass Sie aus meiner Erzählung doch eine Moral zu ziehen vermögen; eine Moral für den Fall, dass Sie Erfolg mit Ihren Bestrebungen haben, wie auch für den Fall, dass Sie enttäuscht werden. Bereiten Sie sich darauf vor Dinge zu hören, die Sie als unglaublich bezeichnen möchten. Wären wir in kultivierteren Zonen der Erde, ich würde mich besinnen zu erzählen, weil ich fürchten müsste, dass Sie mir nicht glauben oder mich gar verlachen könnten; aber in diesen wilden, geheimnisvollen Regionen wird Ihnen manches möglich erscheinen, was solche, die mit den immer wechselnden Kräften der Natur nicht vertraut sind, zum Spotte reizen würde.« – Du kannst dir denken, dass ich dankbar und erfreut das Angebot annahm, wenn ich mir auch sagen musste, dass durch die Erzählung sein Leid wieder lebendiger, die Wunden nur wieder aufgerissen würden. Ich war ungeheuer gespannt auf das, was ich hören sollte, teils aus wirklicher Neugierde, teilweise aber auch, weil ich hoffte, vielleicht dadurch einen Fingerzeig zu bekommen, wie ich, wenn es überhaupt möglich wäre, ihm helfen könnte.

»Ich danke Ihnen«, sagte er, »für Ihre Teilnahme, aber sie ist unnütz; mein Schicksal ist nahezu erfüllt. Ich warte nur eines ab; wenn dies eintrifft, werde ich zur Ruhe gehen. Ich verstehe Ihre Gefühle«, fuhr er fort, nachdem ich vergebens versucht hatte, ihn zu unterbrechen, »aber Sie sind im Irrtum, mein Freund – wenn ich mir erlauben darf Sie so zu nennen – wenn Sie meinen, irgendetwas wäre imstande, mein Geschick zu ändern. Hören Sie erst meine Geschichte und Sie werden verstehen, wie unabänderlich es feststeht.«

Er sagte mir noch, dass er am nächsten Tag mit seiner Erzählung beginnen wolle, wenn es meine Zeit erlaube. Dieses Versprechen verpflichtete mich zu aufrichtigem Dank. Ich habe beschlossen, immer nachts, wenn mich nicht gerade mein Dienst abhält, möglichst wörtlich alles niederzuschreiben, was ich am Tag erfahren haben werde. Zum Mindesten aber werde ich mir kurze Notizen machen. Diese Aufzeichnungen werden dir sicher interessant sein, und mit welcher Teilnahme werde erst ich, der ich doch alles von seinen eigenen Lippen höre, in späteren Zeiten die Zeilen lesen. Während ich daran denke, wie ich meiner Aufgabe gerecht werden soll, tönt in meinen Ohren noch seine volle, melodische Stimme; ich sehe seine warmen, melancholischen Augen auf mir ruhen, seine feinen, schmalen Hände sich lebhaft bewegen, während sich in den Zügen seines Antlitzes seine Seele widerspiegelt. Seltsam und schrecklich muss seine Geschichte, furchtbar der Sturm gewesen sein, der das schöne Lebensschiff zerbrach.

KAPITEL I

ICH BIN IN GENF GEBOREN. Meine Familie ist eine der vornehmsten dieser Stadt. Mein Vater war angesehen bei allen, die ihn kannten, wegen seiner unbestechlichen Rechtschaffenheit und der treuen Hingabe an seine Pflichten. In jüngeren Jahren schon hatte er im Dienste seiner Vaterstadt gestanden und verschiedene Umstände hatten es mit sich gebracht, dass er lange nicht zur Gründung eines eigenen Herdes gekommen war. Erst als die Mittaghöhe des Lebens schon überschritten war, hatte er geheiratet.

Da die Vorgeschichte seiner Ehe für seinen ganzen Charakter bezeichnend ist, kann ich nicht umhin, ihrer Erwähnung zu tun. Einer seiner intimsten Freunde war ein Kaufmann, der infolge missgünstiger Schicksale von der Höhe des Glückes herab in die tiefste Armut geriet. Dieser Mann, er hieß Beaufort, war stolz und unbeugsam und konnte es nicht ertragen, jetzt an der gleichen Stätte arm und vergessen zu leben, wo man ihn einst wegen seines Reichtums und seines glänzenden Auftretens besonders geehrt hatte. Er zahlte als ehrlicher Mann noch seine Schulden und zog sich dann mit seiner Tochter nach Luzern zurück, wo er unerkannt und armselig sein Leben fristete. Mein Vater war ihm in aufrichtiger Freundschaft zugetan und fühlte tiefes Erbarmen mit dem unglücklichen Mann. Auch bedauerte er sehr den falschen Stolz, der den Freund hinderte, seine Hilfe anzunehmen; hatte er doch gehofft, ihm mit seinem Rat und seinem Kredit wieder auf die Beine helfen zu können.

Tatsächlich hielt sich Beaufort dermaßen sorgfältig verborgen, dass es meinem Vater erst nach Verlauf von zehn Monaten gelang, ihn ausfindig zu machen. Überwältigt von der Freude, die ihm diese Entdeckung bereitet hatte, eilte er nach dem Haus, das in einer schmalen Gasse in der Nähe der Reuß lag. Aber schon bei seinem Eintritt wurde ihm klar, dass er eine Stätte der Not und des Elendes vor sich sah. Beaufort hatte aus seinem Zusammenbruch nur eine ganz unbedeutende Summe gerettet, aber sie hätte wenigstens genügt, ihn einige Monate zu erhalten. In dieser Zeit hoffte er in einem Kaufhaus eine Stellung zu finden. Die erzwungene Untätigkeit gab ihm Zeit, noch mehr über das nachzudenken, was aus ihm geworden, und vertiefte seinen Gram, sodass er schließlich nach drei Monaten aufs Krankenbett sank.

Seine Tochter pflegte ihn mit der äußersten Hingabe, aber sie konnte es sich nicht verhehlen, dass ihr kleines Kapital rapid dahinschwand und dass dann keine Hoffnung auf irgendeine Unterstützung bestand. Aber Karoline Beaufort besaß eine ungewöhnliche Spannkraft und ihr Mut wuchs in diesen Widerwärtigkeiten. Sie versah die ganze Arbeit und vermochte durch Strohflechtereien wenigstens so viel zu verdienen, dass sie beide gerade noch notdürftig ihr Leben zu fristen imstande waren.

Einige Monate vergingen in dieser Weise. Ihr Vater wurde immer elender, sodass sie von seiner Pflege ausschließlich in Anspruch genommen wurde. Die letzten Notpfennige waren bald ausgegeben und im zehnten Monat starb ihr Vater in ihren Armen, sie als bettelarme Waise zurücklassend. Dieser letzte Schlag war der härteste für sie; sie kniete gerade bitterlich weinend am Sarg Beauforts, als mein Vater eintrat. Er kam wie ein rettender Engel zu dem armen Mädchen und vertrauensvoll legte sie ihr Geschick in seine helfenden Hände. Nach der Beerdigung seines Freundes brachte er Karoline nach Genf und gab sie dort Verwandten zur Obhut. Zwei Jahre später war sie seine Frau.

Der Altersunterschied meiner beiden Eltern war zwar sehr bedeutend, aber gerade das schien die Liebe, die sie zueinander hegten, nur zu vertiefen. Mein Vater besaß ein ausgeprägtes Gerechtigkeitsgefühl, das ihn nur da wirklich lieben ließ, wo er auch seine Achtung geben konnte. Vielleicht hatte er in seinen früheren Jahren irgendeine Erfahrung in dieser Hinsicht gemacht und legte deshalb so viel Wert auf den inneren Wert. Er zeigte für meine Mutter eine Verehrung, die sich von der schwächlichen Liebe älterer Leute wohl unterschied und die aus wirklicher Hochachtung vor ihr entsprang und vielleicht auch aus dem Wunsch, sie für all das Leid zu entschädigen, das ihr ihre Jugend gebracht. Alles drehte sich um sie, um ihr Wohlergehen. Er hielt sie, wie ein Gärtner eine wertvolle exotische Blume hält und sie vor jedem rauen Windzug behütet. Allerdings hatte ihre Gesundheit und auch ihr starker, mutiger Geist unter den schweren Erschütterungen gelitten. Während der zwei Jahre, die seiner Verehelichung vorausgingen, hatte mein Vater allmählich alle seine Ämter abgegeben, und sofort nach der Hochzeit begab sich das Paar nach Italien, wo das milde Klima und eine Reise durch das wundervolle Land die Gesundheit der jungen Frau wiederherstellen sollten.

Von Italien aus ging dann die Reise nach Deutschland und Frankreich. Ich, das älteste Kind, kam in Neapel[1] zur Welt und begleitete als kleiner

---

[1] *Während es zu Beginn des ersten Kapitels heißt ›Ich bin in Genf geboren ...‹, erzählt Viktor nun hier, er sei in Neapel zur Welt gekommen. Diesen Widerspruch hat Mary Shelley nie aufgelöst. Warum, ist unbekannt.*

Bursche schon meine Eltern auf ihren Streifzügen. Mehrere Jahre blieb ich ihr einziges Kind. Aus ihrer unerschöpflichen Liebe zueinander entsprang eine reiche Quelle von Liebe für mich. Die Liebkosungen meiner Mutter und das wohlwollende Lächeln meines Vaters sind meine ersten Erinnerungen. Ich war ihnen zugleich Spielzeug und Idol und, was das Beste ist, ihr Kind, das kleine, hilflose Wesen, das ihnen Gott geschenkt hatte, um es aufzuziehen, dessen Wohl und Wehe in ihren Händen lag. Es ist nicht verwunderlich, dass bei dem hohen Pflichtgefühl, das meine Eltern beseelte, und bei dem Geiste wahrer Zärtlichkeit, der in unserem Hause waltete, mein Leben einer Reihe von Freuden glich.

Lange Zeit war ich ihre einzige Sorge. Meine Mutter hatte sich noch ein Töchterchen ersehnt, aber ich blieb das einzige Reis am Baum. Als ich etwa fünf Jahre alt war, machten wir eine Reise nach der italienischen Grenze und verbrachten auch eine Woche an den Gestaden des Comer-Sees. Ihr wohltätiger Sinn führte sie oftmals in die Hütten der Armen. Meine Mutter empfand das nicht nur als eine Pflicht, es war ihr ein Bedürfnis, eine Leidenschaft, den Armen in ihrem Elend ein Engel zu sein, denn sie hatte selbst viel gelitten und wusste, wie weh das tut. Bei einem ihrer Spaziergänge erregte eine kleine Hütte ihre Aufmerksamkeit, die wie verschämt sich in einem Seitental barg und die, von der Schar armselig gekleideter Kinder zu schließen, die vor der Türe saßen, ein gut Teil Not und Elend zu bergen schien. Als mein Vater eines Tages nach Mailand verreist war, besuchte meine Mutter diese Hütte und ich durfte sie begleiten. Wir trafen ein bäuerisches Ehepaar, von Sorge und harter Arbeit niedergebeugt, das gerade ein karges Mahl an die fünf hungernden Kinder verteilte. Unter diesen war eines, das meiner Mutter besonders auffiel, denn es schien von ganz anderem Schlag. Während die übrigen Kinder schwarzäugige, derbe Kerle waren, sah die schlanke Kleine sehr hübsch aus. Sie hatte glänzendes Goldhaar und trotz der Armut ihrer Kleidung breitete sich ein unverkennbarer Adel über sie aus. Ihre Stirn war breit und hoch, ihre Augen leuchteten wie Sterne und ihr ganzes Antlitz war so lieblich, dass man sie nicht ansehen konnte, ohne sofort das Gefühl zu haben, dass sie etwas Besonderes, ein gottbegnadetes Geschöpf sei. Die Bäuerin hatte gleich bemerkt, dass meine Mutter mit Interesse und Bewunderung ihre Augen auf der Kleinen ruhen ließ, und erzählte sofort deren Lebensgeschichte. Sie war nicht ihr Kind, sondern das Töchterchen eines Edelmannes aus Mailand. Ihre Mutter, eine Deutsche, war gestorben, als sie dem Kind das Leben gegeben hatte. Man hatte ihnen das kleine Wesen zur Pflege übergeben, sie waren damals noch nicht so arm gewesen. Sie waren noch nicht lange verheiratet und ihr erstes Kind war damals gerade zur Welt gekommen. Der Vater ihres Pflegekindes war einer jener Italiener gewesen, die in der Erinnerung an die glorreiche Geschichte ihrer Heimat aufgewachsen waren; einer jener Männer, die sich selbst opferten, um ihrem Vaterland die Freiheit zu verschaffen. Auch er fiel seiner Leidenschaft zum Opfer. Ob er starb oder ob er noch in einem der Gefängnisse Österreichs schmachtete, wusste man nicht. Jedenfalls waren seine Güter konfisziert worden und sein Kind war ein Bettelkind geworden. Es blieb bei seinen Pflegeeltern und blühte in der rauen Umgebung schöner als eine Rose zwischen dunkelfarbigem Unkraut.

Als mein Vater von Mailand zurückkehrte, fand er mich auf dem Vorplatz unserer Villa mit der Kleinen spielend, die schön war wie ein Cherub; ein Wesen, aus dessen Augen wundervolle Strahlen leuchteten und das schlank und beweglich war wie eine Gämse. Die Angelegenheit war bald geregelt. Mit Erlaubnis meines Vaters vermochte die Mutter die armen Leute rasch zu bewegen, ihr die Obhut über das Kind zu überlassen. Sie konnten die arme, süße Waise gut leiden und sie war ihnen immer wie ein Sonnenschein im Hause gewesen; deshalb hätten sie es nicht übers Herz gebracht, sie in Not und Elend zurückzuhalten, während ihr die Vorsehung ein solches Glück bescherte. Sie fragten noch den Priester des Ortes um Rat, und das Resultat dieser Unterredung war, dass Elisabeth Lavenza ihren Einzug in das Haus meiner Eltern hielt. Sie wurde mir lieber als eine Schwester – die liebliche, angebetete Gefährtin meines Schaffens und meiner Erholung.

Jeder hatte Elisabeth gern. Die Liebe und Verehrung, mit der sie alle bedachten, die ihr näher traten, war mein Stolz und meine Freude. Am Vorabend des Tages, an dem Elisabeth zu uns kam, sagte meine Mutter zu mir: »Ich habe ein reizendes Geschenk für meinen Viktor, morgen sollst du es haben.« Und als sie am Morgen das Kind mir als die versprochene Gabe zeigte, fasste ich voll kindlichen Ernstes ihre Worte so auf, dass Elisabeth mein sei, um sie zu schützen, zu lieben und zu verhätscheln. Jedes Lob, das der Kleinen galt, nahm ich so auf, als sei es ein Lob meines Eigentums. Wir nannten einander beim Vornamen. Kein Wort ist imstande zu schildern, was wir uns waren, um so mehr als sie bis zu ihrem Tode meine einzige Schwester sein sollte.

KAPITEL II

WIR WUCHSEN ZUSAMMEN AUF; ich war nicht ganz ein Jahr älter als sie. Ich brauche nicht besonders zu betonen, dass uns Uneinigkeit oder Streit fremd waren. Harmonie bildete die Grundlage unserer Freundschaft, und die Verschiedenheit unserer Charaktere schien uns eher noch fester zu binden als uns zu trennen. Elisabeth war ruhiger und gesammelter als ich; aber bei all meiner Leidenschaftlichkeit war ich doch ein Freund ernster Arbeit und voll Wissensdurst. Ihre Lieblingsbeschäftigung war die Lektüre unserer Dichter und die Schönheit der uns umgebenden Natur, die erhabenen Formen der Berge, der Wechsel der Jahreszeiten, die tiefe Stille des Winters und das lebhafte Treiben der Sommersaison – alles das gab ihrer Phantasie reichliche Nahrung. Während meine Gespielin ernst und staunend sich dem Eindruck der Dinge hingab, wollte ich ihrem Ursprung auf die Spur kommen. Die Welt war mir ein Geheimnis, das ich unter allen Umständen zu enträtseln mir vorgenommen hatte. Neugierde, der Wunsch hinter die verborgenen Naturgesetze zu kommen, Freude, ja Entzücken, als sich mir so manches Wunder auftat, sind die ersten Gefühle, deren ich mich erinnern kann.

Als mein Bruder auf die Welt kam, sieben Jahre nach mir, gaben meine Eltern ihr Wanderleben ganz auf und siedelten sich in ihrer Heimat an. Wir besaßen ein Haus in Genf und eine Villa in Belrive, dem östlichen Ufer des Sees, etwas mehr als eine Meile von der Stadt entfernt. Wir wohnten meist in der Villa und führten ein sehr abgeschiedenes Leben. Ich liebte die Menschen in Mengen nicht, aber ich schloss mich gern an Einzelne an. Deshalb war ich gegen meine Schulkameraden ziemlich gleichgültig, fasste aber eine wahre Freundschaft zu einem von ihnen. Henry Clerval war der Sohn eines Genfer Kaufmannes, ein Knabe von hervorragenden Talenten und begabt mit einer glühenden Phantasie. Er war unternehmend, kühn und liebte die Gefahr um ihrer selbst willen. Er war sehr belesen, dichtete selbst Heldensänge und begann Erzählungen von ritterlichen Abenteuern zu schreiben. Er verfasste für uns Tragödien und Maskenspiele, zu denen ihm das Ringen im Tal von Roncesvalles, die Tafelrunde des Königs Artus und die heldenhaften Kreuzfahrer, die ihr Blut dahingaben, um das heilige Grab den Händen der Ungläubigen zu entreißen, den Stoff gaben.

Ich kann mir nicht vorstellen, dass ein Mensch eine glücklichere Jugend verbringen kann, als wie es mir beschieden war. Meine Eltern waren erfüllt vom Geiste wahrer Liebe und Güte. Wir empfanden, dass sie nicht die Tyrannen waren, die uns nach ihren Launen lenkten, sondern die Schöpfer all des Schönen und Guten, was wir genießen durften. Wenn ich mit anderen Familien zusammenkam, kam mir das besonders zum Bewusstsein und trug viel zur Befestigung meiner kindlichen Liebe bei.

Ich war zuweilen heftig und leidenschaftlich; aber meine Begierden richteten sich nicht auf Kindereien, sondern äußerten sich in einem ungeheuren Lerneifer, der sich aber auch wieder nicht unterschiedslos auf alles erstreckte. Ich gestehe, dass ich weder der Struktur der Sprachen, noch gesetzlichen Vorschriften, noch der Politik Geschmack abgewinnen konnte. Es waren die Geheimnisse des Himmels und der Erde, die ich erforschen wollte; und ob ich mich nun gerade mit der äußeren Form der Dinge oder mit den Naturgesetzen oder mit der menschlichen Seele beschäftigte, immer war meine Sehnsucht auf die metaphysischen oder im höchsten Sinne physischen Geheimnisse der Welt gerichtet.

Ich weile gern bei diesen Erinnerungen aus meiner Jugendzeit, weil damals das Unglück meinen Geist noch nicht getrübt hatte und die Visionen von Glanz und Berühmtheit noch nicht durch düstere Reflexionen über mich selbst gestört waren. Außerdem berichte ich, indem ich die Geschichte meiner Jugend erzähle, die Ereignisse, die unwiderstehlich, aber unmerkbar mich meinem späteren Schicksal entgegenführten; und wenn ich mir selbst Rechenschaft gebe, so erkenne ich, dass die Leidenschaft, die mich regierte, wie ein Gebirgsbach aus kleinen, verborgenen Quellen zusammensickerte. Aber dieser Bach wurde in seinem Weiterlauf zu dem verheerenden Strom, der all meine Hoffnungen, all meine Freuden begrub.

Naturphilosophie war der Genius, der mein Schicksal leitete. Ich muss deshalb in meiner Erzählung die Tatsachen erwähnen, die diese Vorliebe in mir weckten. Als ich dreizehn Jahre alt war, machten wir alle einen Ausflug zu den Bädern in der Nähe von Thomon. Die Ungunst der Witterung zwang uns, einen Tag in der Wirtsstube zu verbringen. In dem Haus hatte ich zufällig einen Band der Werke des Cornelius Agrippa gefunden. Ich öffnete ihn aus Langweile; plötzlich aber, als ich mich in seine Lehren vertiefte, verwandelte sich diese Gleichgültigkeit in flammenden Enthusiasmus. Ein neues Licht schien vor meinem Geiste zu erstehen; hüpfend vor Freude eilte ich zu meinem Vater und ließ ihn das Buch sehen. Er sah nur flüchtig nach dem Titelblatt und sagte: »Ach, Cornelius Agrippa! Mein lieber Viktor, vertue deine Zeit nicht mit solchen Dingen; es ist trostloser Schund.«

Wenn statt dessen mein Vater sich die Mühe genommen und mir gesagt hätte, dass die Studien des Agrippa schon längst veraltet und durch die moderne Wissenschaft überholt seien, die mit ganz anderen Mitteln arbeite als die frühere chimärische Halbwissenschaft, hätte ich wahrscheinlich den Agrippa in einen Winkel geworfen und mich wieder mit meiner angeregten Phantasie meinen normalen Studien zugewandt. Es ist gar nicht ausgeschlossen, dass meine Gedanken dann gar nicht die unglückselige Richtung genommen hätten, die zu meinem Untergang führen musste. Aber da mein Vater das Buch nur mit einem flüchtigen Blick gestreift hatte, ehe er es mir zurückgab, vermutete ich, dass ihm der Inhalt wohlbekannt sei, und vertiefte mich nun erst recht in diese Lektüre.

Als wir nach Hause zurückgekehrt waren, verschaffte ich mir sofort die sämtlichen Werke des Agrippa, danach die des Paracelsus und des Albertus Magnus. Ich las und studierte die wilden Phantasien dieser Schriftsteller mit Hochgenuss; es kam mir vor, als sammelte ich da Schätze, die außer mir nur wenige kannten. Ich habe Ihnen schon gesagt, mit welch heißem Bemühen ich in die Geheimnisse der Natur einzudringen versuchte. Trotz dieses Eifers und trotz aller herrlichen Entdeckungen der modernen Wissenschaft war ich von meinen Studien nie recht befriedigt gewesen. Hat doch auch Isaac Newton eingestanden, dass er sich vorkomme wie ein Kind, das am Strand des ewig unerforschlichen Ozeans der Wahrheit Kiesel aufliest. Und all die anderen Naturphilosophen, die ich nach und nach kennenlernte, erschienen mir wie Stümper, die sich dem gleichen nutzlosen Beginnen hingaben.

Der ungebildete Landmann sieht die Dinge an, die um ihn sind, und gebraucht sie; aber auch der gelehrteste Philosoph ist nicht viel weiter. Er hat ja zum Teil das Antlitz der Natur entschleiert, aber ihre feinsten Regungen sind ihm immer noch ein Geheimnis, ein Wunder. Er kann sezieren, zerschneiden, Nomenklaturen erdenken, aber die nächsten Ursachen bleiben ihm unerkannt, geschweige denn die ersten Ursprünge.

Aber hier waren Bücher und waren Männer, die tiefer eingedrungen waren und mehr wussten. Ich nahm alles für bare Münze, was sie behaupteten, und wurde ihr hingebender Schüler. Es mag vielleicht seltsam erscheinen, dass so etwas im achtzehnten Jahrhundert noch möglich war; aber während ich in der Schule fleißig meinen Studien oblag, bildete ich mich selbst in meinen Lieblingsfächern weiter. Mein Vater war kein Gelehrter und überließ mich selbst dem Kampf mit meiner Phantasie. Unter der Leitung meiner neuen Lehrer machte ich mich mit Rieseneifer an die Suche nach dem Stein der Weisen und die Entdeckung des Lebenselixiers, besonders aber das Letztere hatte es mir angetan. Reichtum schien mir nur etwas Nebensächliches; aber welcher Ruhm wartete meiner, wenn es mir gelang, die Krankheiten vom menschlichen Geschlecht fernzuhalten und jeden unverletzlich zu machen.

Aber das waren noch nicht meine einzigen Wünsche! Meine Lieblingsautoren versprachen ihren Schülern die Kunst, Geister und Dämonen zu zitieren, die ich mir mit brennendem Eifer anzueignen strebte. Aber wenn auch meine Beschwörungen immer erfolglos blieben, so schob ich die Schuld lieber auf mich und meine Unerfahrenheit, als dass ich es gewagt hätte, an der Ehrlichkeit meiner Lehrer zu zweifeln. Und so widmete ich mich eine Zeit lang diesen veralteten Systemen, indem ich die widersprechendsten Theorien in meinem Kopf durcheinanderwarf und in einem Wust der mannigfaltigsten Wissenschaften watete, angetrieben durch meine glühende Phantasie und meinen kindischen Eigensinn, bis, wieder durch einen Zufall, meine Ideen eine andere Richtung annahmen.

Als ich fünfzehn Jahre alt war wurde ich von unserem Landhaus am Belrive aus Zuschauer bei einem heftigen, schrecklichen Unwetter. Es kam von den Bergriesen des Jura herangebraust und der Donner brüllte furchtbar aus allen Himmelsrichtungen. Mit Neugierde und Entzücken verfolgte ich die verschiedenen Phasen des Gewitters. Ich stand am Tor, als plötzlich eine helle Feuersäule aus der alten, herrlichen Eiche emporschoss, die etwa zwanzig Meter vom Haus entfernt stand. Und als dann das Auge wieder ungeblendet blicken konnte, war die Eiche nicht mehr da und an ihrer Stelle stand ein kurzer, verbrannter Stumpf. Als wir am nächsten Morgen uns die Sache in der Nähe besahen, bemerkten wir, dass der Baum in ganz merkwürdiger Weise zerstört worden war. Nicht in unregelmäßige Trümmer hatte ihn der Blitz auseinander gerissen, sondern ihn regelrecht in schmale Holzbänder zerlegt. Ein Bild der vollendeten Vernichtung.

Schon vorher waren mir die Gesetze der Elektrizität in ihren allgemeinen Umrissen bekannt gewesen. Ein Herr, der mit uns gegangen war, um das Phänomen zu betrachten, entwickelte bei dieser Gelegenheit eine Theorie über Elektrizität und Magnetismus, die zugleich neu und fesselnd war. Alles, was er sagte, stellte Kornelius Agrippa, Albertus Magnus und Paracelsus, die Helden meines Geistes, sehr in den Schatten. Und diese Niederlage meiner Helden nahm mir alle Lust an den gewohnten Studien. Es schien mir, als würde und könnte man nie etwas wissen. Das, was so lange meinen Geist in Bann gehalten hatte, kam mir auf einmal lächerlich vor. In einer der Launen, denen wir gerade in der Jugend besonders unterworfen sind, warf ich die ganze Naturphilosophie und das, was damit zusammenhing, als unfruchtbar und widersinnig auf die Seite. Ich empfand heftigen Ekel vor dieser Scheinwissenschaft, die nicht einmal imstande war, uns auch nur bis zur Schwelle wahren Wissens zu bringen. In diesem Zustand verlegte ich mich auf die Mathematik, die, auf festen Füßen stehend, allein meiner Beachtung würdig schien.

Wie seltsam ist doch unsere Seele konstruiert und an wie dünnen Fäden hängt Glück oder Verderben. Wenn ich zurückdenke und mir Rechenschaft gebe über die merkwürdige Änderung meiner Neigung, kommt es mir vor, als habe damals mein Schutzengel noch einen letzten Versuch gemacht, mich dem drohenden Unheil zu entziehen, das sich über mir zusammenballte. Jedenfalls hatte sein Bemühen Erfolg, denn eine ungewohnte Ruhe der Seele und eine tiefe Befriedigung kam über mich, als ich von den in letzter Zeit mich quälenden Studien abließ; ja, ich lernte sie sogar als etwas Böses verachten.

Mein Schutzengel hatte sein Möglichstes getan, aber auf die Dauer war es doch umsonst. Das Schicksal war mächtiger: das Schicksal, das meinen schrecklichen Untergang beschlossen hatte.

KAPITEL III

ALS ICH SIEBZEHN JAHRE ALT GEWORDEN WAR entschlossen sich meine Eltern, mich auf die Universität Ingolstadt zu schicken. Ich wäre ganz gern auf der Genfer Hochschule geblieben, aber mein Vater hielt es für nützlicher, wenn ich, um meine Erziehung zu vollenden, auch mit den Sitten und Gebräuchen anderer Länder vertraut würde. Der Tag meiner Abreise wurde festgesetzt; aber ehe dieser herankam traf mich das erste Missgeschick meines Lebens, das mich ergriff wie ein Omen meines kommenden Unglücks.

Elisabeth war an Scharlach erkrankt und schwebte in der äußersten Lebensgefahr.

Wir hatten uns alle Mühe gegeben, meine Mutter zu überzeugen, dass die Pflege der Kranken eine große Gefahr für sie bedeute. Anfangs hatte sie sich unseren Bitten gefügt; als sie aber merkte, dass das Leben ihres Lieblings ernstlich bedroht war, ließ sie sich nicht mehr abhalten. Sie wich nicht vom Krankenbett und ihre Liebe siegte über die tückische Krankheit. Elisabeth war gerettet, aber an ihrer Stelle ergriff das Fieber die treue Pflegerin. Am dritten Tag musste sich die Mutter legen. Bei den ersten beunruhigenden Symptomen wurde der Arzt beigezogen, aus dessen ernstem Antlitz wir das Schlimmste errieten. Aber selbst auf dem Totenbett blieb diese beste der Frauen tapfer und gütig. Sie legte Elisabeths Hände in die meinen und sagte: »Liebe Kinder! Wie habe ich mich immer gefreut, euch einmal vereinigt zu sehen! Mir ist es ja wohl nicht mehr beschieden, das zu erleben, aber es soll wenigstens der Trost eures Vaters sein. Nun musst du, liebste Elisabeth, meine Stelle bei meinen kleineren Kindern vertreten. Es tut mir weh, von euch gehen zu müssen, von dem Glück, das mir zuteil wurde. Aber ich will mich nicht diesen Gedanken hingeben; ich will versuchen, dem Tod froh ins Auge zu sehen und mich damit trösten, dass wir uns ja drüben alle wieder sehen werden.«

Sie starb ruhig und gelassen; selbst der Würger Tod war nicht imstande gewesen, die Liebe aus ihren Zügen zu bannen. Ich brauche Ihnen wohl nicht zu sagen, wie tief wir alle litten, wie öde es in uns war und welche Traurigkeit auf unseren Gesichtern sich ausdrückte. Lange konnten wir es nicht fassen, dass die Frau, die wir alle Tage sahen, nun von uns gegangen sei auf immer, dass ihre lieben Augen uns nun nicht mehr freundlich anblicken, ihre traute Stimme nicht mehr an unser Ohr tönen sollte. Das sind so die Gedanken der ersten Tage. Wenn dann aber die Zeit in ihrem Lauf uns belehrt, dass wirklich alles so ist, dann beginnt der eigentliche, tiefe Gram. Aber wem hat der grausame Tod nicht schon etwas Liebes entrissen und warum soll ich die Schmerzen beschreiben, die jeden schon getroffen haben oder noch treffen müssen? Schließlich kommt die Zeit, da das Leid stiller wird und da man das Lächeln, das sich auf unsere Lippen schleicht, nicht mehr verbannt, wenn es einem auch vorher undenkbar schien, dass das je noch der Fall sein könnte. Meine Mutter war tot, aber wir hatten Pflichten, die wir erfüllen mussten; wir, die Übriggebliebenen durften uns ja glücklich schätzen, dass der Würger wenigstens von dem einen Opfer seine kalte Hand zurückgezogen hatte.

Für meine Abreise nach Ingolstadt, die durch die Verhältnisse aufgeschoben war, wurde nun ein neuer Zeitpunkt festgesetzt. Es gelang mir, von meinem Vater einen Aufschub von etlichen Wochen zu erlangen. Es wäre mir wie ein Sakrileg erschienen, so schnell die Ruhe des Trauerhauses mit dem sprudelnden Leben da draußen zu vertauschen. Und dann wollte ich den Anblick derer nicht missen, die mir geblieben waren; vor allem aber war es mir darum zu tun, meine süße Elisabeth einigermaßen getröstet zu sehen.

Sie verstand es, ihr eigenes Leid zu verbergen und uns alle aufzurichten. Sie nahm das Leben ernst und kam ihren Pflichten tapfer und treu nach. Sie widmete sich ganz denen, die sie als Vater und Geschwister lieben gelernt hatte. Niemals war sie lieblicher, als wenn der Sonnenschein ihres Lächelns uns alle erwärmte und wenn sie, ihren Gram vergessend, uns zur Trösterin wurde.

Schließlich kam aber doch der Tag meiner Abreise heran. Clerval verbrachte den letzten Abend noch bei uns. Er hatte vergebens versucht, seinen Vater zu bestimmen, dass er ihn mit mir nach Ingolstadt ziehen und dort studieren ließe. Aber sein Vater war eine engherzige Krämerseele und betrachtete diese Wünsche seines Sohnes als unnützen Ehrgeiz. Henry empfand es tief schmerzlich, für immer auf eine höhere Bildung verzichten zu müssen. Er sagte wenig; aber wenn er sprach, las ich in seinen glänzenden Augen den stillen, aber festen Entschluss, sich nicht für ewig an den kleinlichen Krämerberuf zu fesseln.

Wir blieben lange beisammen sitzen, denn es schien uns unmöglich einander Lebewohl zu sagen. Und dennoch musste es schließlich geschehen. Wir gingen auseinander, indem wir vorgaben der Ruhe zu bedürfen, und trotzdem wusste jeder, dass der andere die Unwahrheit gesagt hatte. Als ich dann beim Morgengrauen hinunterging, um meinen Wagen zu besteigen, waren sie alle wieder da: mein Vater, um mich noch einmal zu segnen, Clerval, um mir zum Abschied die Hand zu drücken, und meine Elisabeth, um mir erneut das Versprechen abzunehmen, dass ich ihr fleißig schreiben werde, und um ihrem scheidenden Freund und Spielkameraden noch einige kleine Liebesdienste zu erweisen.

Ich lehnte mich tief im Wagen zurück, der mit mir dahinrollte, und gab mich trübseligen Betrachtungen hin. Ich war nun allein! Auf der Universität musste ich mir erst Freunde suchen und für mich selbst sorgen. Mein Leben war bisher ein außergewöhnlich zurückgezogenes gewesen und daher mochte es wohl kommen, dass ich einen fast unbezwinglichen Abscheu vor allen neuen Gesichtern hatte. Ich liebte meinen Bruder, ich liebte Elisabeth und Clerval; das waren mir altbekannte, liebe Gesichter; aber ich hielt mich für total ungeeignet, mit Fremden Bekanntschaften anzuknüpfen. Das waren also meine Betrachtungen zu Anfang meiner Reise, aber je weiter ich mich von der Heimat entfernte, desto mehr wuchsen mir Mut und Hoffnung. Ich war von brennendem Lerneifer erfüllt. Ich hatte oft, als ich noch zu Hause war, es bitter beklagt, an diesen kleinen Erdenfleck gekettet zu sein, und gewünscht, die weite Welt zu sehen und den mir gebührenden Platz innerhalb der Menschheit einzunehmen. Nun, da diese Wünsche in Erfüllung gehen sollten, wäre es töricht gewesen, Reue zu empfinden.

Für diese und andere Betrachtungen fand ich auf der langen und ermüdenden Reise nach Ingolstadt hinreichend Muße. Endlich erblickte ich die Kirchturmspitzen der Stadt. Ich stieg an meinem Quartier ab und wurde nach meinem einsamen Zimmer geführt, um dort den Abend nach meinem Gutdünken zu verbringen. Am nächsten Morgen machte ich den hervorragendsten Professoren Besuch und gab meine Empfehlungsbriefe ab. Der Zufall, oder vielleicht auch der Dämon der Vernichtung, der mich umschwebte, seit ich mit zögerndem Schritt aus dem Vaterhaus in die Welt getreten war, führte mich zuerst zu dem Dozenten der Naturphilosophie, namens Krempe. Er war ein wunderlicher Mensch, aber unerreicht in seinem Fach. Er stellte mir mehrere Fragen aus verschiedenen Gebieten der Naturphilosophie, um zu sehen, was von mir zu erwarten sei. Ich antwortete freimütig und erwähnte dabei halb verächtlich die Namen der Alchimisten, deren Werke ich zuerst studiert hatte. Der Professor war sehr erstaunt, dann sagte er: »Haben Sie wirklich Ihre Zeit mit diesem Unsinn vertan?«

Ich bejahte. »Jede Minute«, fuhr Herr Krempe ernst fort, »jeder Augenblick, den Sie sich mit jenen Büchern beschäftigt haben, ist unwiederbringlich und für immer verloren. Sie haben Ihr Gedächtnis mit veralteten Systemen und zwecklosen Dingen belastet. In welchem verlassenen Land haben Sie denn um Gotteswillen gelebt, dass niemand Sie aufmerksam gemacht hat, dass diese Phantasien, mit denen Sie begierig Ihr Hirn vollpfropften, schon tausend Jahre alt und ganz verschimmelt sind?

Ich muss gestehen, dass ich in unserm aufgeklärten Jahrhundert nicht erwartet hätte, noch auf einen Jünger des Albertus Magnus und des Paracelsus zu stoßen. Mein lieber, junger Freund, Sie müssen mit Ihren Studien ganz von vorn beginnen.«

Er trat dann an sein Schreibpult und notierte mir eine Reihe von Büchern, die ich mir beschaffen sollte. Dann entließ er mich, nachdem er mich aufmerksam gemacht hatte, dass er vom Beginn der nächsten Woche ab ein Kolleg über Naturphilosophie, und sein Freund, Herr Waldmann, abwechselnd mit ihm ein solches über Chemie lesen werde.

Ich kehrte nach meiner Wohnung zurück, keineswegs enttäuscht, denn auch ich hatte schon seit langer Zeit, wie ich Ihnen schon sagte, die Wertlosigkeit jener Bücher erkannt, die der Professor verdammte. Aber ich hatte mir vorgenommen, trotzdem zu diesen Studien in irgendeiner Weise zurückzukehren. Herr Krempe war ein kleiner, untersetzter Mensch mit barscher Stimme und abstoßendem Gesicht. Der Lehrer hatte also nichts an sich, was mich für seine Wissenschaft von vornherein hätte einnehmen können. Als ganz junger Mensch war ich mit den von den Lehrern der Naturwissenschaften erreichten Resultaten niemals zufrieden gewesen. Die Verworrenheit meiner Ideen, die ja wohl meiner großen Jugend zuzuschreiben war, und der Mangel eines geeigneten Führers, brachten mich soweit, dass ich, rückwärts schreitend, die Ergebnisse moderner Forschung gegen die Träume vergessener Alchimisten eintauschte. Sogar eine gewisse Verachtung empfand ich gegen die moderne Naturphilosophie. Es war doch etwas ganz anderes, wenn die alten Meister Unsterblichkeit und Macht anstrebten. Wenn dieses Streben auch unnütz war, so hatte es doch etwas Großzügiges an sich. Aber das heutige Bild war ein anderes. Die Forscher schienen ihren besonderen Ehrgeiz darein zu setzen, all die Fundamente zu vernichten, auf denen jene gebaut hatten. Es handelte sich für mich also darum, Chimären von grenzenloser Großartigkeit gegen winzige Realitäten zu vertauschen.

Das waren meine Überlegungen während der ersten zwei oder drei Tage meiner Anwesenheit in Ingolstadt, die ich hauptsächlich dazu verwendet hatte, um mir einige Ortskenntnisse zu erwerben. Zu Beginn der nächsten Woche fielen mir dann die Weisungen ein, die mir Professor Krempe bezüglich der Vorlesungen gegeben hatte. Und wenn ich mich auch nicht entschließen konnte hinzugehen und diesen kleinen, eingebildeten Menschen von seinem Katheder herab Weisheiten verkünden zu hören, so erinnerte ich mich doch dessen, was er von Professor Waldmann gesagt hatte, den ich noch nicht kannte, weil er bis jetzt auf dem Land gewesen war.

Teilweise aus Neugierde, teilweise aus Langweile ging ich in den Hörsaal, den Professor Waldmann gleich nach mir betrat. Dieser Herr unterschied sich wesentlich von seinem Kollegen. Er mochte etwa fünfzig Jahre alt sein und machte einen außerordentlich wohlwollenden Eindruck. Sein Haar war fast schwarz, nur an den Schläfen war es schon leicht ergraut. Er war von kleiner Statur, hielt sich aber sehr gerade und seine Stimme besaß einen seltenen Wohllaut. Er begann sein Kolleg mit einer Rekapitulation der Geschichte der Chemie und ihre Entwicklung, indem er mit Feuer von den berühmtesten Entdeckern sprach. Dann kam er auf den gegenwärtigen Stand der Wissenschaft zu sprechen und machte uns mit der Terminologie bekannt. Nachdem er einige einführende Experimente gemacht, hielt er einen Panegyricus[2] auf die moderne Chemie in Worten, die ich nimmermehr vergessen werde:

»Die Alten versprachen Unmögliches und leisteten nichts. Die heutigen Gelehrten versprechen nichts; sie wissen, dass die Metalle nicht ineinander verwandelt werden können und dass das Lebenselixier eine Chimäre ist. Aber diese Philosophen, deren Hände dazu geschaffen scheinen, im Schmutz zu graben, und deren Augen über den Schmelztiegeln und Mikroskopen trüb werden, haben wahre Wunder vollbracht. Sie gehen der Natur bis in ihre Schlupfwinkel nach und beobachten sie in ihrer geheimsten Tätigkeit. Sie steigen bis in den Himmel. Sie haben den Kreislauf des Blutes entdeckt und die Natur der Luft, die wir atmen, dargelegt. Sie haben neue, fast unbegrenzte Kräfte entfesselt. Wir haben dem Himmel seine Blitze entrissen und machen uns über die unsichtbare Welt mit ihren Schatten lustig.«

Das waren die Worte des Professors – und des Schicksals, das es auf meine Vernichtung abgesehen hatte. Als er wegging, war es mir, als ringe meine Seele mit einem körperlichen Feind. Alle Register meines Seins wurden gezogen, Saite auf Saite meines Inneren ertönte und ein Gedanke, ein Wunsch, ein Ziel nahm mich gefangen. So viel bis jetzt auch geschehen sein mag – hörte ich die Seele Frankensteins rufen – viel, viel mehr will ich noch vollenden. Als Pionier will ich neue, unbekannte Kräfte entdecken und vor der Welt die tiefsten Geheimnisse der Schöpfung ausbreiten.

---

[2] *Panegyricus (griech./lat.): Festrede, Lobrede*

In dieser Nacht schloss ich kein Auge. Mein Inneres war in einem Zustand des Aufruhrs und Tumultes. Ich fühlte, dass das wieder gut würde, aber es war mir so rasch nicht möglich mich zu beruhigen. Allmählich, gegen Morgen, vermochte ich dann einzuschlafen. Als ich erwachte waren meine Gedanken von gestern wie ein Traum. Aber die Idee blieb fest haften, dass ich mich wieder meinen alten Studien zuwenden und mich einer Wissenschaft widmen wollte, zu der ich natürliche Anlagen hatte. Am gleichen Tag noch stattete ich Professor Waldmann einen Besuch ab. Er war als Privatmann, wenn möglich, noch zuvorkommender und gewinnender als in seinem Beruf. Denn während seiner Vorlesungen nahm er eine sehr würdevolle Haltung an, die aber in seinem Heim einer außerordentlichen Freundlichkeit und Liebenswürdigkeit Platz machte. Ich gab ihm fast denselben Bericht über meine frühere Beschäftigung wie seinem Kollegen. Er hörte aufmerksam meiner Erzählung zu und lächelte, als er die Namen Cornelius Agrippa und Paracelsus vernahm, aber ohne sie so verächtlich zu machen, wie es Krempe getan hatte. Er meinte, dass diesen unermüdlich fleißigen Forschern die modernen Gelehrten viel zu danken hätten. Sie hätten uns die leichtere Aufgabe hinterlassen, den Dingen Namen zu geben, die sie mit größter Mühe erforscht. Die Arbeit eines Genies sei, wenn sie auch momentan auf irrigen Voraussetzungen beruhe, niemals ohne Nutzen für das Menschengeschlecht. Ich lauschte mit hohem Interesse diesen Ansichten, die so ganz ohne Anmaßung und Ziererei ausgesprochen wurden. Ich versäumte nicht zu gestehen, dass seine Vorlesung mein Vorurteil gegen die moderne Chemie behoben habe. Es ist selbstverständlich, dass ich mich der Bescheidenheit in meinen Ausdrücken befleißigte, die dem Schüler seinem Lehrer gegenüber zusteht, ohne aber den Enthusiasmus zu verhehlen, den ich meinen kommenden Studien entgegenbrachte. Ich bat ihn noch um Ratschläge betreffs der zu beschaffenden Bücher, worauf er sagte:

»Ich freue mich, Sie als Schüler gewonnen zu haben. Wenn Ihr Fleiß Ihren Fähigkeiten gleichkommt, zweifle ich nicht an Ihrem Erfolg. Chemie ist der Zweig der Naturwissenschaft, aus dem das Meiste geholt worden ist und noch geholt werden wird. Darum habe ich sie als mein Spezialfach erwählt, ohne aber die anderen Wissenschaften zu vernachlässigen. Ein Mensch würde nur eine sehr traurige Rolle spielen, wenn er sich ganz einseitig auf Chemie verlegen wollte. Wenn Sie wirklich ein Wissenschaftler werden und nicht bloß ein armseliger Experimentator werden wollen, kann ich Ihnen nur empfehlen, sich mit sämtlichen Zweigen der Naturphilosophie zu beschäftigen, einschließlich der Mathematik.«

Er nahm mich dann mit in sein Laboratorium und führte mir seine verschiedenen Apparate vor. Er zeigte mir auch ihre Handhabung und versprach mir, dass ich sie selbst bedienen dürfte, wenn ich einmal so weit vorgeschritten sei, dass ich nichts daran beschädigte. Er gab mir dann noch ein Verzeichnis der von ihm empfohlenen Bücher und entließ mich.

So endete ein für mich denkwürdiger Tag: er entschied über mein ganzes künftiges Schicksal.

KAPITEL IV

VON DIESEM TAG AN wurde die Naturphilosophie und besonders die Chemie meine ausschließliche Beschäftigung. Ich las mit Leidenschaft die genialen, klaren Werke moderner Forscher. Ich besuchte fleißig die Vorlesungen und blieb in ständiger persönlicher Verbindung mit meinen Lehrern. Ich fand sogar in Krempe einen gesunden Verstand und tiefes Wissen, allerdings verbunden mit abstoßenden Manieren, die meiner Wertschätzung keinen Eintrag zu tun vermochten. In Professor Waldmann hatte ich einen teuren Freund gefunden. Seine Liebenswürdigkeit wurde durch keinen Dogmatismus getrübt und seine Vorlesungen waren so frei und überzeugend gehalten, dass jeder Verdacht pedantischer Auffassung ausgeschlossen war. In jeder Weise machte er mir die mühsamen Pfade der Wissenschaft leichter und verstand es, die schwierigsten Dinge meiner Auffassung zugänglich zu machen. Mein Fleiß war zu Anfang ziemlich unregelmäßig gewesen; aber er wuchs, je weiter ich fortschritt, und wurde schließlich so groß, dass oftmals die Sterne vor dem Morgenlicht verblichen, wenn ich noch in meinem Laboratorium saß.

Es ist verständlich, dass bei diesem außergewöhnlichen Fleiß auch meine Fortschritte groß waren. Meine Studiengenossen wunderten sich darüber, während meine Lehrer ihre Freude daran hatten. Professor Krempe fragte mich öfter mit schlauem Augenzwinkern, wie es mit Cornelius Agrippa ginge, während sich Waldmann in Lobsprüchen über meine Leistungen erschöpfte. Zwei Jahre verbrachte ich in dieser Weise, ohne Genf zu besuchen; ich war mit Leib und Seele bei meinen Erfindungsplänen. Nur wer es an sich selbst erfahren, kann sich einen Begriff machen von den Wonnen, die die Wissenschaft zu bieten hat. In anderen Wissenszweigen kommt man nur so weit, als eben andere vor uns gekommen sind, und mehr ist nicht zu erfahren. Aber hier gibt es immer Nahrung für Bewunderung und Forschung. Ein Geist von mäßiger Forschungsgabe, der sich unbeirrt auf irgendein Gebiet wirft, muss zweifellos große Fortschritte machen. Ich aber hatte schon von Jugend auf mich mit solchen Dingen beschäftigt und kam deshalb so rasch vorwärts, dass ich nach den zwei Jahren meines Studiums schon wesentliche Verbesserungen an einzelnen Apparaten erfunden hatte, was mir auf der Universität einen außerordentlichen Nimbus verlieh. Als ich auf diesem Punkte angekommen war und ich einen Nutzen von meinem weiteren Studium in Ingolstadt nicht mehr erwarten durfte, dachte ich daran, in meine Heimatstadt und zu meinen Freunden zurückzukehren. Ein Zufall aber verlängerte meinen Aufenthalt.

Eines der Phänomene, das meine Aufmerksamkeit in besonderem Maße erregte, war der Bau des menschlichen Körpers, überhaupt aller mit Leben begabten Wesen. Woher, fragte ich mich oftmals, kommt das Leben? Es war eine kühne Frage, eine von denen, auf die es keine Antwort gab. Und wie manchen Dingen vermöchten wir nicht auf die Spur zu kommen, wenn nicht Feigheit und Unbesonnenheit die Früchte der Studien wieder vernichtete? Von diesem Standpunkt ausgehend entschloss ich mich, mich fernerhin speziell mit den Doktrinen zu beschäftigen, die mit der Physiologie im Zusammenhang stehen. Hätte mich nicht ein mehr als natürlicher Eifer beseelt, wäre mir dieser Teil meiner Studien zu beschwerlich, überhaupt unerträglich gewesen. Um die Ursachen des Lebens zu entdecken, müssen wir zuerst wissen, was der Tod ist. Ich machte mich an die Anatomie, aber das war noch nicht genügend; es handelte sich auch noch darum, die natürliche Zerstörung, den Verfall des menschlichen Körpers zu studieren. Bei meiner Erziehung war großer Wert darauf gelegt worden, dass ich nicht durch Schauermärchen ängstlich gemacht wurde. Deshalb kann ich mich auch nicht erinnern, bei irgendeiner Gespenstergeschichte gezittert oder mich vor dem Erscheinen eines Geistes gefürchtet zu haben. Die Dunkelheit war mir nicht, wie vielen anderen, die Quelle des Schreckens, und Kirchhöfe waren für mich nichts anderes als Orte, an denen man die ihres Lebens beraubten Körper bringt, die, bisher mit Schönheit und Kraft begabt, nunmehr zum Würmer-Fraß geworden waren.

Nun, da ich mir vorgenommen hatte, die Ursachen und Erscheinungen dieses Verfalles zu studieren, musste ich ganze Tage und Nächte in Grabgewölben und Beinhäusern verbringen. Meine Aufmerksamkeit richtete sich besonders auf diejenigen Dinge, die sonst dem menschlichen Feingefühl am meisten widerstreben müssen. Ich sah zu, wie die schönen Formen des Leibes verfielen und vernichtet wurden, wie die Gräuel des Todes die blühende Pracht des Lebens ablöste, wie die Würmer sich der wundervollen Gebilde bemächtigten, wie sie Auge und Gehirn darstellen. Ich analysierte und prüfte den Übergang vom Leben zum Tod und wiederum vom Tod zum Leben, bis mir mitten in all der Ungewissheit ein Licht aufblitzte, so glänzend und wunderbar und doch so einfach, dass ich, ganz geblendet von dem Anblick, der sich vor mir auftat, zugleich überrascht war, dass unter den vielen genialen Köpfen, die sich mit derselben Wissenschaft beschäftigt hatten, keiner auf das Geheimnis gekommen war, das zu entdecken jetzt mir vergönnt war.

Ich bitte Sie, sich immer vor Augen zu halten, dass es nicht Visionen eines Irren sind, die ich Ihnen berichte. Wenn das, was ich Ihnen nun erzähle, nicht wahr ist, dann gibt es keine Sonne am Himmel. Ein Zufall mag mir ja zu Hilfe gekommen sein, aber die einzelnen Phasen der Entdeckung lagen klar und unzweideutig vor mir. Nach Tagen und Nächten der unglaublichsten Mühen und Anstrengungen war ich den Ursachen des Werdens und des Lebens auf die Spur gekommen, und, mehr noch als das, ich war selbst imstande, toten Dingen Leben einzuflößen.

An die Stelle des Erstaunens, der Überraschung, trat bald eine rasende Freude. Das war der schönste Lohn meiner Arbeit, dass ich mich nun am Ziel meiner sehnlichsten Wünsche befand. Aber so groß und überwältigend war meine Entdeckung, dass alle Schritte, die sie vorbereitet hatten, wie aus meinem Gedächtnis gelöscht waren und ich nur mehr das Resultat erblickte. Was war nun Fleiß und Arbeit der weisesten Männer wert, da ich den Schlüssel der Schöpfung in Händen hielt?

Ich sehe an Ihrer Erregung, an Ihren erstaunten und zugleich erwartungsvollen Blicken, mein Freund, dass Sie hoffen, von mir in das Geheimnis eingeweiht zu werden. Aber das kann ich nicht. Warten Sie geduldig das Ende meiner Geschichte ab und Sie werden begreifen, warum ich mir da Zurückhaltung auferlegen muss. Ich will nicht, dass Sie, wissensdurstig wie einst ich, in Ihre eigene Vernichtung, in Ihr Elend rennen. Erkennen Sie an mir, an meinem Beispiel, wie gefährlich es ist, sich wissend zu machen, und wie viel glücklicher ein Mensch ist, dem seine Heimatstadt seine Welt bedeutet, der nicht größer sein will, als seine Natur es ihm erlaubt.

Nachdem ich mir dieser ungeheuren Macht bewusst geworden war, zögerte ich noch einige Zeit mit der Anwendung, da ich mir noch nicht klar war, in welcher Weise diese erfolgen sollte. Wenn ich auch die Fähigkeit besaß, Leben zu verleihen, so stand mir doch zunächst die ungeheuer schwierige Aufgabe bevor, einen Leib zu schaffen mit all seinen Muskeln, Sehnen und seinem Geflecht von Adern und Nerven. Ich war mir anfänglich im Zweifel darüber, ob ich gleich ein Wesen schaffen sollte, das mir gleich war, oder ob ich mich zuerst mit einem einfacheren Organismus begnügen sollte. Aber ich war durch meine Entdeckung dermaßen kühn geworden, dass ich nicht einsah, warum mir nicht sofort die Herstellung eines Wesens gelingen sollte, das so kompliziert und wundervoll ist wie der Mensch. Das mir zur Verfügung stehende Material schien allerdings noch kaum genügend für die schwierige Aufgabe, aber ich zweifelte keinen Augenblick, dass ich doch schließlich Erfolg haben müsste. Ich bereitete mich auch auf alle Eventualitäten vor; meine Bemühungen konnten unter Umständen immer wieder vereitelt werden, mein Werk unvollendet bleiben. Und wenn auch - im Hinblick auf die Bedeutung jedes einzelnen Tages für die technischen Erfindungen durfte ich doch hoffen, dass mir endlich der Lorbeer des Sieges zuteil würde. Die Größe und Kompliziertheit meines Unternehmens war mir noch lange kein Beweis für seine Undurchführbarkeit. Mit diesen Gefühlen machte ich mich dann endlich an die Erschaffung des menschlichen Wesens. Da die Feinheit der einzelnen Teile lange Zeit zu ihrer Nachbildung erfordert hätte, beschloss ich, entgegen meiner ursprünglichen Absicht, dem Wesen eine gigantische Statur zu geben. Das heißt, ich wollte ihm eine Größe von acht Fuß [3] geben. Es dauerte noch einige Monate, bis ich alles Nötige beisammen hatte und beginnen konnte.

Es ist unmöglich die Gefühle zu schildern, die mich wie ein Sturmwind durchbrausten. Leben und Tod erschienen mir zwei Schranken, die ich durchbrechen und einen Strom von Licht über die finstere Welt gießen durfte. Eine neue Art von Menschenwesen würde mich als ihren Schöpfer preisen und manches Gute und Edle sollte seinen Ursprung mir zu verdanken haben. Kein Vater sollte der Dankbarkeit seiner Kinder so wert sein wie ich. Damals kam ich auf die Idee, die ich allerdings dann später als durchaus undurchführbar erkannte, dass es mir, der ich imstande war,

---

[3] *1 Fuß entspricht ca. 30 cm*

leblose Materie lebend zu machen, möglich sein müsste, auch da wieder Leben zu erzeugen, wo der Tod bereits zerstörend eingegriffen hatte.

Diese Gedanken waren es, die mir immer wieder Kraft zu meinem Unternehmen verliehen. Meine Wangen waren bleich geworden und mein Körper der Erschöpfung nahe. Manchmal meinte ich, ganz nahe an meinem Ziel verzagen zu müssen. Aber ich klammerte mich an die Hoffnung, dass die nächsten Tage, die nächsten Stunden schon eine Entscheidung bringen würden. Die Freude meines Lebens war das Geheimnis, von dem nur ich allein wusste, und oftmals leuchtete mir der Mond bei meinen mitternächtlichen Arbeiten, die mich bis an die verstecktesten Winkel des Naturschaffens führen sollten. Ich unterlasse es, Ihnen die Gräuel meines einsamen Schaffens zu schildern, wie ich im Unrat von Gräbern wühlte und lebende Wesen zu Tode quälte, um toten Staub zu beleben. Heute zittern meine Knie und es flimmert vor meinen Augen, wenn ich an das alles denke. Aber damals trieb es mich rastlos, rücksichtslos weiter, sodass ich jeden Sinn für anderes verlor. In einem stillen, abgelegenen Zimmer, oder besser gesagt einer Kammer unter dem Dach, von allen übrigen Räumen durch eine Galerie und eine Treppe getrennt, vollbrachte ich mein ekelerregendes Werk. Die Augen traten mir aus den Höhlen vor Erregung und Anspannung. Die Beinhäuser, der Seziersaal und auch die Schlächter-Werkstatt lieferten mir mein Material, und oft wandte sich mein Inneres voll Abscheu von dieser Beschäftigung ab, während meine Schöpfung immer mehr ihrer Vollendung entgegeneilte.

Unterdessen waren die Sommermonate dahingeflossen. Es war eine herrliche Zeit gewesen und noch niemals hatten die Felder so reich gesegnet dagestanden. Aber meine Augen waren für solche Reize zu jener Zeit völlig unzugänglich. Und aus demselben Grund, weshalb ich keine Freude an der Natur mehr hatte, vergaß ich auch der treuen, lieben Menschen, von denen ich so weit entfernt war und die ich schon so lange nicht mehr gesehen hatte. Ich wusste, dass sie mein Schweigen beunruhigen musste und erinnerte mich noch recht wohl der Worte meines Vaters: »Wenn du mit dir selbst zufrieden bist, wirst du auch unser in Liebe gedenken und wir werden regelmäßig von dir hören. Du darfst es mir nicht verübeln, wenn ich langes Schweigen deinerseits als einen Beweis dafür ansehe, dass du deine anderen Pflichten in gleicher Weise vernachlässigst.«

Ich konnte mir also gar nicht im Zweifel darüber sein, was mein Vater von mir denken musste; aber mein Werk hatte mich, so widerlich es an sich war, dermaßen gepackt, dass ich mich nicht mehr losreißen konnte. Ich wollte deshalb alles, was mit Aufmerksamkeit für andere zusammenhing, hinausschieben, bis der große Wurf gelungen wäre.

Ich warf meinem Vater damals Ungerechtigkeit vor, dass er mir Nachlässigkeit vorwarf; aber heute weiß ich gewiss, dass er recht hatte, wenn er mich nicht von Schuld freisprach. Ein vollkommener Mensch muss sich immer die Seele ruhig und friedvoll erhalten und darf keiner Leidenschaft auch keinem vorübergehenden Begehren gestatten, ihn zu verwirren. Ich wage nicht zu behaupten, dass wissenschaftlicher Eifer eine Ausnahme bedinge. Wenn das Studium, dem man sich widmet, die Gefühle der Liebe und Dankbarkeit vernichtet und den Sinn für einfache Freuden tötet, dann ist es sicher nicht nützlich für den menschlichen Geist. Wenn diese Regel immer beachtet worden wäre, dann wäre Griechenland nicht unterjocht worden, Cäsar hätte sein Vaterland verschont und die alten, mächtigen Reiche in Mexiko und Peru wären nicht untergegangen.

Aber eben merke ich, dass ich mitten im interessantesten Teil meiner Erzählung zu philosophieren beginne. Ihre Augen mahnen mich fortzufahren.

Mein Vater machte mir in seinen Briefen keine Vorwürfe wegen meines Schweigens und bekundete nur dadurch sein Interesse daran, dass er sich eingehender als bisher um meine Studien kümmerte. Winter, Frühling und Sommer waren über meiner Arbeit dahingeflossen; aber ich beachtete nicht das Blühen und Sprießen. Früher hatten diese Erscheinungen mich stets mit der größten Freude erfüllt, so tief war ich in meine Ideen vergraben. Und die Blätter wurden welk, noch ehe mein Werk vollendet dastand; aber jeder Tag ließ mich jetzt einen Fortschritt erkennen. Nur war mein Eifer einigermaßen mit Angst gemischt. Ich hatte Gefühle, wie sie ein Sklave hegen muss, der in den Minen zu arbeiten gezwungen wird, nicht aber wie ein Künstler, der sein Lebenswerk schafft. Jede Nacht fieberte ich und wurde entsetzlich nervös; ein Knarren in der Diele ließ mich zusammenfahren und an den Menschen schlich ich vorbei, als hätte ich ein schweres Verbrechen auf dem Gewissen. Und wenn ich mich im Spiegel ansah, erschrak ich über mein Aussehen; nur der eiserne Wille hielt mich noch aufrecht, mein Ziel zu erreichen. Nun war es bald zu Ende und ich konnte dann durch körperliche Übungen und Vergnügungen dem drohenden Unheil Einhalt tun; und das versprach ich mir, wenn ich nur erst meine Schöpfung vollendet haben würde.

KAPITEL V

ES WAR EINE TROSTLOSE NOVEMBERNACHT, als ich mein Werk fertig vor mir liegen sah. Mit einer Erregung, die fast einer Todesangst glich, machte ich mich daran, dem leblosen Ding den lebendigen Odem einzublasen. Es war schon ein Uhr morgens. Der Regen klatschte heftig an die Fensterscheiben, als ich beim Schein meiner fast ganz herabgebrannten Kerze das trübe Auge der Kreatur sich öffnen sah. Ein tiefer Atemzug dehnte die Brust und die Glieder zuckten krampfhaft.

Wie könnte ich Ihnen beschreiben, was ich empfand, und das Ungetüm schildern, das ich da mit so viel Mühe und Fleiß geschaffen? Seine Glieder waren proportioniert und seine Züge hatte ich möglichst schön gemacht. Schön! Großer Gott! Seine gelbliche Haut genügte kaum, um das Geflecht von Muskeln und Adern zu decken; sein Haar war glänzend schwarz und lang; seine Zähne wie Perlen. Aber das alles bildete nur einen um so auffallenderen Gegensatz zu den wässrigen Augen, die sich von den Augenhöhlen kaum abhoben, der faltigen Haut und den schwärzlichen, schmalen Lippen.

Nichts ist flüchtiger als die menschlichen Gefühle. Nahezu zwei Jahre hatte ich gearbeitet, nur um etwas zu schaffen, dem ich Leben einflößen könnte. Dazu hatte ich mich also meiner Ruhe und Gesundheit beraubt! Mit der ganzen Glut meines Herzens hatte ich mich nach der Vollendung gesehnt, und nun war die Schönheit des Traumes verblichen, unsäglicher Schrecken und Ekel erfüllten mich. Unfähig, den Anblick meines Geschöpfes noch länger zu ertragen, rannte ich aus dem Laboratorium und in mein Schlafzimmer, wo ich auf- und abging, da ich keine Ruhe finden konnte. Schließlich aber kam doch eine entsetzliche Müdigkeit über mich und ich warf mich auf mein Lager, vollkommen angekleidet, und hoffte auf einige Zeit Vergessenheit zu finden. Es war umsonst! Wohl schlief ich, aber die furchtbarsten Träume quälten und ängstigten mich. Mir war, als sähe ich Elisabeth in der Blüte ihrer Jugend und Gesundheit in den Straßen von Ingolstadt dahinschreiten. Überrascht und erfreut eilte ich ihr nach und schloss sie in die Arme. Aber kaum hatte ich ihr den ersten Kuss auf die Lippen gedrückt, als sie fahl wurde wie eine Tote; ihre Züge veränderten sich und ich hielt den Leichnam meiner Mutter in den Armen. Ein Leichentuch umhüllte sie, in dessen Falten ekle Würmer krochen. Ich fuhr entsetzt auf; kalter Schweiß rann mir über die Stirn, meine Zähne klapperten und meine Glieder zitterten. Und da – da stand im bleichen, gelblichen Licht des Mondes, das durch die Fenstervorhänge drang, das Ungeheuer, das ich geschaffen. Es hielt den Bettvorhang mit einer Hand zurück und stierte mich mit seinen Augen an, wenn man überhaupt von Augen reden kann. Es öffnete seine Kinnladen und stieß einige unartikulierte Laute aus, während sich die Haut seiner Wangen unter einem hässlichen Grinsen runzelte. Ob es gesprochen hat, kann ich nicht sagen, denn ich hörte es nicht, weil ich davonrannte, als es die Hand nach mir ausstreckte, und die Treppe hinuntereilte. Ich suchte Zuflucht im Hof des von mir bewohnten Hauses. Dort ging ich bis zum Morgen auf und nieder, aufs Tiefste erregt, und lauschte auf jeden Laut, der sich aus dem Haus vernehmen ließ. Mir war es, als müsste der hässliche Dämon nahen, dem ich so leichtsinnigerweise Leben verliehen hatte.

O, kein Sterblicher hätte ohne Grauen den Anblick dieses Gesichts ertragen können. Eine Mumie, die lebendig geworden, konnte nicht so abscheulich sein wie dieses Unding. Ich hatte es betrachtet, als es noch nicht vollendet war. Es war schon damals überaus hässlich, aber als diese Muskeln und Gelenke sich zu bewegen begannen, sah ich, dass ich etwas geschaffen, das sich Dantes[4] Phantasie nicht grausiger hätte vorstellen können.

Es war eine Nacht, die ich mein Leben lang nicht vergesse. Zuweilen pochte mein Puls so rasch und heftig, dass ich fühlte, wie sich jede Ader anspannte; und dann war es mir, als müsse ich zu Boden sinken vor Schwäche und Elend. Es war aber nicht nur das Entsetzen, es war auch die bitterste Enttäuschung, was mich so niederdrückte. Die Träume, die ich so lange genährt, die meine Freude gewesen, wurden mir nun zu Höllenqualen; der Wechsel war zu rasch, zu überwältigend.

Endlich kam der Morgen heran, trüb und feucht, und mit meinen schmerzenden Augen konnte ich auf dem Kirchturm erkennen, dass es eben sechs Uhr war. Der Türhüter öffnete das Tor des Hofes, der diese Nacht meine Zuflucht gewesen, und ich eilte auf die Straße hinaus. Mit raschen Schritten ging ich in der Stadt herum und war in steter Furcht, dass mir an der nächsten Ecke das Ungeheuer entgegenkommen könnte, dem ich zu entfliehen wünschte. Ich wagte nicht heimzugehen, sondern irrte umher, trotzdem mich der Regen, der von dem grauen, trostlosen

---

[4] *Dante Alighieri (1265–1321); italienischer Dichter und Philosoph. Schöpfer der ›Göttlichen Komödie‹, u.a. mit der Beschreibung der Hölle und des Fegefeuers*

Himmel unaufhörlich hernniederfloss, schon bis auf die Haut durchnässt hatte.

Lange setzte ich meinen Spaziergang fort und meinte, durch die rasche Bewegung des drückenden Gefühls ledig zu werden, das auf meiner Seele lastete. Straße um Straße durchwanderte ich, ohne mir klar zu werden, wo ich war und was ich wollte. Mein Herz klopfte in entsetzlicher Furcht und ich eilte dahin, ohne mich umzusehen.

Plötzlich befand ich mich der Herberge gegenüber, vor der die Post und die Reisewagen zu halten pflegten. Ich hielt in meinem Laufe inne, ich weiß nicht warum. Aber ich stand so einige Zeit und hatte die Augen starr auf einen Wagen gerichtet, der gerade vom anderen Ende der Stadt herankam. Als er sich genähert hatte, erkannte ich, dass es die Schweizer Post war. Sie hielt gerade vor mir. Als die Tür geöffnet wurde bemerkte ich im Innern Henry Clerval, der sofort heraussprang und auf mich zueilte. »Lieber, lieber Frankenstein«, rief er, »wie froh bin ich, dich zu sehen! Welch schöner Zufall, dass du jetzt gerade da bist, wo ich ankomme.«

Ich empfand eine unbeschreibliche Freude über die Ankunft Clervals und bei seinem Anblick musste ich meines Vaters, meiner Elisabeth und meiner Heimat gedenken. Ich ergriff seine Hand und vergaß all mein Elend und Unglück; ich fühlte das erste Mal seit Monaten wieder eine ruhige, ernste Freude. Ich war deshalb imstande, meinen Freund in der herzlichsten Weise zu begrüßen und ihn zu meiner Wohnung zu führen. Clerval erzählte mir von unseren gemeinsamen Freunden und von seiner Freude, dass es ihm nun auch vergönnt sei, nach Ingolstadt zu kommen. »Du kannst dir leicht vorstellen«, sagte er, »welche Schwierigkeiten es kostete, meinen Vater zu überzeugen, dass mit der Kenntnis der Buchführung noch nicht alles Wissen erschöpft sei. Ich bin mir auch heute noch nicht klar, ob er es wirklich eingesehen hat, denn seine ständige Antwort auf meine immerwährenden flehentlichen Bitten war das, was der holländische Schulmeister im ›Vikar von Wakefield‹ sagt: »Ich habe zehntausend Gulden im Jahr und das Essen schmeckt mir ausgezeichnet, ohne dass ich Griechisch kann.« Aber schließlich besiegte die Liebe zu mir doch seine Abneigung gegen die Wissenschaft und er erlaubte mir dann, eine Entdeckungsreise ins Land des Geistes zu wagen.«

»Es freut mich herzlich, dich wiederzusehen, aber nun sage mir auch, wie geht es Vater, wie geht es meinen Brüdern und Elisabeth?«

»Sie sind gesund und zufrieden, nur machen sie sich Sorge, weil du so selten etwas von dir hast hören lassen. Übrigens habe ich vor, dir deswegen noch die Leviten zu lesen. Aber, lieber Frankenstein«, fuhr er fort, nachdem er kurz sein Gespräch abgebrochen und mir gerade ins Gesicht gesehen hatte, »es ist mir eben jetzt erst aufgefallen, wie elend du aussiehst. So schmal und blass, man könnte meinen, du hättest ein paar Nächte durchschwärmt.«

»Du kannst recht haben! Ich bin seit einiger Zeit so angestrengt tätig gewesen, dass ich nicht zur Ruhe kam. Aber ich hoffe zuversichtlich, dass all das nun vorüber ist und ich endlich wieder mein eigener Herr bin.«

Ich zitterte am ganzen Leib und war nicht imstande, an die Erlebnisse der vergangenen Nacht zu denken, geschweige denn von ihnen zu erzählen. Ich schlug ein rasches Tempo ein und bald hatten wir mein Haus erreicht. Ich überlegte und schauderte bei dem Gedanken, dass die Kreatur, die ich in meinem Zimmer zurückgelassen, immer noch dort sein könnte. Ich fürchtete mich, das Ungeheuer wieder zu erblicken, noch mehr aber fürchtete ich, Henry könnte es sehen. Ich bat ihn also, einige Augenblicke am Fuß der Treppe zu warten, und tastete mich durch das dunkle Treppenhaus hinauf zu meinem Zimmer. Erst als ich die Hand auf den Türdrücker legte, kam ich wieder zu mir und kalt lief es mir über den Rücken. Ich stieß die Tür mit raschem Ruck auf, wie es Kinder tun, die in ein Zimmer gehen sollen und erwarten, dort ein Gespenst stehen zu sehen. Aber keine Spur von dem Gefürchteten. Ich sprang förmlich in die Wohnung hinein, doch Wohnzimmer und Schlafzimmer waren leer; der unheimliche Geselle war fort. Ich konnte es gar nicht fassen, dass mir ein solch ungeheures Glück beschieden sein sollte. Aber nachdem ich mich überzeugt hatte, dass mein Feind wirklich geflohen war, klatschte ich vor Freude in die Hände und eilte hinunter zu Clerval.

Ich nahm ihn dann mit herauf und das Mädchen brachte sofort das Frühstück. Ich war jedoch unfähig, mich einen Augenblick still zu halten; mein ganzer Körper vibrierte vor Erregung und mein Puls hämmerte wie rasend. Ich sprang über die Stühle, klatschte mit den Händen und lachte laut und übertrieben. Clerval schrieb das alles anfänglich der Freude des Wiedersehens zu. Bei näherer Beobachtung aber mochte er in meinen Augen einen wilden Fieberglanz entdeckt haben, den er sich nicht erklären konnte. Auch mein lautes, rücksichtsloses, herzloses Lachen war ihm vielleicht aufgefallen und hatte ihm Sorge eingeflößt.

»Was hast du denn nur, lieber Viktor, was hast du denn?« rief er. »Lache doch nicht so hässlich. Wie miserabel du aussiehst. Was ist da Schuld daran?«

»Frage mich nicht«, schrie ich, indem ich die Hände vor das Gesicht schlug, denn es war mir gerade gewesen, als wäre das gefürchtete Gespenst lautlos ins Zimmer gehuscht. »Er kann es dir sagen – rette mich, rette mich vor ihm!« Ich meinte zu fühlen, wie das Ungeheuer nach mir griff; ich schlug wie wütend um mich und brach dann ohnmächtig zusammen.

Armer Clerval! Was musst du ausgestanden haben? Er hatte sich so innig auf ein Wiedersehen gefreut, und so musste es enden! Aber ich konnte ja seinen Gram nicht sehen, denn ich war bewusstlos und kam lange, lange nicht mehr zu mir.

Mit diesem Zwischenfall hatte ein heftiges Nervenfieber seinen Anfang genommen, das mich monatelang ans Bett fesselte. Während dieser Zeit hatte Henry ganz allein meine Pflege übernommen. Später erfuhr ich, dass er meinen Lieben in der Heimat die ganze Gefährlichkeit meiner Krankheit verschwiegen hatte, weil er wusste, dass mein Vater schon zu alt war, um die lange Reise zu machen, und dass Elisabeth sich zu Tode gehärmt hätte. Da er überzeugt war, dass niemand imstande wäre, mich aufopfernder und aufmerksamer zu pflegen als er, und fest an meine Wiederherstellung glaubte, wagte er es, die Verantwortung zu übernehmen und so den Meinen einen Liebesdienst zu erweisen.

Ich war wirklich sehr elend daran, und sicherlich hat mich nur die unausgesetzte, hingebende Pflege meines Freundes vom Tod errettet. Das Ungetüm, dem ich das Leben gegeben, schwebte mir immer vor und in meinen Fieberphantasten spielte es die Hauptrolle. Henry wusste sich anfangs meine Reden nicht zu deuten und hielt sie jedenfalls für die Produkte eines fieberglühenden Gehirns. Da sich aber dieselben Szenen immer wiederholten und meine Gedanken immer auf denselben Punkt zurückkehrten, wurde er sich doch klar, dass irgendein seltsames, schreckliches Ereignis zu meiner Erkrankung den Anlass gegeben haben musste.

Sehr langsam schritt meine Genesung vorwärts, immer wieder aufgehalten durch Rückfälle, die meinem Freund viel Gram und Sorge verursachten. Ich erinnere mich noch genau des Augenblicks, da ich zum ersten Mal wieder Dinge wahrnahm, die mich umgaben; wie ich mich darüber freute, dass die gefallenen Blätter nun nicht mehr zu sehen waren, sondern dass die Knospen an den Bäumen vor meinem Fenster aufsprangen. Es war ein wunderschöner Frühling, der zu meiner Gesundung ein gut Teil beitrug. Ich empfand, wie sich Gefühle der Liebe und Freude wieder in meiner Brust zu regen begannen. Allmählich wich der Alb von mir, der mich so bedrückt hatte, und nach kurzer Zeit war ich so froh wie damals, als mich jene unselige Leidenschaft noch nicht gepackt hatte.

»Teurer Clerval«, sagte ich, »wie gut und edel du bist! Diesen ganzen Winter hast du mir geopfert statt zu studieren. Wie soll ich das je heimzahlen? Ich mache mir bittere Vorwürfe, denn ich war ja die Ursache, und bitte dich mir zu verzeihen.«

»Ich will nichts, als dass du dich nicht aufregst und möglichst bald gesund wirst; und da du dich gerade in so guter Laune befindest, darf ich doch etwas mit dir besprechen?«

Ich zitterte. Etwas! Was konnte das sein. Vielleicht dies Etwas, an das ich gar nicht zu denken wagte?

»Rege dich nicht auf«, sagte Clerval, der bemerkt hatte, wie ich blass wurde, »wenn es dich quält, will ich nicht weiter davon reden. Aber ich wollte nur sagen, dass dein Vater und Elisabeth glücklich sein würden, wenn sie endlich einmal wieder einen Brief von deiner eigenen Hand erhielten. Sie wissen ja nicht, wie krank du warst, und dürften sich deinetwegen ängstigen.«

»Ist das alles, lieber Clerval? Glaubst du nicht, dass meine Gedanken zu denen fliegen, die ich liebe und die meine Liebe wirklich verdienen?«

»Nun denn, mein Freund, dann wird es dir jedenfalls auch Freude machen, diesen Brief zu öffnen, der seit einigen Tagen hier liegt und auf dich wartet. Er ist von Elisabeth, wenn ich nicht irre.«

KAPITEL VI

DER BRIEF, den mir Clerval übergab, war von Elisabeth und lautete:

Liebster Viktor!

Du bist krank gewesen, sehr krank, und auch die immerwährenden Briefe des guten, lieben Clerval können mich nicht genügend beruhigen. Ich weiß, dass du nicht schreiben, keine Feder anrühren darfst; aber ein Wort, ein einziges Wort von dir genügt, um unsere Befürchtungen zu zerstreuen. Ich meinte, jede Post könne dieses einzige Wort endlich bringen, und nur meine feste Überzeugung, dass das geschehen müsse, hielt Onkel davon ab, die Reise nach Ingolstadt zu unternehmen. Ihn habe ich allerdings abgehalten, die Unbequemlichkeiten, ja sogar Gefahren dieser langen Reise auf sich zu nehmen; aber wie oft habe ich es bedauert, dass ich selbst sie nicht wagen konnte! Ich bildete mir ein, dass den Dienst an deinem Krankenbett eine alte Lohnpflegerin tat, die niemals deine Wünsche so erraten und sie so erfüllen konnte, wie es deine arme Elisabeth verstanden hätte. Aber das ist nun vorüber! Clerval schreibt, dass es dir in der Tat wieder wesentlich besser geht, und ich bitte dich flehentlich, mir dies mit eigener Hand zu bestätigen.

Werde nur bald wieder gesund und komme dann wieder heim zu uns. Du wirst ein glückliches, friedliches Heim finden und fühlen, wie sehr die deinen an dir hängen. Dein Vater ist noch sehr rüstig und hat keinen anderen Wunsch als den, dich zu sehen, zu wissen, dass es dir wohl geht. Dann trübt aber auch keine Wolke sein gütiges Antlitz. Wie wirst du dich freuen, Ernst wiederzusehen. Wie der groß geworden ist! Er ist jetzt gerade sechzehn Jahre und voller Übermut und Kühnheit. Als echter Schweizer beabsichtigt er, in fremde Kriegsdienste zu treten; allerdings sind wir damit nicht recht einverstanden, wenigstens so lange der ältere Bruder noch fort ist. Dein Vater will von der Sache überhaupt nichts wissen, aber Ernst besaß nie deinen Fleiß und deine Freude am Studium. Er sieht es mehr als etwas Nebensächliches an und verbringt seine Zeit meist in der frischen Luft, auf Berghängen und am Seegestade. Ich fürchte, dass er ein Müßiggänger wird, wenn wir seinem Willen nicht nachgeben und ihn den Beruf wählen lassen, den er sich in den Kopf gesetzt hat.

Bei uns hat sich recht wenig geändert; nur die Kleinen sind herangewachsen, seit du von uns gegangen bist. Der blaue See, die Berge mit ihren Schneehäuptern – sie verändern ihr Antlitz nicht. Und mir scheint es, als herrschte in unserem ruhigen Heim und in unseren friedlichen Herzen dasselbe Gesetz der Unveränderlichkeit. Meine alltäglichen Beschäftigungen füllen meine Zeit ganz aus und machen mir Freude, und mein Lohn ist es, wenn ich frohe, glückliche Gesichter um mich sehe.

Nur etwas ist in unserem kleinen Haushalt anders geworden, seit du nicht mehr hier bist. Erinnerst du dich noch, wie Justine Moritz zu uns kam? Vielleicht nicht mehr, darum will ich dir die Sache mit ein paar Worten ins Gedächtnis zurückrufen. Frau Moritz war eine Witwe mit vier Kindern, von denen Justine das dritte war. Dieses Mädchen war immer ihres Vaters Liebling gewesen; aber merkwürdigerweise mochte ihre

Mutter sie nicht ausstehen und behandelte sie sehr schlecht, als der Vater tot war. Meine Mutter merkte das und machte Frau Moritz den Vorschlag, die Kleine, die eben erst zwölf Jahre alt geworden war, in unserem Hause dienen zu lassen. Die republikanischen Einrichtungen unseres Landes bringen einfachere und schönere Lebensformen mit sich, als man sie vielleicht in den Monarchien, die uns umgeben, kennt. Deshalb ist auch kein so großer Unterschied zwischen der wohlhabenden und der dienenden Klasse, und die Letzteren sind deshalb, weil sie nicht als minderwertig gelten, feiner und moralischer als ihre in der gleichen Lage befindlichen Mitmenschen in anderen Ländern. Ein Dienstmädchen in Genf ist etwas wesentlich anderes als ein solches in Frankreich oder in England. Justine, die in unsere Familie eintrat, nahm allerdings eine dienende Stellung ein, die aber in unserem glücklichen Land weder Unwissenheit bedingt noch auch ein Opfer der Menschenwürde bedeutet.

Du erinnerst dich sicher, dass du Justine sehr gern hattest, und ich weiß, dass du eines Tages sagtest, dass ein Blick aus Justines Augen imstande sei, jede üble Laune von dir zu vertreiben. Auch deine Mutter war ihr sehr zugetan und beschloss, ihr eine bessere Erziehung zu geben, als sie ursprünglich beabsichtigt hatte. Diese Wohltat ward ihr reichlich vergolten, denn Justine war das dankbarste Geschöpf, das man sich denken kann. Nicht, dass sie schmeichelte; aber ihre Augen verrieten, wie sehr sie ihre Herrin vergötterte. Wenngleich sie sehr lebhaft, in mancher Hinsicht sogar unachtsam war, beobachtete sie doch mit der größten Aufmerksamkeit jede Bewegung, jede Miene deiner Mutter. Diese galt ihr als Muster aller Vollkommenheit und sie bemühte sich, ihr in Rede und Haltung zu gleichen, sodass sie mich heute noch immer an die Entschlafene erinnert.

Als dann deine geliebte Mutter starb, waren wir alle zu sehr in unseren Gram vertieft, um von der armen Justine Notiz zu nehmen, die die Kranke mit der hingebendsten Liebe gepflegt hatte. Das Mädchen wurde sehr krank, aber andere Prüfungen waren ihr noch vorbehalten.

Nach und nach starben alle ihre Brüder und Schwestern dahin und ihre Mutter hatte niemand mehr als sie, die vernachlässigte Tochter. Und da begann sich das Gewissen der alten Frau zu rühren: sie glaubte in dem Tod ihrer Lieblinge ein Strafgericht für ihre Ungerechtigkeit zu erkennen. Sie war katholisch und ich glaube, dass ihr Beichtvater sie in dieser Ansicht nur noch bestärkt hat. Kurz, einige Monate nach deiner Abfahrt nach Ingolstadt wurde Justine zu ihrer Mutter zurückberufen. Armes Ding! Sie weinte bitterlich, als sie uns verließ; seit dem Tod deiner Mutter war sie ganz verändert und ihre frühere Lebhaftigkeit war einer herzgewinnenden Weichheit und Milde gewichen. Aber der Aufenthalt bei ihrer Mutter war gar nicht geeignet, sie wieder fröhlich zu machen. Die arme Frau war nicht sehr beständig in ihrer Reue. Oftmals bat sie Justine, ihr doch ihre Unfreundlichkeiten zu verzeihen, aber dann wieder klagte sie sie an, dass sie am Tod ihrer Brüder und Schwestern schuld sei. Dieser immerwährende Gram nagte an Frau Moritz, die immer verdrießlicher und reizbarer wurde, bis sie endlich auf ewig Ruhe fand. Sie starb bei dem Herannahen des kalten Wetters zu Beginn des letzten Winters. Justine ist wieder bei uns und ich kann dir nur versichern, dass ich sie herzlich lieb habe. Sie ist sehr klug und nett und außergewöhnlich hübsch. Wie ich dir schon sagte, erinnert sie mich in Miene und Haltung immerwährend an deine Mutter.

Noch muss ich dir mit ein paar Worten über unseren lieben, kleinen Wilhelm berichten. Ich wollte, du könntest ihn sehen. Er ist sehr groß für sein Alter, hat lachende, blaue Augen, dunkle Augenbrauen und gelocktes Haar. Wenn er lacht, erscheinen auf seinen Wangen zwei rosige Grübchen. Er hat bereits einige kleine Bräute; die liebste von allen ist ihm aber Luise Biron, ein reizendes Kind von fünf Jahren.

Ich nehme an, dass dir auch ein kleiner Klatsch über unsere Genfer Bekannten erwünscht ist. Fräulein Mansfeld hat sich mit einem jungen Engländer, Herrn John Melbourne, verlobt, während ihre hässliche Schwester Manon letzten Herbst einen reichen Bankier, Herrn Duvillard, geheiratet hat. Dein Schulfreund Ludwig Manoir hat mit viel Missgeschick zu kämpfen gehabt. Es geht ihm aber jetzt wieder gut und man erzählt sich, dass er im Begriff sei, eine liebenswürdige Französin, Frau Tavernier, zu heiraten. Sie ist Witwe und viel älter als er; aber sie wird von allen Seiten verehrt und angebetet.

Während des Schreibens merke ich, dass ich mich selbst damit in bessere Laune versetzt habe; aber nun, wo ich schließen möchte, kehrt meine Angst wieder. Schreibe, lieber, guter Viktor, eine Zeile, ein Wort wird uns reich machen. Henry lassen wir tausendmal danken für seine Liebe, seine Güte und seine vielen Briefe; wir werden es ihm nie vergessen. Lebwohl, Lieber; schone dich recht und vergiss nicht zu schreiben – ich bitte dich darum!

Genf, den 18. März 17..
Elisabeth Lavenza

»Teure, geliebte Elisabeth«, rief ich aus, nachdem ich den Brief zu Ende gelesen, »ich werde sofort schreiben und dich von der Angst befreien, die du um mich hast.« Ich schrieb – allerdings nicht ohne bedeutende Anstrengung; aber meine Genesung hatte begonnen und machte rasche Fortschritte. Nach weiteren vierzehn Tagen durfte ich das erste Mal wieder mein Zimmer verlassen.

Das erste, was ich nach meiner Genesung tat, war, dass ich Clerval bei verschiedenen Professoren der Universität einführte. Dass dabei mehrere Wunden meiner Seele wieder aufbrachen, ist nicht zu verwundern. Seit jener Unglücksnacht, die das Ende meiner Mühen, aber auch den Anfang meines Elends bildete, hatte ich einen gewissen Widerwillen schon gegen das Wort Naturphilosophie. Wenn ich auch gesundheitlich vollkommen wiederhergestellt war, so war doch schon der Anblick eines der Chemie dienenden Instrumentes geeignet, von neuem nervöse Erschütterungen hervorzurufen. Henry hatte das gemerkt und deshalb alle Apparate wegräumen lassen. Er hatte auch dafür Sorge getragen, dass ich ein anderes Zimmer bezog, denn er empfand, dass ich ein Grauen vor dem Raum hatte, der mir bisher als Laboratorium gedient. Aber all die Vorsichtsmaßregeln halfen nicht, als wir unsere Besuche bei den Professoren machen mussten. Herr Waldmann verursachte mir Qualen, als er gütig und ehrlich die erstaunlichen Fortschritte pries, die ich in den Wissenschaften gemacht hatte. Er fühlte bald heraus, dass mir dieses Thema unangenehm war; da er aber meine inneren Beweggründe nicht wissen konnte, schrieb er meine Verlegenheit meiner Bescheidenheit zu und wechselte das Thema insofern, als er auf die Wissenschaft im Allgemeinen überging, allerdings in der Absicht, mich herauszustreichen. Was sollte ich tun? Er meinte es gut, tat mir aber weh. Mir war es wie einem, dem man nach und nach all die Instrumente vorzeigt, mit denen er dann geschunden und hingerichtet werden soll. Ich erschauerte bei seinen Worten, konnte aber meine Pein nicht zeigen. Clerval, der sehr rasch die Gedanken und Gefühle anderer zu erraten verstand, lenkte dann das Gespräch ab, in dem er seine vollständige Unkenntnis dieser Dinge entschuldigend erwähnte. Ich dankte meinem treuen Freunde innerlich, durfte aber doch nicht diesem Gefühle mit Worten Ausdruck geben. Er war offenbar überrascht, versuchte aber niemals, mein Geheimnis zu erforschen. Und obschon ich ihn grenzenlos liebte und verehrte, brachte ich es doch nicht übers Herz, ihm das Ereignis anzuvertrauen, das immer in meiner Seele gegenwärtig war und das vielleicht auf einen andern einen noch tieferen Eindruck machen konnte als auf mich selbst.

Herr Krempe sprach in wesentlich anderer Weise, und in meiner empfindlichen, seelischen Verfassung taten mir seine rauen, ungelenken Lobsprüche noch weher als die feinen, anerkennenden Worte Waldmanns. »Hol der Teufel den Jungen!« schrie er. »Ich versichere Ihnen, Herr Clerval, er hat uns alle ausgestochen. Ja, ja, schauen Sie nur; deswegen ist es doch wahr. Ein junger Dachs, der noch ein paar Jahre vorher an Cornelius Agrippa glaubte, wie an das Evangelium, ist nun uns allen an der ganzen Universität voran. Nun, nun«, fuhr er fort, als er den leidenden Ausdruck in meinem Gesichte bemerkt hatte, »ich weiß, Herr Frankenstein ist bescheiden, wie es sich für junge Leute besonders gut ziemt. Junge Leute dürfen sich noch nicht allzuviel zutrauen, wissen Sie, Herr Clerval. Auch ich war bescheiden, wie ich noch jung war; aber das wird ja dann später alles anders.«

Herr Krempe war damit auf ein Thema übergegangen, das mir nicht so unangenehm war, nämlich auf einen Lobhymnus seiner selbst.

Clerval hatte meine Neigung zu den Naturwissenschaften nie geteilt und auch seine Lektüre hatte sich immer wesentlich von der meinen unterschieden. Er hatte die Universität bezogen mit der festen Absicht, orientalische Philologie zu studieren und sich damit einen Lebensberuf zu schaffen. Das Persische, Arabische und Sanskrit waren seine Lieblingssprachen, und es war ihm ein Leichtes, mich zu veranlassen, dass auch ich diese Fächer belegte. Müßiggang war mir von jeher ein Gräuel gewesen, und gerade jetzt, wo ich meine früheren Studien wieder zu hassen begann und alles zu vergessen wünschte, war es mir lieb, in meinem Freund einen Arbeitsgenossen zu haben und in den geistigen Schätzen des Orients nicht nur Belehrung, sondern auch Ablenkung zu finden. Es war mir nicht, wie ihm, darum zu tun, mir genaue, detaillierte Kenntnisse zu erwerben, sondern ich wollte mich nur der Zerstreuung halber damit beschäftigen. Ich las nur um des Inhalts willen und meine Mühe machte sich reichlich belohnt; ihr Ernst ist sanft und ihre Freude erhebend, wie ich es in keiner anderen Literatur kennen lernte. Wo man diese orientalischen Schriften liest, meint man, das Leben fließe nur im linden Sonnenlicht und in berauschendem Rosenduft dahin. Wie verschieden sind dagegen die herben, heroischen Dichtungen der Griechen und Römer!

Der Sommer floss dahin und meine Rückkehr nach Genf wurde auf Ende Herbst festgesetzt. Durch verschiedene Zufälligkeiten kam es aber nicht dazu, und unterdessen brach der Winter herein, der mit Schnee und Eis die Straßen unbenutzbar machte, sodass ich meine Abreise auf den folgenden Frühling verschieben musste. Dieser neue Aufschub fiel mir sehr schwer, denn ich sehnte mich danach, meine Heimat und meine Lieben zu sehen. Ich hatte meine Abreise auch deswegen verzögert, weil ich Henry nicht ganz allein in der fremden Stadt lassen, sondern ihn erst noch mit einigen Einwohnern derselben bekannt machen wollte. Wir verbrachten den Winter ganz vergnügt, und der Frühling, der ungewöhnlich spät einsetzte, entschädigte uns mit allen Mitteln für sein Säumen.

Schon war es Mai geworden und ich erwartete Tag für Tag den Brief aus der Heimat, der meine endgültige Abreise festlegen sollte. Henry schlug mir vor, mit ihm eine Fuß-Tour in die Umgebung von Ingolstadt zu machen, damit ich mich von dem Landstrich, in dem ich einige Zeit gelebt, verabschieden könne. Ohne Zögern stimmte ich zu, denn ich war ein großer Freund körperlicher Übungen, außerdem war ja Clerval mein Genosse auf meinen Streifereien in der prächtigen Bergwelt meiner Heimat gewesen.

Vierzehn Tage blieben wir fort. An Geist und Körper hatte ich mich schon erholt und sog neue Kraft aus der reinen, heilsamen Luft, dem abwechslungsreichen Anblick der Natur und den Gesprächen meines Freundes. Das Studium hatte mich vordem vollkommen von meinen Mitgeschöpfen getrennt und mich einsam gemacht. Aber Clerval gelang es, wieder die besseren Gefühle meines Herzens die Oberhand gewinnen zu lassen; ich hatte wieder Freude an der Natur und an den unschuldigen Kindergesichtern. Ein edler Freund! Wie aufrichtig er mich liebte und sich bemühte, mich auf seine Höhe zu erheben! Selbstsucht hatte mich kleinlich und engherzig gemacht, aber sein Edelmut und seine Liebe öffneten mir das Herz. Ich wurde wieder dasselbe glückliche Geschöpf, das ich vorher gewesen, sorglos und froh. Da ich glücklich war, hatte auch die Natur die Macht, freudige Gefühle in mir zu erwecken. Heiterer Himmel und grünende Wiesen erfüllten mich mit Entzücken. Es war eine herrliche Zeit; die Frühlingsblüten zierten noch Baum und Strauch und die Blumen des Sommers brachen schon überall hervor. Die Gedanken, die mich im vergangenen Jahre so schwer bedrückt hatten, trotzdem ich mir alle Mühe gab, sie von mir zu werfen, waren von mir gewichen.

Henry war glücklich, als er mich so froh sah. Er war unerschöpflich an gedankenreicher Konversation, und oftmals erfand er nach Art der persischen und arabischen Märchendichter Geschichten von wunderbarer Schönheit und Glut. Zuweilen wiederholte er mir meine Lieblingsdichter oder begann mit mir Diskussionen, die er mit großer Beharrlichkeit durchfocht.

Sonntag Nachmittag kehrten wir in unsere Universitätsstadt zurück. Die Bauern tanzten und alle Welt schien glücklich und sorglos. Ich selbst war in köstlicher Laune, und voll unbändiger Heiterkeit und Fröhlichkeit wäre ich selbst am liebsten gesprungen.

KAPITEL VII

BEI MEINER HEIMKEHR fand ich einen Brief meines Vaters vor und las:

Lieber Viktor!

Du wirst mit Ungeduld auf meinen Brief warten, der dir das genaue Datum deiner Rückreise zu uns angeben soll. Und eigentlich hatte ich erst die Absicht, dir nur einige wenige Zeilen zu schreiben, die dir sagen sollten, wann wir dich hier erwarten. Aber das wäre eine grausame Schonung gewesen und ich wagte es nicht. Wie überrascht wärst du gewesen, mein lieber Sohn, wenn du anstatt eines frohen, herzlichen Willkommgrußes in ein Haus voll Trauer und Tränen gekommen wärest. Wie kann ich dir nur unser Unglück schildern, Viktor? Deine lange Abwesenheit hat dich sicher nicht gefühllos für unsere Freuden und Leiden gemacht, und wie schwer wird es mir, meinem Sohn, der schon so lange in der Ferne weilt, wehe zu tun! Ich möchte dich gern vorbereiten auf das Furchtbare, was ich dir sagen muss, aber ich weiß, es ist unmöglich. Ich sehe jetzt schon deine Augen vorausfliegen nach der Stelle, die dir das Unheilvolle verkündet.

Wilhelm ist – tot! Der süße, liebe Junge, dessen Lächeln meinem Herzen wohltat wie warmer Sonnenschein, und der so reizend, so fröhlich war! Viktor, denke dir, man hat ihn ermordet!

Letzten Donnerstag (7. Mai) ging ich mit Elisabeth und deinen zwei Brüdern nach Plaipalais spazieren. Es war ein warmer, schöner Abend und wir dehnten unseren Spaziergang weiter aus als gewöhnlich. Es war schon dämmerig geworden, bis wir ans Umkehren dachten; aber wir vermissten Wilhelm und Ernst, die uns vorausgegangen waren. Wir ließen uns auf einer Bank nieder und warteten, bis auch sie umkehren würden. Plötzlich kam Ernst und fragte, ob wir nicht seinen Bruder gesehen hätten. Er erzählte, dass sie gespielt hätten und Wilhelm davongelaufen sei, um sich zu verstecken; er habe ihn dann lange vergeblich gesucht und noch länger auf ihn gewartet.

Diese Erzählung versetzte uns in nicht geringe Erregung und wir begaben uns auf die Suche, bis es dunkle Nacht war. Elisabeth kam auf die Vermutung, dass der Knabe vielleicht heimgelaufen sein könnte. Aber auch hier fanden wir ihn nicht. Wir gingen wieder hinaus, diesmal mit Fackeln, denn ich hatte keine Ruhe, wenn ich daran dachte, dass der Junge sich verlaufen haben könnte und die ganze Nacht dem Nebel und Tau ausgesetzt sei. Auch Elisabeth litt furchtbare Angst. Morgens gegen fünf Uhr fand ich den lieben Knaben, den ich noch am Abend zuvor blühend und frisch gesehen hatte, bleich und steif auf dem Grasboden ausgestreckt; an seinem Hals erkannte man noch die Fingerabdrücke des Mörders.

Ich brachte ihn nach Hause, und die Qual, die sich in meinen Zügen ausdrücken musste, ließ Elisabeth sofort das Grässliche erraten. Sie wollte absolut den kleinen Leichnam sehen. Zuerst versuchte ich es zu verhindern, aber sie bestand auf ihrem Wunsch. Als sie in das Zimmer kam, wo der Kleine lag, ging sie eilig auf ihn zu und rief, die Hände ringend: »O Gott, ich habe das gute Kind gemordet!«

Sie brach zusammen und konnte nur mit großer Mühe wieder zum Bewusstsein gebracht werden. Und kaum war sie erwacht, als sie zu weinen und zu klagen begann. Sie erzählte mir, dass am Abend sie der Kleine so lange geplagt hatte, bis sie ihm erlaubte, ein Medaillon mit einer wertvollen Miniatur, die deine Mutter darstellte, zu tragen. Dieses Medaillon fehlt und war zweifellos das, was den Mörder zu seiner unseligen Tat anreizte. Wir haben bis jetzt noch keine Spur von ihm, obgleich wir unermüdlich nach ihm forschen. Aber was hilft es, unser armer Wilhelm wird davon nicht mehr lebendig.

Komm heim, lieber Viktor; du allein wirst Elisabeth zu trösten vermögen. Sie weint unausgesetzt und klagt sich der Schuld an dem Unglück an; ihr Jammer macht mich noch elender. Wir sind alle wie gebrochen, und das wird erst recht ein Anlass für dich sein, geliebter Sohn, heimzukehren und uns zu trösten.

Deine gute Mutter! Wie danke ich Gott, dass er sie es nicht mehr erleben ließ, wie ihr jüngstes Kind so elend und grausam zu Grunde gehen musste!

Komm, Viktor; nicht rachebrütend gegen den feigen Mörder, sondern voll Liebe und Güte gegen uns, die dich lieb haben. Dein dich liebender, unglücklicher Vater Alfons Frankenstein.

Genf, den 12. Mai 17..

*

Clerval, der mich beobachtet hatte, während ich las, war überrascht von meiner Verzweiflung, die an die Stelle meiner Freude bei Empfang des Briefes getreten war. Ich warf den Brief auf den Tisch und barg mein Gesicht in den Händen.

»Lieber Frankenstein«, sagte er, als er bemerkte, dass ich bitterlich weinte, »bist du denn noch immer unglücklich? Was ist denn geschehen?«

Ich veranlasste ihn mit einer Handbewegung, den Brief zu lesen; währenddem ging ich in der heftigsten Erregung im Zimmer auf und nieder. Auch aus seinen Augen drangen Tränen, als er den schrecklichen Bericht las.

»Trösten kann ich dich nicht, armer Freund«, sagte er, »dazu ist das Unglück zu groß. Was wirst du nun tun?«

»Sofort nach Genf reisen. Komm mit mir, die Pferde bestellen.«

Auf dem Weg versuchte Clerval einige Worte des Trostes zu finden. Wenn es ihm auch nicht möglich war, so fühlte ich doch, wie tief er mit mir litt. »Armer Wilhelm! Nun ruht der liebe Junge bei seiner seligen Mutter. Und wenn man ihn noch frisch und blühend gekannt hat, muss es einem ja noch viel weher tun. So elend enden zu müssen unter dem grausamen Griff eines Mörders! Und was für eine Bestie muss der sein, der imstande ist, ein so junges, unschuldiges Leben zu zerstören! Aber dass er nun Frieden hat, mag ein Trost sein für die, die an seiner Bahre klagen und trauern. Wir dürfen ihn nicht weiter bemitleiden, sondern die Überlebenden sind es, die unseres Mitleides bedürfen.«

So sprach Clerval, während wir durch die Straßen eilten. Ich erinnere mich noch heute seiner Worte. Aber damals hatte ich keine Zeit zu antworten. Kaum fuhr der Wagen vor, als ich auch schon hineinsprang und mich von meinem Freund verabschiedete.

Es war eine traurige Reise. Anfangs konnte es mir nicht rasch genug gehen, denn ich sehnte mich danach, meine Lieben in der Heimat in ihrem Gram zu trösten und sie in die Arme zu schließen. Je näher ich aber meiner Vaterstadt kam, desto mehr verzögerte ich die Fahrt. Ich konnte kaum der Fülle von Eindrücken Herr werden, die über mich hereinstürmten. Es umgaben mich Bilder, die mir von früher Jugend an lieb und vertraut waren, die ich aber seit nahezu sechs Jahren nicht mehr gesehen hatte. Was konnte sich alles während dieser Zeit geändert haben? Ein plötzliches, erschütterndes Ereignis war ja eingetreten; aber noch tausend andere kleine Veränderungen konnten geschehen sein, die, weniger tief eingreifend, dennoch aber von entscheidender Bedeutung waren. Ich empfand Furcht; ich wagte es nicht, die Fahrt zu beschleunigen, denn tausend Befürchtungen standen mir vor Augen, die mich erzittern ließen, obgleich ich nicht imstande war, mir darüber Rechenschaft zu geben.

Ich blieb zwei Tage in Lausanne, um meiner Angst einigermaßen Meister zu werden. Ich betrachtete den See. Das Wasser lag friedlich da. Alles war still rings umher und die Schneeberge, die Dome der Natur, waren genau so wie einst. In dieser ruhevollen, erhabenen Umgebung erholte ich mich, sodass ich meine Reise nach Genf fortzusetzen vermochte.

Die Straße lief neben dem See her, der gegen meine Vaterstadt zu immer schmaler wurde. Immer deutlicher erkannte ich die finsteren Hänge des Jura und den schimmernden Scheitel des Montblanc. Ich weinte wie ein Kind. »Geliebte Berge! Herrlicher See! Wie freundlich grüßt ihr den Heimkehrenden! Hell leuchten die Berghäupter und blau und friedlich sind Himmel und See. Soll das Frieden bedeuten oder ist es nur, um mein Unglück noch mehr zu vertiefen?«

Ich fürchte, mein lieber Freund, dass ich Ihnen lästig falle, indem ich Sie mit den Schilderungen meiner Gefühle langweile. Aber es waren Tage des Glücks, die ich nie vergessen werde. Mein Heimatland, meine geliebte Heimat! Nur ein Sohn dieses Landes kann verstehen, was ich beim Anblick dieser Bäche, dieser Berge und vor allem des lieblichen Sees empfand.

Aber je näher ich Genf kam, desto mehr bemächtigten sich meiner wieder Gram und Furcht. Die Nacht sank hernieder, und als ich die Berge nicht mehr erkennen konnte, wurde es mir noch düsterer zu Mute. Wie ein unheimlicher Alb lag es auf meiner Seele und dunkel fühlte ich voraus, dass ich dazu bestimmt war, das unglücklichste aller Geschöpfe zu werden.

Leider hatte ich das Richtige geahnt und mich nur insofern geirrt, als meine Befürchtungen und Vorahnungen nicht den hundertsten Teil all des Elendes darstellten, das mir beschieden war.

Es war vollkommen Nacht geworden, als ich vor den Mauern von Genf ankam. Aber die Tore der Stadt waren schon geschlossen und ich musste mich deshalb bequemen, die Nacht in Socheron, einem kleinen Dörfchen eine halbe Stunde von Genf entfernt, zuzubringen. Da das Wetter noch günstig war und ich doch keine Ruhe gefunden hätte, beschloss ich, den Ort zu besuchen, wo mein armer Bruder Wilhelm ermordet worden war. Ich war genötigt, mit einem Boot über den See nach Plainpalais zu fahren. Während dieser kurzen Überfahrt bemerkte ich, dass Blitze um den Scheitel des Montblanc zuckten. In unheimlicher Hast zog ein Gewitter heran und ich begab mich sofort nach der Landung auf einen niederen Hügel, um von dort aus das Naturschauspiel zu beobachten. Es machte rasche Fortschritte. Bald war der Himmel von Wolken überzogen und schon klatschten die ersten schweren Tropfen hernieder. Dann öffneten sich rauschend die Schleusen über mir.

Durch die wachsende Finsternis, den heulenden Sturm schritt ich dahin, während in den Lüften der Donner entsetzlich brüllte. Er hallte zurück vom Salêve und von den Wänden des Jura und der Savoyer Alpen. Grelle Blitze blendeten meine Augen und der See erschien wie ein Meer von Feuer; bis dann das Auge sich wieder erholt hatte, wandelte ich in der pechschwarzen Finsternis dahin. Wie man es in der Schweiz häufig beobachten kann, waren Gewitter von verschiedenen Seiten aufgestiegen. Das stärkste hing gerade über der Stadt, über dem Teil des Sees, der sich zwischen Belrive und Copet ausdehnt. Ein anderes entlud sich mit schwachen Blitzen über dem Jura und ein drittes stand über dem Mole, einem spitzen Bergkegel östlich des Sees.

Eilig schritt ich dahin, während ich mich des ebenso herrlichen wie furchtbaren Schauspiels freute. Dieser tosende Kampf in den Lüften erregte mich; ich klatschte in die Hände und schrie laut: »Wilhelm, lieber Junge, das ist deine Leichenfeier, dein Totengesang!« Während ich dies ausrief, bemerkte ich im Dunkel, dass sich aus einem Gebüsch in meiner Nähe etwas herausschlich. Ich stand still und starrte gespannt nach der Stelle; ich konnte mich nicht getäuscht haben. Jäh zuckte ein Blitz auf – vor mir stand in seiner gigantischen Größe, in seiner übermenschlichen Hässlichkeit das Scheusal, der entsetzliche Dämon, dem ich das Leben gegeben. Was wollte er hier? War er vielleicht (ich schauderte bei dem Gedanken) der Mörder meines Bruders? Kaum war mir diese Möglichkeit durch den Kopf gefahren, da setzte sie sich schon als Gewissheit in mir fest. Meine Zähne klapperten und ich musste mich gegen einen Baum lehnen. Die Gestalt huschte an mir vorbei und verschwand im Dunkel. Kein menschliches Wesen hatte Wilhelm getötet, er war es! Ein Zweifel erschien mir ausgeschlossen. Schon die Tatsache, dass mir der Gedanke überhaupt kam, war mir ein Beweis für seine Richtigkeit. Einen Augenblick dachte ich daran, den Dämon zu verfolgen und zu erwürgen; aber jeder Versuch wäre umsonst gewesen, denn im blendenden Licht des nächsten Blitzes sah ich ihn an der senkrechten Wand des Mont Salêve, eines Berges, der sich südlich Plainpalais erhebt, hinaufklettern. Bald hatte er den Gipfel erreicht und war verschwunden.

Ich stand regungslos. Das Unwetter hatte aufgehört, aber es regnete noch immer und alles ringsum war in rabenschwarze Finsternis gehüllt. Vor meinem Geiste rollten sich in rascher Folge all die Ereignisse ab, die ich mit größter Mühe zu vergessen getrachtet hatte: die Vorarbeiten meiner unseligen Schöpfung, das Erscheinen der Kreatur an meinem Bett und ihr Verschwinden. Zwei Jahre fast waren seit jener Nacht verronnen, da das Werk meiner Hände zu leben begann. War das sein erstes Verbrechen? Leider hatte ich ein Scheusal auf die Welt losgelassen, das an grausigen Bluttaten seine Freude hatte. Hatte er denn nicht meinen Bruder getötet?

Ich kann nicht beschreiben, welche Angst ich in jener Nacht litt, die ich, durchnässt und halb erfroren, im Freien verbrachte. Das Wetter ließ mich ganz gleichgültig; ich erschöpfte mich im Durchdenken all des Leides und der Verzweiflung, die mir noch bevorstanden. Was für ein Wesen hatte ich da in die Welt gesetzt? Mit starkem Willen und großer körperlicher Kraft hatte ich es ausgerüstet, die es nun zu blutigen Zwecken missbrauchte, wie die Tatsachen bewiesen. Es war wie mein eigener Vampir, der aus dem Grab zurückkehrt, um alles zu zerstören, was ihm im Leben lieb war.

Der Tag dämmerte herauf und ich wandte meine Schritte der Stadt zu. Die Tore waren schon geöffnet und ich eilte zu meines Vaters Haus. Anfangs trug ich mich mit der Absicht, sofort alles bekannt zu machen, was ich von dem Mörder wusste, und eine Verfolgung einleiten zu lassen. Aber ich zögerte, wenn ich daran dachte, was ich zu erzählen hatte. Ein Wesen, das ich selbst gebildet und mit Leben begabt habe, hätte ich mitten in der Nacht in den unzugänglichen Berghängen nahe meiner Heimatstadt angetroffen. Auch das Nervenfieber, das mich gerade zur Zeit der Vollendung meines Werkes ergriffen hatte, diente nicht dazu, meiner Erzählung einen größeren Grad von Wahrscheinlichkeit zu verleihen. Ich wusste sehr wohl, dass, wenn ein anderer mir dieselbe Geschichte berichtete, ich sie für den Ausfluss einer überreizten Phantasie hätte erklären müssen. Außerdem würde ja die seltsame Natur des Wesens jede Verfolgung ausgeschlossen haben, selbst wenn es mir gelungen wäre, meinen Vater überhaupt von der Notwendigkeit einer Verfolgung zu überzeugen. Und welchen Ausgang würde eine derartige Unternehmung haben gegen ein Wesen, das imstande war, die überhängenden Felsen des Mont Salêve ohne Weiteres zu erklimmen? Diese Erwägungen veranlassten mich zum Schweigen.

Es mochte etwa fünf Uhr morgens sein, als ich das väterliche Haus betrat. Ich wies die Dienstboten an, jegliche Störung der Familienmitglieder zu vermeiden, und begab mich in die Bibliothek, um meine Lieben zu erwarten.

Sechs Jahre also waren vergangen, seit ich das letzte Mal hier stand und mein Vater mich vor meiner Abreise nach Ingolstadt in die Arme schloss. Vergangen waren sie wie ein Traum, allerdings wie einer, der untilgbare Spuren hinterlässt. Edler, geliebter Vater, du wenigstens bist mir geblieben! Ich blickte auf das Bildnis meiner Mutter, das über dem Kamin hing; es stellte sie dar, wie sie, noch als Karoline Beaufort, am Sarg ihres Vaters kniete. Ihr Kleid war einfach und ihre Wange schmal und bleich, aber ihre Haltung so stolz und aufrecht, dass man einem Gefühl des Mitleides kaum Raum zu geben vermochte. Unter diesem Gemälde hing ein kleines Bildchen Wilhelms, und Tränen stiegen mir in die Augen, als ich es betrachtete. Unterdessen trat mein Bruder Ernst ein; er hatte mich kommen hören und sich beeilt, zu meiner Begrüßung herunterzukommen. Mit schmerzlicher Freude drückte er mir die Hand und sagte: »Willkommen, lieber Viktor! Vor drei Monaten noch hättest du uns alle froh und glücklich angetroffen. Heute kommst du, um ein Leid mit uns zu teilen, das niemand mehr gutmachen kann. Ich hoffe ja, dass deine Gegenwart unseren Vater wieder etwas aufrichten wird, der unter dem furchtbaren Unglück fast zusammenbricht, und dir wird es vielleicht gelingen, Elisabeths zwecklose, quälende Selbstanklagen zum Schweigen zu bringen. Armer Wilhelm! Er war unser Stolz und unsere Freude!«

Unaufhaltsam stürzten die Tränen aus meines Bruders Augen, während es mir wie Todesangst über den Leib kroch. Ich hatte mir ja Vorstellungen davon gemacht, wie verödet es nun in unserem Hause aussehen musste; aber nun trat die Wirklichkeit noch viel erschreckender an mich heran. Ich versuchte Ernst zu beruhigen und erkundigte mich um das Befinden meines Vaters und Elisabeths.

»Elisabeth«, sagte Ernst, »bedarf besonders des Trostes. Sie gibt sich selbst die Schuld am Tode Wilhelms, und das macht sie ganz krank. Aber seit der Mörder entdeckt ist ...«

»Der Mörder entdeckt? Großer Gott! Wie kann denn das sein? Wer könnte es wagen, ihn zu verfolgen? Es ist unmöglich! Eher gebietet einer den Winden oder hält den Bergstrom mit einem Strohhalm in seinem Laufe auf. Ich habe ihn auch gesehen; heute Nacht war er noch frei!«

»Ich verstehe dich nicht ganz«, sagte mein Bruder verwundert. »Jedenfalls hat diese Entdeckung unser Elend noch verschlimmert. Zuerst hielt es ja niemand für möglich, und heute noch glaubt Elisabeth nicht daran, wenn auch kein Irrtum mehr walten kann. Und wer käme auch auf den Gedanken, dass Justine, die wir alle lieben und die so eng mit unserer Familie verknüpft ist, plötzlich eines so abscheulichen, entsetzlichen Verbrechens fähig sei?«

»Justine Moritz? Armes, armes Ding! Sie hätte man des Verbrechens beschuldigt? Aber das ist ja undenkbar! Jedermann kennt sie und es glaubt doch keiner an ihre Schuld?«

»Allerdings glaubte zuerst niemand daran, aber einige Umstände drängten uns dann doch schließlich die Überzeugung auf. Und ihr eigenes Benehmen war so merkwürdig, dass für einen Zweifel kein Raum mehr bleibt. Heute wird sie abgeurteilt und du wirst dann Näheres hören.«

Er erzählte mir, dass Justine am Morgen nach der Mordnacht krank geworden sei und mehrere Tage das Bett hüten musste. Während dieser Zeit hat einer der Dienstboten in der Tasche des Kleides, das Justine in jener Nacht getragen, das Bildchen meiner Mutter gefunden, das wegen seiner Kostbarkeit den Mörder zur Begehung des Verbrechens verleitet haben sollte. Das Dienstmädchen zeigte das Bild einem anderen und dieses zeigte, ohne der Familie ein Wort zu sagen, die Sache bei Gericht an. Daraufhin wurde Justine verhaftet. Als ihr das Verbrechen vorgehalten wurde, geriet die Arme in eine derartige Verwirrung, dass man sie unbedingt für schuldig halten musste.

Das war allerdings eine seltsame Geschichte, aber meine Überzeugung blieb unerschüttert. Ich erwiderte ernst: »Ihr seid alle im Irrtum; ich weiß, wer der Mörder war. Die gute, arme Justine ist unschuldig.«

In diesem Augenblick trat mein Vater ein. Tiefer Gram lag auf seinem Antlitz, aber er bemühte sich, mich liebevoll zu begrüßen. Wir sprachen von diesem und jenem, und erst Ernst brachte uns wieder auf das Unheil, das über dem Hause lag. »Denke dir, Vater«, sagte er, »Viktor behauptet, den Mörder des armen Wilhelm zu kennen.«

»Leider kennen auch wir ihn. Lieber wäre es mir gewesen, auf immer im Ungewissen darüber zu bleiben, als in einen solchen Abgrund von Schlechtigkeit und Undank blicken zu müssen.«

»Aber, lieber Vater, du irrst; Justine ist schuldlos.«

»Wenn sie es ist, dann wird Gott es verhüten, dass sie als schuldig befunden werde. Heute tritt sie vor Gericht und ich hoffe, dass man sie freisprechen wird.«

Diese Worte beruhigten mich etwas. Ich war fest überzeugt, dass Justine, ebensowenig wie irgendein anderes menschliches Wesen, die Untat vollbracht habe. Ich hielt es auch für unmöglich, dass irgendetwas vorgebracht werden könne, was als Beweis ihrer Schuld dienen könnte. Allerdings war ja mein Erlebnis nicht geeignet, öffentlich bekannt gemacht zu werden; man hätte es lediglich für Wahnwitz gehalten. Gab es denn einen Menschen auf der weiten Welt, außer mir, dem Schöpfer, der es ohne Weiteres geglaubt hätte, was ich hätte behaupten müssen?

Wir gingen dann zu Elisabeth. Sie hatte sich sehr verändert, seit ich sie nicht mehr gesehen. Aus dem reizenden Kind war ein liebliches Weib geworden. Sie begrüßte mich mit leidenschaftlicher Freude. »Deine Ankunft, lieber Viktor, lässt mich wieder Hoffnung schöpfen. Vielleicht findest du Mittel und Wege, die arme, schuldlose Justine von dem entsetzlichen Verdacht zu reinigen. Auf wen ist überhaupt noch zu rechnen, wenn sie schuldig befunden wird. Ich weiß, sie ist an dem Verbrechen ebenso unschuldig wie ich. Unser Unglück trifft uns ja doppelt hart. Wir haben nicht nur das liebe Kind verloren, sondern das gute Mädchen, das ich so sehr liebe, wird einem noch grässlicheren Schicksal entgegengehen. Wenn sie verurteilt wird, habe ich keine gute Stunde mehr auf Erden. Aber ich weiß gewiss, es wird, es kann nicht geschehen, und wenn sie wieder frei ist, will ich glücklich sein, so glücklich, als ich es nach den schrecklichen Ereignissen noch sein kann.«

»Sie ist schuldlos, liebe Elisabeth«, sagte ich, »und das muss offenbar werden. Fürchte nichts, sondern sei stark in dem Gedanken, dass sie freigesprochen werden muss.«

»Wie gut und edel du bist; jeder andere glaubt, dass sie die Mörderin ist, und das ist es, was mich rasend macht, denn ich weiß, dass es nicht sein kann. Und so sehen zu müssen, wie jemand schon von vornherein verdammt wird, das erfüllt mich mit Trauer und Verzweiflung.« Sie begann zu weinen.

»Liebes Kind«, begütigte sie mein Vater, »trockne deine Tränen. Wenn sie, wie du überzeugt bist, unschuldig ist, dann kannst du dich auf die Gerechtigkeit unserer Gesetze verlassen.«

KAPITEL VIII

ES WAREN EIN PAAR unsäglich traurige Stunden, die wir verbrachten, bis es endlich elf Uhr schlug. Mein Vater und die übrigen Familienglieder waren als Zeugen vorgeladen und ich begleitete sie zum Gerichtsgebäude. Während dieser ganzen Verhandlung litt ich furchtbare Qualen. Handelte es sich doch um nichts Geringeres, als dass die Zahl der Opfer meiner verbrecherischen Tat noch um eines vermehrt werden sollte: zuerst ein unschuldiges, blühendes, liebliches Kind, dann ein Mädchen, das, mit dem Fluch einer Mörderin beladen, der Strenge des Gesetzes verfallen musste. Und Justine hätte es wirklich besser verdient; sie hatte alle Eigenschaften, die dazu angetan gewesen wären, sie glücklich werden zu lassen. Und sie musste nun mit Schmach in die Grube steigen, und ich hatte sie auf dem Gewissen! Es wäre mir tausendmal lieber gewesen, wenn ich mich selbst der Tat hätte anklagen dürfen, deren man Justine beschuldigte. Aber ich war zur kritischen Zeit abwesend, und meine Erklärungen hätte man als Rasereien eines Irren betrachtet, die gar nicht imstande gewesen wären, Justine auch nur im Geringsten zu helfen.

Justine war sehr gefasst. Sie trug Trauerkleidung; ihr schönes Gesicht war durch das ausgestandene Leid noch anziehender geworden. Als sie den Gerichtssaal betrat, trug sie ihr reines Gewissen zur Schau und zitterte nicht, trotzdem sie von Hunderten von Augen angestarrt, von Hunderten von Zungen verwünscht wurde. Ihre Lieblichkeit, die unter andern Umständen die Herzen aller hätte gewinnen müssen, vermochte nicht den Frevel vergessen zu machen, den sie begangen haben sollte. Sie erschien vollkommen ruhig, wenn auch ihre Ruhe sicherlich eine erzwungene war. Sie wusste genau, dass man ihre Verstörtheit als einen Beweis ihrer Schuld betrachtet hätte; und versuchte sich tapfer zu halten. Beim Eintritt in den Saal ließ sie rasch ihre Blicke über die Menge schweifen und hatte sofort bemerkt, wo wir uns befanden. Eine Träne schien einen Moment ihren Blick zu trüben; sie raffte sich aber gleich wieder auf und nahm Platz.

Die Verhandlung begann. Der Staatsanwalt erhob die Klage und dann wurden mehrere Zeugen aufgerufen. Einige merkwürdige Zufälligkeiten sprachen so gegen sie, dass jeder außer mir, der ich doch gewiss wusste, dass sie unschuldig war, überzeugt sein musste, dass sie das Verbrechen auf dem Gewissen hatte. Sie war die ganze Nacht, in der der Mord begangen wurde, nicht nach Hause gekommen und war in aller Frühe von einer zum Markt ziehenden Frau unweit der Stelle gesehen worden, wo man nachher den Leichnam gefunden hatte. Die Frau hatte sie angesprochen und gefragt, was sie da täte; sie hatte ganz seltsam dreingesehen und dann eine verwirrte, unverständliche Antwort gegeben. Gegen acht Uhr war sie dann heimgekommen, und als man sie dann frug, wo sie gewesen sei, hatte sie erklärt, nach dem Kind gesucht zu haben und gefragt, ob man denn nichts von dem Kleinen gehört habe. Als man dann den Leichnam brachte, verfiel sie in Krämpfe und musste mehrere Tage das Bett hüten. Es wurde ihr dann das Bildchen gezeigt, das die Magd in ihrer Tasche gefunden hatte. Als Elisabeth mit zitternder Stimme bestätigte, dass es dasselbe sei, das sie dem Bruder um den Hals gehängt hatte, ertönte aus den Reihen der Zuhörer ein Murmeln und Grollen der Entrüstung und des Entsetzens.

Nun ward Justine zu ihrer Verteidigung aufgerufen. Im Verlauf der Verhandlung hatte sich in ihrem Gesicht nacheinander der Ausdruck des Schmerzes, der Überraschung und des Leides gezeigt. Manchmal schien es, als kämpfte sie mit Tränen. Als sie aber sprechen musste, nahm sie alle ihre Kräfte zusammen und sagte mit schwankender, aber dennoch gut vernehmlicher Stimme:

»Nur Gott weiß, dass ich vollkommen unschuldig bin. Ich bin der Überzeugung, dass meine Ausführungen nicht geeignet sein werden, meine Unschuld zu bestätigen, und beschränke mich also nur darauf, die reinen Tatsachen zu berichten und das zu widerlegen, was gegen mich spricht. Ich hoffe, dass mein bisheriges Leben meine Richter auch da zu einer milden Auffassung veranlasst wird, wo zweifelhafte oder verdächtige Umstände vorliegen.«

Sie erzählte dann, dass sie den Abend vor der Mordnacht bei einer Tante in Chêne verbracht habe, einer Ortschaft, die ungefähr eine Meile von Genf entfernt ist. Als sie abends um neun Uhr zurückkehrte, begegnete sie einem Mann, der sie fragte, ob sie nicht den Kleinen gesehen habe. Sie sei dadurch sehr beunruhigt gewesen und habe sich sofort auf die Suche begeben. Unterdessen seien aber die Tore von Genf geschlossen worden und sie sei genötigt gewesen, in einer Scheuer Unterschlupf zu suchen, die zur Villa einer bekannten Familie gehörte, die sie aber so spät nicht mehr stören wollte. Fast die ganze Nacht habe sie hier wachend zugebracht, nur gegen Morgen sei sie auf kurze Zeit eingeschlafen, dann aber bald wieder durch ein Geräusch von Schritten aufgeweckt worden. Da es inzwischen hell geworden war, habe sie ihr Asyl verlassen und nochmals nach dem Vermissten gesucht. Wenn sie in die Nähe der Stelle gekommen sei, wo der Leichnam lag, so sei es völlig ohne ihr Wissen geschehen. Dass sie, von der Marktfrau angesprochen, verstört ausgesehen habe, sei nicht zu verwundern in Anbetracht dessen, dass sie eine schlaflose Nacht hinter sich hatte und das Schicksal des kleinen Wilhelm noch nicht geklärt war. Wegen des Bildes konnte sie eine Erklärung nicht abgeben.

»Ich weiß«, fuhr das unglückselige Geschöpf fort, »wie schwer dieser eine Umstand gegen mich ins Gewicht fällt und wie verhängnisvoll er mir werden kann, aber ich vermag nicht die geringste Aufklärung darüber zu geben. Ich kann nicht einmal Vermutungen aussprechen, wie das Bild in meine Tasche gekommen sein mag. Ich glaube keinen Feind auf der Welt zu haben, und jedenfalls keinen, der so schlecht wäre, mich auf diese niederträchtige Weise zu verderben. Hat mir der Mörder das Bild zugesteckt? Ich sehe keine Ursache, warum er das getan haben sollte; denn wenn er die Untat beging, um sich das kostbare Bildchen zu verschaffen, was veranlasste ihn, es so bald wieder herzugeben?«

»Ich vertraue ganz meinen Richtern, wenn ich auch der Hoffnung nicht Raum zu geben wage. Ich bitte, dass einige Zeugen über mich und mein Vorleben vernommen werden; und wenn ihr Zeugnis nicht imstande ist, Sie von meiner Unschuld zu überzeugen, dann werde ich wohl verurteilt werden müssen.«

Mehrere Zeugen wurden aufgerufen, die die Angeklagte schon seit Jahren kannten, und sie sagten nur Gutes von ihr aus. Aber Befangenheit und

Abscheu vor dem Verbrechen, dessen sie sie für schuldig hielten, hinderte sie, recht aus sich herauszugehen. Elisabeth erkannte, wie auch diese letzte Hoffnung der Angeklagten zusammensank, und bat in tiefster Erregung den Gerichtshof, sprechen zu dürfen.

»Ich bin dem unglücklichen getöteten Kind von je wie eine Schwester gewesen, denn ich habe bei seinen Eltern gelebt, noch ehe es auf der Welt war. Es wird mir deshalb vielleicht verübelt werden können, wenn ich mich vordränge; aber wenn ich sehe, dass ein Mitgeschöpf an der Feigheit seiner angeblichen Freunde zugrunde gehen muss, dann hält mich nichts mehr, dann muss ich reden. Ich bin mit der Angeklagten sehr gut bekannt. Ich habe mit ihr unter einem Dach gewohnt, erst fünf, später fast zwei Jahre. Während dieser ganzen Zeit habe ich sie als das liebenswürdigste, gütigste Wesen lieben gelernt. Sie pflegte Frau Frankenstein in ihrer letzten Krankheit mit der größten Aufopferung und Sorgfalt; dann versorgte sie ihre alte Mutter, die an einer widerwärtigen Krankheit dahinsiechte, in einer Weise, die allen Bekannten die größte Hochachtung abnötigte; dann kam sie wieder zu uns und machte sich in der ganzen Familie beliebt. Sie war überaus zärtlich zu dem Kind, das jetzt der Rasen deckt, und war ihm wie eine fürsorgliche Mutter. Ich für meinen Teil stehe nicht an zu sagen, dass ich, wie sehr auch die Umstände gegen sie zeugen mögen, doch meine Hand für ihre Unschuld ins Feuer legen würde. Es lag ja für sie gar keine Ursache vor, so zu handeln, denn sie wusste, dass ich sie so lieb hatte, dass ich ihr das Bild auf eine Bitte hin ohne Weiteres geschenkt hätte.«

Ein Murmeln des Beifalls ertönte durch den Raum; aber er galt der edelmütigen, einfachen und doch packenden Verteidigungsrede, nicht aber dem armen Opfer. Justine weinte, während Elisabeth sprach, aber sie antwortete nicht mehr. Meine Erregung und Angst hatten sich während des Verhörs bis aufs Äußerste gesteigert. Ich glaubte an ihre Unschuld, ich wusste, dass sie rein war. Konnte der Dämon, der meinen Bruder ermordet hatte, daran zweifelte ich ja keinen Augenblick mehr – in teuflischer Bosheit dem unglücklichen Mädchen einen schmachvollen Tod zugedacht haben? Ich befand mich in einer entsetzlichen, geradezu unerträglichen Lage, und als ich an den ernsten Gesichtern der Richter erkannte, dass sie, der Stimme des Volkes entsprechend, die Unselige verurteilen mussten, stürzte ich von Höllenqualen gepeinigt aus dem Saal. Die Leiden der Angeklagten kamen sicherlich den meinen nicht gleich; sie hatte das

Gefühl der Unschuld in der Brust, während hinter mir wie Eumeniden[5] die Gewissensbisse ihre Geißeln schwangen.

Wie ich die Nacht verbrachte, kann ich nicht schildern. Am frühen Morgen begab ich mich ins Gerichtsgebäude; aber meine Kehle war wie zugeschnürt, sodass ich die schicksalsschwere Frage nicht zu stellen vermochte. Man erkannte mich und ein Beamter erriet die Ursache meines Besuches. Er sagte mir, dass nur schwarze Kugeln in die Urne gelegt worden seien, Justine also verurteilt sei.

Wie soll ich die Gefühle nennen, die sich meiner bemächtigten? Ich hatte ja das Entsetzen schon kennengelernt, aber das war gar nichts gegen das, was ich nun zu erdulden hatte. Der Beamte fügte noch bei, dass Justine selbst ihre Schuld eingestanden habe. »In diesem so klaren Falle wäre das ja gar nicht nötig gewesen«, bemerkte er, »aber trotzdem ist es besser so, denn unsere Richter verurteilen nicht gern auf Grund von Indizienbeweisen, mögen sie noch so schlüssig sein.«

Das war allerdings etwas Seltsames und Unerwartetes. Was konnte er meinen? Sollten mich wirklich meine Augen so getäuscht haben oder war ich tatsächlich ein Narr gewesen, wenn ich gegen einen andern Argwohn geschöpft hatte? Ich eilte nach Hause und Elisabeth erkundigte sich ungeduldig nach dem Ergebnis meiner Anfrage.

»Meine Liebe«, sagte ich, »es ist so gekommen, wie du dir denken konntest. Unsere Richter lassen lieber zehn Unschuldige leiden, als dass sie einen Schuldigen entschlüpfen lassen; und sie ist schuldig – sie hat es selbst eingestanden.«

Das war ein harter Schlag für Elisabeth, die immer noch fest auf Justines Unschuld gebaut hatte. »Wie soll ich«, sagte sie, »jemals noch einem Menschen vertrauen? Justine, die ich liebte wie eine Schwester, hat uns mit ihrem engelreinen Lächeln betrogen! Sie, deren Augen keine Strenge oder Grausamkeit kannten, vermochte einen Mord zu begehen!«

Bald danach erhielten wir Nachricht, dass das arme Opfer den Wunsch geäußert habe, Elisabeth zu sprechen. Mein Vater wollte es erst nicht zugeben, überließ es aber dann doch ihrem eigenen Ermessen. »Ja«, sagte Elisabeth, »ich will gehen, wenn sie auch schuldig ist; und dich, Viktor,

---

[5] *Eumeniden: In der griechischen Mythologie wurden die drei weiblichen Rachegöttinnen der Unterwelt, die Erinyen, euphemistisch als Eumeniden (›Die Wohlmeinenden‹) bezeichnet. Die Erinyen waren: Alekto, Megära und Tisiphone.*

bitte ich, mich zu begleiten, allein kann ich nicht.« Es war mir eine erneute Qual, aber ich konnte mich nicht weigern.

Wir betraten die düstere Zelle und erkannten Justine, die in der anderen Ecke auf einem Strohhaufen saß. Sie hielt die Hände gefaltet und ihr Kopf lag auf ihren Knien. Als wir eintraten, erhob sie sich und warf sich, nachdem der Wärter uns mit ihr allein gelassen, vor Elisabeth nieder, indem sie bitterlich weinte. Auch Elisabeth weinte laut.

»Ach, Justine«, sagte sie, »warum hast du mich meiner letzten Hoffnung beraubt? Ich habe auf deine Unschuld gebaut. Wenn ich auch vorher schon unglücklich war, so hat mich doch dein Geständnis noch unglücklicher gemacht.«

»Und glaubst also auch du, dass ich so sehr verworfen bin? Bereinigst auch du dich mit meinen Peinigern, die mich als Mörderin verurteilen?« Ihre Stimme erstickte in Tränen.

»Steh auf, du Arme«, erwiderte Elisabeth, »warum kniest du, wenn du dich unschuldig weißt? Ich gehöre nicht zu deinen Feinden; ich hielt dich so lange für schuldlos, bis ich hörte, dass du gestanden habest. Du sagst, dass dies nicht wahr ist. Sei überzeugt, dass nichts imstande ist, mein Vertrauen in dich zu erschüttern, als ein Bekenntnis deiner Schuld aus deinem eigenen Munde.«

»Ich habe gestanden, aber was ich gestand, war eine Lüge. Ich gestand nur, um Absolution zu erlangen, und nun liegt mir diese Unwahrheit noch schwerer auf dem Herzen als alle meine anderen Sünden zusammen. Gott im Himmel sei mir gnädig! Aber seit ich verhaftet wurde, ließ mein Beichtvater nicht mehr von mir ab; er schalt und drohte mir, bis ich schließlich selbst daran glaubte, dass ich das Ungeheuer war, zu dem er mich machte. Mit Exkommunikation und Schilderung aller Höllenstrafen suchte er mich weichzumachen. Liebste Freundin, ich hatte niemand, der mich gestützt hätte; jeder blickte auf mich wie auf eine Verdammte, deren Los Schmach und Tod war. Was konnte ich tun? In einer schwachen Stunde unterschrieb ich mein erlogenes Geständnis, und nun bin ich erst ganz elend geworden.«

Der Schmerz übermannte sie; nach einer Weile aber fuhr sie gefasster wieder fort: »Das Schlimmste war mir, denken zu müssen, dass du, liebe Freundin, mich, die du doch so geliebt, für eine Kreatur halten musstest, fähig eines Verbrechens, wie es sich nur ein Teufel ersinnen kann. Lieber kleiner, armer Wilhelm! Bald werde ich bei dir im Himmel sein, das macht mir mein schmachvolles Ende leichter.«

»Justine verzeihe mir, dass ich dir auch nur einen Augenblick misstrauen konnte. Aber warum hast du auch das Geständnis abgelegt? Doch sei ruhig, fürchte dich nicht! Ich will es in die Welt hinausrufen, dass du frei von Schuld bist. Ich will die steinernen Herzen deiner Peiniger mit Tränen und Bitten erweichen. Du darfst mir nicht sterben! Du, meine Spielgenossin, meine Freundin, meine Schwester, solltest das Schafott besteigen müssen! Nein, nein, das könnte ich nicht überleben!«

Justine schüttelte traurig den Kopf. »Ich fürchte den Tod nicht«, sagte sie, »er hat keinen Stachel mehr für mich. Gott wird mir Kraft geben, dieses Schwere zu tragen. Ich scheide aus einer bösen, traurigen Welt, und wenn Ihr meiner in Liebe gedenkt und mir als einer ungerecht Verurteilten euer Mitleid schenkt, dann bin ich für das Schicksal entschädigt, das meiner wartet. Ich habe gelernt, mich ohne Widerstreben in den Willen des Höchsten zu fügen.«

Während dieser Aussprache hatte ich mich in einen Winkel der Zelle zurückgezogen und versuchte der entsetzlichen Stimmung Herr zu werden, die sich meiner bemächtigt hatte. Verzweiflung! War es nur Verzweiflung? Das arme Opfer, das morgen die dunkle Schwelle zwischen Leben und Tod überschreiten musste, empfand vielleicht kein so tiefes, bitteres Weh wie ich. Ich biss die Zähne aufeinander, um das Schluchzen zu unterdrücken, das sich aus der Tiefe meines Herzens emporzudrängen suchte. Justine kam auf mich zu und sagte: »Lieber Herr, ich danke Ihnen, dass Sie mich noch besucht haben. Ich hoffe, dass auch Sie von meiner Unschuld überzeugt sind.«

Ich vermochte nichts zu erwidern. »Er glaubt an dich fester«, sagte Elisabeth, »als ich es tat. Denn selbst als er von deinem Geständnis gehört hatte, verteidigte er deine Unschuld.«

»Ich danke Ihnen von Herzen. Gerade in diesen letzten Augenblicken tut es mir besonders wohl, wenn jemand in Güte meiner gedenkt. Dass man mir, der Verdammten, noch Liebe entgegenbringt, das macht mir das Sterben leichter.«

So versuchte die arme Dulderin uns und sich selbst zu trösten. Und sie ergab sich in ihr Schicksal. Aber ich, der eigentliche Mörder, fühlte den nagenden Wurm in meiner Brust und wusste, dass ich nimmer froh werden konnte. Elisabeth weinte, aber ihr Leid glich mehr einer Wolke, die das Glück wohl eine Zeit lang verhüllen, aber es nicht ganz vernichten kann. Reue und Verzweiflung hatten sich meiner bemächtigt, eine ganze Hölle brannte in mir. Wir blieben noch einige Stunden bei Justine und nur mit großer Mühe vermochte ich Elisabeth wegzubringen. »Könnte ich nur mit dir sterben«, rief sie, »ich kann in dieser schrecklichen Welt nicht mehr leben!«

Justine trug große Ruhe zur Schau, obgleich sie kaum ihres Schmerzes Herr zu werden imstande war. Sie umschlang Elisabeth und sagte mit halberloschener Stimme: »Leb wohl, liebe, teure Elisabeth, meine geliebte Freundin! Gott segne und schütze dich in seiner großen Güte. Möge dies das letzte Leid sein, das dir beschieden ist. Leb wohl, sei glücklich und mache auch andere glücklich!«

Am nächsten Morgen musste dann Justine sterben. Elisabeths herzbewegendes Flehen vermochte die harten Richter nicht in ihrer Überzeugung von Justines Schuld zu erschüttern. Auch meine leidenschaftlichen, erregten Bitten hatten nicht die geringste Wirkung. Und die kalten Antworten, das herzlose Sprechen dieser Männer brachte das Geständnis, das ich auf den Lippen trug, wieder zum Schweigen. Sie hätten mich wohl für irrsinnig erklärt, aber an dem Urteil über das arme Opfer hätte das nichts geändert. Und so kam es, dass Justine als Mörderin auf dem Schafott ihr junges Leben lassen musste.

Nicht nur die Qualen in meiner eigenen Brust, sondern auch das tiefe, wortlose Weh in Elisabeths Herz brachten mich fast zur Verzweiflung. Das also war mein Werk! Und das Leid meines Vaters, die Verwüstung unseres sonst so traulichen Heims – das alles hatten meine tausendfach verfluchten Hände angerichtet! Weint nur, ihr Unseligen, das sind noch lange nicht eure letzten Tränen gewesen! Wiederum ist es euch bestimmt, die Totenklage anzustimmen und zu weinen. Frankenstein, euer Sohn, euer Bräutigam, euer treuer, geliebter Freund und Bruder, der für euch gern sein Herzblut vergossen hätte, der keine Freude empfand, die sich nicht zugleich in euren Augen wiedergespiegelt hätte, der euer Leben gern mit Glück erfüllt – er muss euch Tränen, ungezählte, bittere Tränen verursachen.

So sprach meine ahnende Seele, als ich, erdrückt von Gewissensbissen, Entsetzen und Verzweiflung auf meine Lieben sah, die sich in Gram an den Gräbern von Wilhelm und Justine, den ersten, armen Opfern meiner verruchten Künste, verzehrten.

Kapitel IX

NICHTS IST FURCHTBARER für die Seele, als wenn nach einer Reihe aufregender Ereignisse die Totenstille der Untätigkeit eintritt und sie der Fähigkeit zu hoffen oder zu fürchten beraubt. Justine war tot und hatte ihre Ruhe, aber ich lebte. Das Blut floss frei in meinen Adern, aber auf mir lag ein schweres Gewicht von Leid und Reue, dessen ich nicht ledig werden konnte. Es floh mich der Schlaf und ich wanderte umher wie ein böser Dämon, denn ich hatte Verbrechen begangen, die über die Maßen grässlich waren, und mehr, viel mehr noch lag vor uns, das wusste ich gewiss. Und doch war ich nicht schlecht. Ich hatte mein Leben mit den besten Absichten begonnen und hatte gehofft, all meine edlen Pläne in Wirklichkeit umzusetzen und meinen Mitmenschen nützlich zu sein. Aber das war alles dahin. Anstatt jener Ruhe des Gewissens, die uns mit Genugtuung zurückblicken lässt auf unser bisheriges Leben und uns Kraft gibt zu neuem Schaffen, wohnte in mir das Gefühl der Schuld und verursachte mir Qualen, die ein Menschenmund nicht zu beschreiben vermag.

Dieser Gemütszustand wirkte natürlich auf meine Gesundheit sehr nachteilig ein, die vielleicht sich noch gar nicht ganz von dem ersten heftigen Stoß erholt hatte, den sie erlitten. Ich scheute das Antlitz der Menschen und jeder Laut der Lust und Freude tat mir weh. Einsamkeit – tiefe, dunkle, totengleiche Einsamkeit war mein einziger Trost, mein einziger Wunsch.

Mein Vater bemerkte mit Sorge den Wechsel in meinem Befinden und meinen Gewohnheiten und bemühte sich, mit Argumenten, die er aus seinem makellosen Leben und seinem reinen Gewissen schöpfte, mir Mut einzuflößen und die düsteren Wolken zu zerstreuen, die über meiner Seele brüteten. »Glaubst du, Viktor«, sagte er, »dass ich nicht ebenso leide wie du? Niemand konnte das Kind lieber haben als ich«, (hier füllten sich seine Augen mit Tränen), »aber ist es nicht eine Pflicht unserer Umgebung gegenüber, ihr Unglück nicht noch durch den Anblick ungezügelten Schmerzes zu vergrößern? Aber auch uns selbst sind wir es schuldig, denn wenn wir unseren Schmerz nicht beherrschen, sind wir unfähig, uns zu betätigen und uns wieder zu freuen; Dinge, ohne die wir nicht ins Leben passen.«

Dieser Rat war zwar gut, hatte aber gar keine Wirkung auf mich. Wie gern hätte ich selbst mein Leid verborgen und meine Lieben getröstet, wenn nicht das schlechte Gewissen all meine anderen Gefühle unterdrückt hätte. Die einzige Antwort, die ich jetzt meinem Vater zu geben vermochte, war ein verzweiflungsvoller Blick und das Bestreben ihm auszuweichen, wo ich konnte.

Zu jener Zeit zogen wir uns in unsere Wohnung in Belrive zurück. Dieser Wechsel war einigermaßen wohltuend für mich. Der Umstand, dass die Stadttore allnächtlich um zehn Uhr geschlossen wurden und die Unmöglichkeit, mich nach dieser Stunde noch am See aufzuhalten, hatten mir den Aufenthalt in Genf sehr verleidet. Nun war ich frei. Oftmals, wenn sich die Familie zur Nachtruhe begeben hatte, bestieg ich ein Boot und verbrachte noch manche Stunde auf dem Wasser. Manchmal hisste ich die Segel und ließ mich vom Wind über die Flut tragen; manchmal ruderte ich mich weit hinaus und ließ dann das Boot treiben, um mich meinen trostlosen Gedanken ungestört hingeben zu können. Ich war oft versucht, wenn es so friedlich rund um mich her war und ich das einzige ruhelose Geschöpf – die Fledermäuse ausgenommen, die über meinem Kopfe hinweghuschten, oder die Frösche, die am Ufer ihr raues, unharmonisches Konzert ertönen ließen – ich war versucht, sage ich, mich in die dunkle Flut gleiten zu lassen, damit sie sich über mir und meinem Elend schlösse auf alle Zeit. Aber der Gedanke an meine tapfere Elisabeth, die ich zärtlich liebte und deren Existenz mit der meinen so eng verknüpft war, hielt mich vor diesem Äußersten zurück. Ich gedachte auch meines Vaters und meines Bruders. Sollte ich als feiger Deserteur sie ungeschützt den Angriffen des tückischen Feindes überlassen, den ich selbst geschaffen hatte?

In solchen Augenblicken weinte ich bitterlich und flehte zu Gott, dass er wieder Friede in meine Seele senke, damit ich meinen Lieben ein Trost und eine Stütze sein könnte. Aber es war vergebens. Meine Gewissensbisse waren stärker als alles Hoffen. Ich war der Urheber all dieses Leides und lebte in steter Furcht, dass das Ungeheuer, dem ich das Leben gegeben, irgendeine neue Grausamkeit verüben könnte. Ich hatte ein dunkles Gefühl, dass noch lange nicht alles vorüber war und dass mein Feind ein Verbrechen im Schilde führe, dessen Schrecklichkeit die Erinnerung an das schon begangene verblassen lassen müsste. So lange ich noch jemand besaß, den ich lieb hatte, war Ursache zur Sorge vorhanden. Mein Hass gegen das Scheusal kannte keine Grenzen. Wenn ich nur daran dachte, kochte es in mir und meine Zähne knirschten, meine Augen brannten und mein ganzes Innere lechzte danach, dieses Leben zu vernichten, das ich gedankenlos geschaffen. Wenn ich an das grausame, boshafte Wesen dachte, steigerten sich mein Hass und mein Rachedurst ins Ungemessene. Hätte ich doch eine Wanderung auf die höchsten Schrofen[6] der Anden nicht gescheut, wenn ich es dort hätte antreffen und in die tiefsten Abgründe hätte schleudern können. Ich dürstete danach mit ihm zusammenzutreffen, um Rache zu nehmen für den Tod Wilhelms und Justines.

Unser Haus war ein wirkliches Trauerhaus. Mein Vater war gänzlich gebrochen von all den schrecklichen Ereignissen. Elisabeth war traurig und still. Sie hatte keine Freude mehr an ihren Pflichten; jeder frohe Augenblick schien ihr ein Sakrileg gegen das Andenken der Toten. Sie war nicht mehr das heitere Mädchen, das einst mit mir an den Gestaden des Sees hingewandert war und selige Zukunftsträume mit mir spann. Der erste von jenen Schicksalsschlägen, die uns allmählich der Erdenfreude unzugänglich machen, hatte sie getroffen und nahm ihr das Lächeln von ihrem Antlitz.

»Wenn ich an den Tod von Justine Moritz denke, Liebster«, sagte sie, »sehe ich die Welt und was in ihr ist mit ganz anderen Augen an als früher. Wenn ich ehemals in den Zeitungen von Verbrechen und Schlechtigkeiten las oder wenn mir davon erzählt wurde, war es mir, als seien das Phantasiegebilde oder Märchen aus vergangenen Zeiten. Wenigstens lagen sie mir fern und gaben mehr dem Nachdenken als dem Gefühl zu schaffen. Aber heute hat uns das Elend selbst heimgesucht und die Menschen erscheinen mir wie Bestien, die nach dem Blut der Anderen dürsten. Sicherlich bin ich hierin ungerecht! Jedermann hielt das arme Mädchen für schuldig, und wenn sie imstande gewesen wäre, das furchtbare Verbrechen zu begehen, wegen dessen sie leiden und sterben musste, dann wäre sie die verruchteste aller Kreaturen gewesen. Um einiger glänzender Steine willen den Sohn ihres Freundes und Wohltäters zu morden, ein Kind, das sie von seiner Geburt an kannte und liebte wie ein eigenes! Ich könnte zum Tod eines Menschen nicht meine Zustimmung geben, und dennoch muss ich mir sagen, dass ein Geschöpf, das eines solchen Verbrechens fähig ist, nicht länger ein Mitglied der menschlichen Gesellschaft bleiben darf. Aber sie war unschuldig! Ich weiß, ich fühle es, sie war unschuldig. Du bist derselben Überzeugung, und das bestärkt mich in meinem Glauben an die Tote. Viktor, wenn Schlechtigkeit so sehr die Maske der Güte tragen könnte, wer möchte je noch eines Glückes froh werden? Mir ist, als stände ich am Rand eines Abgrundes und als drängten Tausende auf mich ein, um mich hinabzustoßen. Wilhelm und Justine sind hingemordet worden, und der Mörder ist frei, vielleicht geachtet unter den Menschen. Aber selbst wenn ich um der gleichen Verbrechen willen das Schafott besteigen müsste, ich möchte nicht an seiner Stelle sein.«

Ich lauschte ihren Worten und eiskalt lief es mir über den Rücken. War doch ich der Mörder, wenn ich auch nicht mit eigenen Händen meine Opfer gewürgt hatte. Elisabeth musste die Qualen, die ich litt, aus meinen Zügen erkennen, denn sie ergriff meine Hand und sagte zärtlich: »Liebster, du musst dich aber beruhigen. Die Ereignisse haben auch mich, weiß Gott, aufs Tiefste erschüttert; aber ich bin doch nicht so elend daran, wie du. In deinem Gesicht lese ich Verzweiflung und Rachedurst, die mich erzittern machen. Liebster, banne diese finsteren Gefühle. Denke daran, dass wir alle unsere Hoffnung auf dich setzen. Sind wir denn nicht imstande, dich wieder glücklich zu machen? Wenn wir uns lieb haben, wenn wir treu zu einander halten, hier in dem Land der Schönheit und des Friedens, in deinem Heimatland, sollten wir da nicht wieder zufrieden werden können, sollte da nicht auch dir neues Leben erblühen?«

Und trotzdem sie die Worte sprach, sie, die ich über alles liebte, konnte ich doch des Feindes nicht Herr werden, der sich in meiner Brust eingenistet hatte. Ich zog sie an mich, als müsste ich fürchten, dass jetzt, gerade in diesem Augenblick, der Zerstörer kommen und sie von mir reißen könnte.

Nicht die zarteste Freundschaft, nicht die Schönheit meiner Umgebung vermochten mich von dem drückenden Alp zu befreien, und selbst für das Flehen der Liebe hatte ich kein Verständnis. Ich glich dem verwundeten Wild, das seine blutenden Glieder mühsam in das tiefste Dickicht schleppt und, auf den Pfeil in der Todeswunde starrend, sein Leben aushaucht.

Manchmal gelang es mir, auf Augenblicke der düsteren Wolken Herr zu werden, die auf meiner Seele lagerten, indem ich durch weitausgedehnte Spaziergänge meinen Körper ermüdete. Einmal verließ ich plötzlich unser Heim und suchte in der ewigen Schönheit der Berge mein vergängliches Menschenleid zu vergessen. Meine Wanderung ging in das Tal von Chamonix, das ich als Knabe öfters besucht hatte. Sechs Jahre waren seitdem verflossen. Ich war vernichtet, aber nichts hatte sich an den überwältigenden, unvergänglichen Schönheiten dieses Erdenstriches geändert.

Den ersten Teil der Reise machte ich zu Pferde. Später mietete ich mir ein Maultier, das sicherer auf den Füßen war und auch weniger unter den schlechten Wegverhältnissen litt. Das Wetter war wunderschön. Es war

Mitte August, beinahe zwei Monate, seit Justine von uns gegangen, seit mein furchtbarer Zustand seinen Anfang genommen. Je tiefer ich in das Tal der Arve vordrang, desto leichter wurde mir ums Herz. Die mächtigen Berge und steilen Abstürze zu beiden Seiten meines Pfades, das Rauschen des Flusses, der sich zwischen den Felsen seinen Weg suchte, und das Dröhnen der Wasserfälle, das alles sprach zu mir wie ein Flüstern der Allmacht. Und ich hörte auf zu fürchten, mich vor Mächten zu beugen, die schwächer waren als sie, die die Elemente schuf und ihnen gebietet. Je höher ich kam, desto wilder und herrlicher wurde das Tal. Burgruinen hingen kühn an den bewaldeten Bergwänden; die tosende Arve und die Hütten, die da und dort aus den Bäumen hervorlugten, boten ein unvergleichlich schönes Bild. Und darüber ragten die weißen, schimmernden Kuppeln und Pyramiden der Alpen in überirdischer Pracht, wie Wohnungen von Wesen, die so ganz anders sind als wir.

Ich passierte die Brücke von Pélissier, von wo sich der Blick auf die Schlucht der Arve öffnet, und erklomm dann den Berg, der mich noch vom Tal von Chamonix trennte. Dieses Tal ist mächtiger und erhabener als das von Servox, das ich eben erst verlassen, aber nicht so wild und malerisch. Es wird von hohen Schneebergen eingeschlossen, aber es fehlen ihm die Schlossruinen und die fruchtbaren Erdstreifen. Ungeheure Gletscher drängen sich bis dicht an die Talstraße. Ich hörte das Brüllen der stürzenden Lawinen und erkannte den Schneestaub, den sie im Fall aufwirbelten. Im Hintergrund des Tales erhob sich der herrliche, unvergleichliche Montblanc wie ein König.

Oft durchzog mich während dieser Reise das lang entbehrte Gefühl der Freude. Jede Wendung der Straße, jeder neue Anblick rief mir die Jugend mit ihrem leichtherzigen Frohsinn in die Erinnerung zurück. Die Winde schienen mir beruhigend zuzuflüstern und Mutter Natur bat mich, nicht mehr zu klagen. Wenn aber der Einfluss der mich umgebenden Schönheit einen Augenblick aussetzte, dann überwältigte mich wieder der Gram und ich versenkte mich von Neuem in meine schmerzlichen Grübeleien. Dann trieb ich mein Tier zu rascherer Gangart an, um so die Welt, meine Sorgen und vor allem mich selbst zu vergessen, oder ich stieg ab und warf mich zur Seite des Pfades auf die Erde, niedergedrückt von Entsetzen und Leid.

Schließlich kam ich nach Chamonix, wo die tiefste Erschöpfung den außerordentlichen körperlichen und seelischen Anstrengungen folgte. Kurze Zeit stand ich noch am Fenster meines Gasthofes und sah hinauf zum Montblanc, um dessen majestätisches Haupt bleiche Blitze zuckten, und horchte auf das Rauschen der Arve, die unermüdlich ihren rauen Weg ins Tal verfolgte. Dieses gleichmäßige Geräusch wirkte einschläfernd auf meine erregten Gefühle, und als ich dann meinen Kopf auf die Kissen bettete, empfand ich, wie der Schlaf, der Tröster, langsam auf meine Augen sank.

KAPITEL X

DEN FOLGENDEN TAG benützte ich, um das Tal zu durchstreifen. Ich stand an der Quelle des Arveyron, am Fuße des Gletschers, der mit langsamen Schritten von der Höhe hinabgleitet. Zu beiden Seiten ragten schroffe Felshänge gegen den Himmel und vor mir lag die mächtige Fläche des Gletschers. Einige zerbrochene Fichten lagen ringsherum zerstreut, und das feierliche Schweigen ward nur unterbrochen durch das Murmeln des Baches oder das Poltern eines herabfallenden Felsstückes, das Donnern von Lawinen oder das Krachen berstenden Eises, das an den Wänden widerhallte. Dieses majestätische Schauspiel vermochte mir etwas Ruhe zu geben. Es erhob mich und ließ mich das als klein empfinden, was ich fühlte. Jedenfalls zerstreuten sie die düsteren Gedanken, über die ich die letzten zwei Monate nicht hinausgekommen war. Als ich abends heimkehrte und mich zur Ruhe legte, verflocht sich das Herrliche, was ich den Tag über gesehen, in meine Träume. Alle kamen sie: schneebedeckte Bergspitzen, die schimmernden Felszinnen, die Fichten und das zerklüftete Tal, der Adler, der seine Kreise in den Lüften zieht; sie alle kamen und baten, dass ich mich beruhigen möge.

Aber wohin waren sie entflohen, als ich am nächsten Tage die Augen auftat? Alle Fröhlichkeit war mit dem Schlaf entflohen und eine graue Wolke tiefster Melancholie lagerte auf meiner Seele. Der Regen rauschte in Strömen hernieder und dichte Nebel verhüllten die Häupter meiner geliebten Berge. Trotzdem beschloss ich, den Nebelschleier zu durchdringen und hinaufzusteigen auf die steilen Höhen. Was bedeuteten mir Sturm und Regen? Man brachte mir mein Maultier und ich machte mich auf den Weg nach dem Montanvert. Ich erinnerte mich des Eindruckes, den der mächtige, immer von Unruhe erfüllte Gletscher ausgeübt hatte, als ich ihn das erste Mal sah. Sein Anblick hatte mich damals in Entzücken versetzt und meiner Seele Schwingen verliehen, die sie weit über den Alltag hinaus in lichte, freudige Gefilde erhoben. Das Erhabene in der Natur hatte mir immer Feierstimmung eingeflößt und mich die kleinlichen Sorgen vergessen lassen. Ich beschloss auf den Führer zu verzichten, denn ich kannte ja Weg und Steg hier oben und fürchtete, die Anwesenheit eines Zweiten würde mir die Stimmung verderben.

Der Anstieg ist sehr steil, aber der Weg ist in weiten Serpentinen in die Wand eingeschnitten, sodass die Überwindung des senkrechten Absturzes möglich wird. Es ist ein Bild furchtbarster Öde und Einsamkeit, das sich hier den Augen bietet. An tausend Stellen bemerkte man noch die Spuren der winterlichen Lawinen, zerbrochene und abgerissene Bäume bezeichnen die Wege, die sie gegangen. Einzelne Bäume waren vollkommen vernichtet, andere beugten sich schräg über den Abgrund oder lehnten sich müde an andere, die noch festgeblieben. Der Weg wird, je höher man steigt, umso öfter von Schneewällen unterbrochen, auf denen unaufhörlich Steinbrocken zu Tal schießen. An einzelnen Stellen ist es besonders gefährlich, indem das leiseste Geräusch, sogar das Sprechen, imstande ist, eine Lawine zu erzeugen und Gefahr auf das Haupt des Unvorsichtigen herabzuziehen. Die dort wachsenden wenigen Bäume sind nicht groß und geben mit ihrer dunklen Färbung der Gegend das Gepräge des Ernstes. Ich sah hinunter gegen das Tal. Weiße Nebel stiegen von den Flüssen, die dort unten dahineilten, und krochen in dicken Schwaden an den Hängen der Berge herauf, deren Häupter von den Wolken in einförmiges Grau gehüllt wurden. Vom düsteren Himmel rann der Regen und erhöhte die Melancholie meiner Umgebung. Warum rühmen wir Menschen uns der größeren Feinfühligkeit gegenüber dem Tier? Wenn unsere Sinne sich lediglich auf Hunger, Durst und Liebe erstreckten, wären wir nahezu frei; aber so, wie wir jetzt sind, bewegt uns jeder Hauch der Luft und wir hängen ab von einem zufälligen Wort oder Anblick.

Es war fast Mittag, als ich die Höhe erreichte. Eine Zeitlang saß ich auf einem Felsstück und sah hinunter auf das Eismeer, auf dem Nebel brüteten wie auf den umgebenden Bergen. Zuweilen zerstreute ein Windstoß die Wolken, sodass die Aussicht frei wurde. Die Oberfläche des Gletschers war sehr uneben, es war, als sei ein Meer in seiner Erregung erstarrt und von tiefen Spalten zerrissen. Das Eisfeld war nur etwa eine Meile breit, aber ich brauchte beinahe zwei Stunden, um es zu überqueren. Drüben ragte die Felswand senkrecht gegen den Himmel. An der Stelle, wo ich nun stand, hatte ich den Montanvert gerade gegenüber, über dem sich der

Montblanc in grausiger Majestät erhob. Ich drückte mich in einen Felsspalt und konnte mich an der herrlichen Szenerie kaum sattsehen. Die eisigen, glitzernden Bergspitzen leuchteten über den Wolken in goldigem Sonnenschein. Mein Herz, das vorher noch so gedrückt war, empfand etwas wie Freude und ich rief: »Wandernde Geister, lasst mir dieses Glück, oder wenn das nicht möglich ist, nehmt mich zu euch fort von den Gefilden dieser Erde!«

Während ich mich diesen Gedanken hingab, bemerkte ich in einiger Entfernung die Gestalt eines Menschen, der mit übernatürlicher Eile auf mich zukam. Er sprang über die Eisschrunden, die ich nur mit äußerster Vorsicht überklettert hatte; er schien, je näher er mir kam, immer mehr von außergewöhnlicher Größe. Ich zitterte – ein Schleier legte sich über meine Augen und ich meinte umsinken zu müssen. Aber rasch erholte ich mich wieder unter dem eisigen Wind, der mir da oben um die Schläfen fegte. Ich erkannte, als er näher kam, dass es mein gehasster Feind war, den ich mir geschaffen. Zorn und Abscheu hatten sich meiner bemächtigt und ich konnte kaum mehr den Augenblick erwarten, dass er mir nahe genug war, um mich mit ihm im Kampf auf Leben und Tod zu messen. Nun stand er vor mir. In seinem Antlitz lag tiefes Leid, gemischt mit Verachtung und Bosheit, und seine unbeschreibliche Hässlichkeit bot einen Anblick, der für ein Menschenauge kaum zu ertragen war. Aber ich bemerkte das zuerst nicht. Wut und Hass ließen mich gar nicht zum Handeln kommen und machten sich dann Luft in Worten der tiefsten Verachtung und des äußersten Abscheues.

»Teufel, verfluchter«, rief ich aus, »wagst du es, mir vor die Augen zu treten? Und fürchtest du nicht, dass dich mein rächender Arm zerschmettert? Fort von mir, du hässliches Insekt! Oder besser bleib, dass ich dich zu Staub zermalmen kann! Und könnte ich doch, indem ich das Licht deines verhassten Lebens ausblase, die Opfer wieder lebendig machen, die du in teuflischer Bosheit vernichtet hast!«

»Ich wusste, dass du so zu mir sprechen würdest«, sagte der Dämon. »Alle Menschen verfolgen mich mit ihrem Hass. Und warum muss ich gerade so gehasst werden, der ich doch selbst so über alle Maßen elend bin? Und auch du, mein Schöpfer, du fluchst und zürnst mir, deinem Geschöpf, mit dem dich doch Bande verknüpfen, die nur durch die Vernichtung eines von uns beiden gelöst werden können. Du willst mich töten? Wie kannst du so verschwenderisch mit dem Leben umgehen? Tu deine Pflichten gegen mich und ich werde auch die meinen gegen dich und alle übrigen Menschen erfüllen. Wenn du dich entschließen kannst, auf meine Bedingungen einzugehen, will ich dich und die deinen in Ruhe lassen. Aber wenn du ›nein‹ sagst, dann will ich Freund Hein seinen Bauch mit dem Blut der deinigen füllen.«

»Ekelhaftes Scheusal! Die furchtbarsten Qualen der Hölle sind noch viel zu gelind für dich. Verfluchter Satan, du wirfst mir vor, dass ich dich schuf! Komm her, und ich will den Funken zertreten, den ich in so leichtfertiger Weise angefacht.«

Der Zorn packte mich und ich sprang auf ihn ein, getrieben von dem tödlichsten Hass, dessen eine Menschenbrust fähig ist.

Gewandt wich er meinem Angriff aus und sagte:

»Beruhige dich! Ich flehe dich an, höre, was ich dir zu sagen habe, ehe du deinem Zorn gegen mich freien Lauf gewährst. Habe ich noch nicht genug Leid getragen, dass auch du es noch vergrößern musst? Das Leben, mag es auch nur eine Reihe von Qualen für mich sein, so ist es mir doch lieb und ich bin gesonnen es zu verteidigen. Vergiss nicht, dass du mich viel stärker gemacht hast als du selbst bist; ich bin größer als du und meine Glieder sind mächtiger als die deinen. Aber ich habe gar nicht die Absicht, meine Kräfte gegen dich zu erproben. Ich bin deine Kreatur und ich will dir, meinem Herrn und König, dankbar und ergeben sein, wenn du das tust, was du mir schuldest. Frankenstein, du bist gerecht und gut gegen andere, nur gegen mich allein, der deiner Liebe, Güte und Gerechtigkeit am meisten bedarf, bist du grausam und hart. Bedenke doch, dass ich ein Werk deiner Hände bin! Eigentlich sollte ich der Adam sein, aber ich bin mehr der gefallene Engel, einer, den du aus dem Paradies vertreibst und elend machst. Überall sehe ich Freude und soll doch ihrer nie teilhaftig werden. Ich war gut und wohlwollend; das Unglück hat mich zu dem gemacht, was ich jetzt bin. Verschaffe mir das Glück und ich will stille sein.«

»Pack dich! Ich will nichts mehr von dir hören. Zwischen dir und mir kann es keine Gemeinschaft geben, wir sind Todfeinde. Geh oder lass uns unsere Kräfte im Kampf messen, in dem einer von uns bleiben muss!«

»Wie kann ich dein Herz rühren? Kann denn kein Bitten, kein Flehen dich bewegen, gnädig auf dein Geschöpf zu blicken, das dich um Güte und Mitleid bittet? Glaube mir, Frankenstein, ich war anfangs nicht böse, in meiner Seele wohnten Güte und Liebe; aber ich bin allein, so furchtbar allein. Du, mein Schöpfer, verabscheust mich, und was habe ich von deinen Mitmenschen zu erwarten, die mir so gar nicht nahestehen? Sie hassen und verfolgen mich. Die öden Berghalden und traurigen Gletscher sind meine Zufluchtsorte. Ich habe mich hier so manchen Tag aufgehalten. Die Eishöhlen, die allein ich nicht fürchte, sind meine Wohnstätten, und um sie beneidet mich kein menschliches Wesen. Ich segne diesen kalten Himmel, denn er ist gütiger mit mir als deine Mitmenschen. Glaube mir, es wissen ja nicht viele von meiner Existenz; aber wenn das der Fall wäre, dann würden sie sich, wie du, zu meiner Vernichtung entschließen. Soll ich denn die nicht hassen dürfen, die mich so verabscheuen? Und ich lasse nicht mit mir spaßen. Ich bin elend und verflucht und sie sollen es auch werden. Du hast es in der Gewalt, mich versöhnlich zu stimmen und die Welt von einem Ungeheuer zu befreien, das nicht nur dich und die deinen, sondern auch Tausende anderer im Wirbelwinde seines Zornes zermalmen kann. Habe Mitleid mit mir und verachte meine Bitten nicht. Höre, was ich dir erzähle, und dann überlass mich meinem Schicksal oder habe Mitleid mit mir; wie du meinst, dass ich es verdiene. Aber höre mich zuerst an. Eure Menschengesetze sind roh und blutig, aber dennoch gestatten sie dem Verbrecher, zu seiner Verteidigung das Wort zu ergreifen. Höre mich an, Frankenstein. Du beschuldigst mich des Mordes und wolltest, ohne dass sich dein Gewissen geregt hätte, dein Geschöpf vernichten. Gepriesen sei die ewige Gerechtigkeit der Menschen! Aber ich bitte dich gar nicht um Schonung. Höre mich zuerst an, und dann, wenn du kannst und musst, dann zerstöre das Werk deiner Hände.«

»Warum erinnerst du mich«, erwiderte ich, »an die unseligen Ereignisse, die mich heute noch erschauern machen, an die Zeit, da ich dich ins Leben rief? Verdammt sei der Tag, elender Teufel, da du das erste Mal das Licht sahst. Verflucht seien die Hände, die dich formten! Du hast mich über alle Maßen unglücklich gemacht. Du hast mir die Kraft genommen zu unterscheiden, was gut und böse ist. Geh! Lasse mich deine verhasste Gestalt nie wieder sehen.«

»So will ich meine Gestalt deinen Blicken entziehen«, sagte er und hielt mir seine mächtige Hand vor die Augen, die ich mit Grauen wegschlug. »So könntest du mich wenigstens hören und Mitleid mit mir haben. Bei meinem besseren Ich beschwöre ich dich, höre meine Worte. Die Geschichte, die ich zu erzählen habe, ist lang und seltsam, und auf diesem Platz herrscht eine Temperatur, die deinem feinen, zierlichen Leib nicht zusagen dürfte. Komm mit mir in meine Hütte auf dem Berg. Die Sonne steht jetzt noch hoch. Ehe sie hinter jenen schneeigen Höhen hinuntergestiegen ist und anderen Ländern leuchtet, hast du meine Geschichte gehört und kannst dich entscheiden. An dir liegt es, ob ich dann die Nähe der Menschen fliehe und irgendwo versteckt ein harmloses Dasein führe oder dir und vielen anderen zum Würger werde.«

Unterdessen hatte er den Weg über das Eis eingeschlagen und ich folgte ihm. Mein Herz war zu voll und ich fand keine Worte, um ihm irgendetwas zu erwidern. Aber während ich ging, erwog ich die verschiedenen Umstände, deren er Erwähnung getan, und beschloss, zum mindesten seine Geschichte anzuhören. Hauptsächlich war es Neugierde, die mir diesen Entschluss eingab, aber auch ein schwaches Gefühl des Mitleids mengte sich hinein. Ich hatte ihn bisher für den Mörder meines Bruders gehalten und war begierig, aus seinen Worten eine Bestätigung oder Widerlegung dieser Ansicht zu vernehmen. Ich empfand auch das erste Mal, dass ein Schöpfer seinem Werk gegenüber Verpflichtungen habe und dass ich versuchen müsse, dem Armen etwas Glück zu bescheren. All diese Erwägungen machten mich seinen Bitten geneigter. Wir passierten das Eis und stiegen die Felswand hinan. Es war eiskalt und der Regen begann wieder herabzurieseln. Wir betraten die Hütte. Mein Feind mit einer Gebärde des Triumphes, ich aber mit schwerem Herzen und in tiefster Niedergeschlagenheit. Aber ich hatte versprochen ihn anzuhören und setzte mich deshalb zum Feuer, das mein unangenehmer Gesellschafter angezündet hatte. Dann begann er seine Erzählung.

KAPITEL XI

»MIT MÜHE NUR erinnere ich mich der ersten Zeit, nachdem ich entstanden war. Alles, was sich in jener Zeit ereignete, ist mir unklar und verschleiert. Eine Menge unbestimmter Gefühle bemächtigte sich meiner, meine sämtlichen Sinne traten zugleich in Aktion und es bedurfte längerer Erfahrung, bis ich sie auseinander zu halten vermochte. Ich erinnere mich, dass helles Licht auf mich eindrang, sodass ich die Augen schließen musste. Dann wurde es dunkel um mich und ich fürchtete mich. Als ich dann die Augen wieder öffnete, war es so hell wie zuvor. Ich setzte mich in Bewegung und stieg auf die Straße hinab. Da war es nun wieder ganz anders. Vorher hatten mich undurchsichtige Grenzen umgeben, die ich weder körperlich noch auch mit den Augen durchdringen konnte; draußen aber bemerkte ich, dass ich mich ungehindert zu bewegen vermochte. Das Licht tat mir allmählich weh und zugleich belästigte mich die große Hitze. Ich suchte deshalb einen Platz aus, wo ich mich im Schatten ausruhen konnte. Es war dies ein Wald in der Nähe von Ingolstadt, und hier ließ ich mich am Ufer eines Baches nieder und ruhte, bis mich Hunger und Durst auftrieben. Ich verzehrte Beeren, die ich an Sträuchern oder am Boden fand. Dann stillte ich meinen Durst mit dem Wasser des Baches und legte mich wieder schlafen.

Es war finster, als ich erwachte. Ich fror und hatte ein drückendes Gefühl des Alleinseins. Ehe ich dein Haus verließ, hatte ich mich, da mir kalt war, mit einigen Kleidern behängt, aber sie waren völlig ungenügend, um mich vor dem Tau der Nacht zu schützen. Ich war ein armes, elendes, bedauernswertes Geschöpf. Ich wusste nichts, ich verstand nicht, mich all des Unangenehmen zu erwehren, das von allen Seiten auf mich eindrang. So setzte ich mich nieder und weinte.

Unterdessen kam am Himmel ein mildes Licht heraufgestiegen und ich empfand Freude darüber. Ich sprang auf und erblickte eine glänzende Scheibe, die über den Bäumen stand. Wie ein Wunder starrte ich sie an. Ich bewegte mich langsam und vorsichtig, aber dann bemerkte ich, dass sie mir auf meinem Weg leuchtete. Ich begab mich wieder auf die Suche nach Beeren. Es war noch kalt und unter einem Baum fand ich etwas Schutz. Bestimmte Gefühle hatte ich nicht, alles war noch ganz konfus. Ich fühlte Licht und Dunkelheit, ich empfand Hunger und Durst; unendliche Geräusche füllten mir die Ohren und allerlei Gerüche drangen mir in die Nase. Das Einzige, was ich genau unterscheiden konnte, war der Mond, den ich mit einem gewissen Vergnügen betrachtete.

Mehrere Tage und Nächte waren vergangen und der Mond hatte schon bedeutend abgenommen, als ich allmählich imstande war, meine Empfindungen auseinanderzuhalten. Ich sah den klaren Bach, der mich mit Wasser versorgte, und die Bäume, die mir mit ihrem Laub Schatten und Schutz gaben. Mit Freude entdeckte ich, dass ein liebliches Geräusch, das mir untertags fast unausgesetzt an die Ohren schlug, von kleinen, geflügelten Wesen herrührte. Oftmals versuchte ich ihren Gesang nachzuahmen, aber es war mir unmöglich. Oft auch bemühte ich mich, meinen Gefühlen in meiner Weise Ausdruck zu geben. Da ich aber nur harte, unartikulierte Laute zuwege brachte, erschrak ich und schwieg.

Unterdessen hatte der Mond aufgehört, in den Nächten zu scheinen, und war dann wieder als kleine Sichel am Himmel aufgetaucht. Ich aber weilte immer noch im Wald. Meine Sinne hatten sich während dieser Zeit geschärft und jeder Tag brachte mir neue Anregungen. Meine Augen hatten sich an das Licht gewöhnt und gelernt, die Gegenstände in ihrer richtigen Form zu erkennen. Ich konnte einen Käfer von einer Pflanze und die Pflanzen wieder unter sich unterscheiden. Ich hatte entdeckt, dass der Sperling nur raue, hässliche Laute zur Verfügung hat, während der Gesang der Nachtigall oder der Drossel mir Entzücken verursachte.

Eines Tages, als mich die Kälte umhertrieb, fand ich ein Feuer, das irgendwelche wandernden Bettler sich im Wald angezündet haben mochten, und freute mich der Wärme, die es ausstrahlte. In meiner Freude steckte ich meine Hand in die Glut, zog sie aber mit einem Aufschrei wieder zurück. Wie seltsam, dachte ich nur, dass ein und dieselbe Ursache so verschiedene Wirkungen haben kann. Ich untersuchte das brennende Material und erkannte zu meiner Wonne, dass es gewöhnliches Holz war. Ich sammelte eilends ein paar Zweige, aber sie waren feucht und wollten nicht brennen. Das tat mir sehr leid und ich setzte mich sinnend ans Feuer und sah ihm zu. Indessen war das Holz, das ich in der Nähe niedergelegt, trocken geworden und war von selbst in Brand geraten. Ich dachte darüber nach und eine Untersuchung der Zweige belehrte mich über die Gründe dieser Erscheinung. Ich machte mich deshalb daran, Holz einzusammeln und stapelte es mir auf, um immer mit recht viel Feuer versehen zu sein. Als es Nacht wurde, fürchtete ich mich vor dem Einschlafen, da ich Angst hatte, das Feuer könne unterdessen erlöschen. Ich deckte es deshalb sorgfältig mit trockenen Zweigen und Blättern zu und legte dann feuchtes Holz darauf. Dann streckte ich mich auf dem Boden aus und versank in Schlaf.

Als ich am Morgen wach wurde, war es mein Erstes, nach dem Feuer zu sehen. Ich deckte es ab und ein leichter Wind fachte es alsbald wieder zu hellen Flammen an. Auch dies beobachtete ich und zog eine Lehre daraus. Ich konstruierte mir einen Fächer aus Zweigen und benützte ihn zum Anfachen der Glut, wenn sie zu erlöschen drohte. Nach Einbruch der Dunkelheit bereitete es mir eine Freude zu sehen, dass das Element nicht nur Wärme, sondern auch Licht verbreitete. Und auch für die Zubereitung meiner Nahrung sollte es mir von Nutzen sein. Denn einige der Speiseabfälle, die die Fremden zurückgelassen hatten, waren durch das Feuer geröstet worden und schmeckten mir besser als die Beeren, die ich bisher von den Sträuchern gepflückt hatte. Ich versuchte deshalb, meine Nahrung in der gleichen Weise zu behandeln, indem ich sie in die Flamme hielt. Die Beeren allerdings wurden vom Feuer verzehrt, während die Nüsse und Wurzeln wesentlich schmackhafter wurden.

Nach und nach wurde meine Nahrung immer spärlicher und ich musste manchmal den ganzen Tag suchen, bis ich einige armselige Eicheln fand, um meinen rasenden Hunger zu stillen. Ich beschloss daher, meinen bisherigen Aufenthaltsort mit einem anderen zu vertauschen, von dem aus es mir leichter würde, mich mit dem Notwendigsten zu versehen. Allerdings fiel es mir schwer, mein geliebtes Feuer verlassen zu müssen, denn ich wusste ja nicht, wie ich wieder in seinen Besitz kommen könnte. Ich verbrachte längere Zeit mit der Überlegung, wie ich diesem Umstand abhelfen könnte, aber es war vergebens. Ich hüllte mich also fester in meine Lumpen und schritt durch den Wald davon, der sinkenden Sonne entgegen. Drei Tage irrte ich in dem Dickicht umher, bis ich endlich offenes Land erreichte. In der vorhergehenden Nacht war mächtiger Schneefall eingetreten und die ganze Gegend war in ein einförmiges Weiß gehüllt. Es war ein trostloser Anblick und es bereitete mir Schmerz, mit meinen nackten Füßen durch die nasskalte Masse waten zu müssen, die die Erde bedeckte.

Am Morgen fühlte ich ein unbedingtes Bedürfnis nach Speise und einem Unterschlupf; endlich bemerkte ich an einem Hang eine kleine Hütte, die vielleicht für einen Schäfer errichtet worden sein mochte. Der Anblick war mir neu und ich besah mir das Bauwerk genau. Da die Tür offen war, trat ich ein. Ein alter Mann saß drinnen zur Seite eines Herdes, auf dem er seine Mahlzeit bereitete. Als es mich hörte, wendete er sich um, dann sprang er mit einem lauten Schrei auf und rannte über die Felder davon mit einer Eile, deren ich den gebrechlichen Körper nicht für fähig gehalten hätte. Ich war glücklich, dass ich dieses Unterkommen gefunden hatte, denn hier war ich wenigstens sicher vor Regen und Schnee; auch war der Fußboden trocken. Ich verzehrte gierig das stehengebliebene Frühstück, das aus Brot, Käse, Milch und Wein bestand; dem Letzteren aber konnte ich keinen Geschmack abgewinnen. Dann überwältigte mich die Müdigkeit und ich legte mich zum Schlummer auf die Streu.

Mittags erwachte ich, und ermuntert durch den klaren Sonnenschein, der durch das Fenster auf die weiße Diele fiel, beschloss ich meine Wanderschaft wieder aufzunehmen. Die Reste des Frühstücks stecke ich in einen Ranzen, den ich zufällig vorfand, und trat meine Reise an, bis ich nach mehreren Stunden, als es Abend werden wollte, ein Dorf erreichte. Wie wunderbar mir alles schien, die Hütten, die kleineren und die ansehnlicheren Häuser! In den Gärten standen noch vereinzelte Gemüsestauden und durch die Fenster konnte ich Milchschüsseln und Käselaibe erkennen, wodurch sich mein Appetit noch steigerte. In eines der schönsten Häuser trat ich ein; aber kaum hatte ich die Schwelle überschritten, als auch schon Kinder schrien und eine Frau ohnmächtig wurde. Das ganze Dorf geriet in Aufruhr. Manche flohen, manche aber griffen mich an, bis ich, vertrieben durch Steinwürfe, auf die Felder hinaus entwich. Voll Angst suchte ich Zuflucht in einem niederen Schuppen, der allerdings sich sehr von den schönen Wohnhäusern unterschied, in deren einem ich unterzukommen gemeint hatte. Der Schuppen lehnte sich an ein Bauernhaus, das hübsch und reinlich aussah. Nach den üblen Erfahrungen, die ich machen musste, wagte ich es aber nicht hineinzugehen. Mein Unterschlupf war aus Holz gefügt, aber so niedrig, dass ich nicht einmal aufrecht darin sitzen konnte. Der Boden war nackt, aber trocken, und wenn auch der Wind durch unzählige Ritzen und Löcher hereinblies, so war ich doch einigermaßen vor den Unbilden der Witterung geborgen.

Ich legte mich nieder, glücklich, wenigstens dieses Unterkommen gefunden zu haben, das mich, so elend es auch war, doch vor Kälte und, was noch schlimmer war, vor der Feindseligkeit der Menschen schützte.

Es war kaum Morgen geworden, als ich aus meinem Schlupfwinkel kroch, um das Bauernhaus zu betrachten, an das sich der Schuppen anlehnte, und auszukundschaften, ob ich wohl in ihm mich längere Zeit würde aufhalten können. Er lag direkt an der Rückwand des Hauses; auf einer Seite befand sich ein Schweinestall, auf der andern ein klarer Teich. Eine Wand des Schuppens fehlte und ich ergänzte sie durch Aufschichten von Steinen und Holz, und zwar so, dass ich leicht aus und ein gelangen konnte.

Nachdem ich dermaßen meine Wohnung eingerichtet hatte, bedeckt ich noch den Boden mit Stroh, zog mich aber dann eilig zurück. Ich hatte nämlich in der Nähe einen Menschen gesehen und wusste aus der Erfahrung in der vorhergehenden Nacht, dass einem solchen nicht zu trauen war. Als Nahrung für diesen Tag hatte ich mir einen großen Laib Brot gestohlen und dazu ein Gefäß, mittels dessen ich aus dem Teich bei meiner Hütte Wasser schöpfen konnte. Der Boden des Schuppens war ein wenig erhöht und deshalb ganz trocken, und die Nähe des Backofens gab hinreichend Wärme.

Ich hatte mich mit dem Nötigsten versehen und beschloss, bis auf Weiteres in diesem Schuppen zu bleiben. Es war im Vergleich mit dem finsteren, kalten Wald ein wahres Paradies für mich und ich brauchte wenigstens nicht mehr auf feuchtem Boden unter tropfenden Ästen zu schlafen. Ich aß mit Genuss meine Mahlzeit und wollte eben durch einen Spalt in der Seitenwand mir Wasser aus dem Teich schöpfen, als ich einen jungen Menschen erblickte, der mit einem Kübel auf dem Kopf an dem Schuppen vorbeiging. Es war ein junges Mädchen von feinem Wuchs, so ganz anders, als im allgemeinen Bauern und Bauernmägde zu sein pflegen. Sie war einfach gekleidet, ein weiter, blauer Rock und eine Leinenjacke bildeten ihren Anzug; ihr schönes Haar lag geflochten um ihren Kopf und sie sah still und traurig aus. Sie kam dann außer Sicht. Nach etwa einer Viertelstunde kam sie wieder mit ihrem Kübel, der nun zum Teil mit Milch gefüllt war. Während sie das schwere Gefäß dem Hause zutrug, kam ein junger Mann auf sie zu, der noch trauriger aussah als sie. Er sagte etwas zu ihr und nahm ihr dann den Kübel vom Kopf, um ihn selbst zum Hause zu bringen. Sie folgte ihm und beide verschwanden in der Tür. Kurze Zeit darauf erschien der junge Mann wieder und ging, einige Werkzeuge auf der Schulter, quer über die angrenzenden Felder. Das Mädchen beschäftigte sich abwechselnd im Haus und im Garten.

In der Wand des Hauses, an die sich mein neues Heim anlehnte, befand sich, wie ich bei der Untersuchung derselben feststellte, ein Fenster, das mit Holz verschalt war und durch einen ganz schmalen Spalt einen Blick in das Innere gestattete. Ich konnte ein kleines, reinliches, aber armselig möbliertes Zimmer erkennen. In einem Winkel, nahe am Feuer, saß ein alter Mann, der wie im Kummer sein Gesicht in den Händen barg. Das Mädchen war damit beschäftigt, das Zimmer in Ordnung zu bringen. Plötzlich zog sie etwas aus einer Schublade und gab es dem alten Mann, indem sie sich neben ihm niederließ. Es war ein Instrument, dem er Töne entlockte, die mich mehr entzückten als der Gesang der Drossel oder der Nachtigall. Es war für mich armes Wesen, das ja noch nie etwas Schönes gesehen, ein lieblicher Anblick. Das Silberhaar des Greises und sein gutes Gesicht ließen mich Ehrfurcht empfinden, während das Verhalten des Mädchens mir Liebe einflößte. Die Weise, die der Alte spielte, lockte Tränen in die Augen des lieblichen Kindes; er achtete ihrer aber nicht. Erst als sie laut aufweinte, sprach er einige Worte zu ihr. Sie kniete dann zu seinen Füßen nieder und er streichelte sie zärtlich. Ich kann die Gefühle nicht beschreiben, die ich dabei empfand. Sie waren ein Gemisch von Lust und Schmerz, wie ich es noch nie kennen gelernt hatte, so ganz anders als Hunger oder Durst, Kälte oder Hitze. Jedenfalls waren sie seltsam und überwältigend, sodass ich mich vom Fenster zurückziehen musste.

Bald darauf kam der junge Mann nach Hause, auf dem Rücken eine große Ladung Holz. Das Mädchen ging ihm entgegen, half ihm seine Bürde abnehmen und legte einen Teil des Holzes ins Feuer. Dann gingen sie zusammen in eine Ecke des Zimmers und er zeigte ihr einen großen Laib Brot und ein Stück Käse. Sie schien darüber erfreut und begab sich in den Garten, um einige Wurzeln und Kräuter zu holen. Diese legte sie dann in Wasser und stellte dieses auf das Feuer. Während sie in dieser Weise beschäftigt war, ging der junge Mensch in den Garten hinaus und grub dort eifrig Wurzeln aus. Längere Zeit war vergangen, da kam das junge Mädchen und ging mit ihm wieder zurück ins Haus.

Der alte Mann war unterdessen nachdenklich dagesessen; als aber seine Hausgenossen eintraten, ward seine Miene wieder fröhlicher und sie setzten sich alle miteinander an den Tisch, um zu essen. Die Mahlzeit war bald zu Ende. Während das Mädchen das Zimmer in Ordnung brachte, ging der Greis, auf den jungen Mann gestützt, im Sonnenschein spazieren. Es war ein merkwürdiger Kontrast zwischen den beiden Menschen. Der Alte im Silberhaar mit seinen guten, liebevollen Zügen, der Junge, hoch und schlank gewachsen, mit seinem feinen, ebenmäßigen Gesicht. Seine Augen allerdings und seine Haltung ließen erkennen, dass er sehr traurig und niedergeschlagen war. Der Greis kehrte dann in sein Haus zurück, während der Jüngling mit Werkzeug es war anderes als das, das er morgen getragen – sich auf die Felder begab.

Rasch brach die Nacht herein; aber zu meinem Erstaunen bemerkte ich, dass die Bewohner des Hauses ein Mittel besaßen, das Licht des Tages zu ersetzten, indem sie Wachskerzen anzündeten. Auch machte es mir große Freude, denn nun konnte ich die Leute länger aus meinem Schlupfwinkel beobachten. Der Alte nahm wieder sein Instrument zur Hand, dessen Töne mich schon am Morgen so entzückt hatten. Als er geendet hatte, geschah etwas, was ich nicht begriff. Der junge Mensch wiederholte in einemfort monotone Laute, die es an Schönheit und Harmonie weder mit der Musik des Greises noch mit dem Gesang der Vögel aufnehmen konnten. Später kam ich darauf, dass er laut vorlas, aber damals hatte ich noch keine Ahnung von dem Geheimnis der Buchstaben und Worte.

Die Familie blieb noch einige Zeit beisammen, dann löschte der Alte das Licht und sie begaben sich, wie ich vermutete, zur Ruhe.

KAPITEL XII

ICH LAG AUF MEINEM STROH, konnte aber nicht schlafen. Ich musste über das nachdenken, was ich den Tag über gesehen und gehört hatte. Das, was mir besonders zu denken gab, waren die liebenswürdigen Manieren dieser Leute. Ich sehnte mich danach, mit ihnen in Verbindung zu treten, aber ich wagte es nicht. Nicht umsonst erinnerte ich mich der barbarischen Behandlung, die mir in der vergangenen Nacht von Seite der Dorfbewohner zuteil geworden war. Zunächst beschloss ich, in meinem Schuppen zu bleiben und sie noch genauer zu beobachten.

Am nächsten Morgen, noch vor Sonnenaufgang, waren die Leute schon munter. Das Mädchen brachte wieder das Haus in Ordnung und bereitete eine Mahlzeit. Nachdem diese eingenommen war, ging der Jüngling fort.

Der Tag spielte sich in derselben Weise ab wie der vorhergehende. Der Jüngling war die meiste Zeit außerhalb des Hauses beschäftigt, während das Mädchen sich innerhalb desselben zu schaffen machte. Der Alte, der, wie ich bemerkte, blind war, verbrachte seine Zeit, indem er auf seinem Instrument spielte oder nachdenklich im Zimmer saß. Es war schön anzusehen, welche Liebe und Verehrung die jungen Menschen dem Greise zuteil werden ließen. Sie pflegten ihn mit zarter Hingabe und wurden durch sein gütiges Lächeln belohnt.

Ganz glücklich schienen sie jedoch nicht zu sein, denn öfter sah ich die beiden jungen Leute weinen. Ich konnte es mir nicht erklären, jedenfalls aber empfand ich tiefes Mitleid mit ihnen. Wenn schon solche Geschöpfe unglücklich waren, ist es nicht verwunderlich, dass ich, der ich einsam und hässlich war, noch viel mehr litt. Aber warum waren sie unglücklich? Sie besaßen ein herrliches Haus (wenigstens schien es mir herrlich) und alles, was sie bedurften. Sie hatten Feuer, um sich daran zu wärmen, wenn sie froren, und köstliche Speisen, wenn sie Hunger hatten. Sie waren schön gekleidet, und was noch besser ist als alles andere, sie waren nicht allein, sondern freuten sich gegenseitig ihrer Gesellschaft. Was hatten also ihre Tränen zu bedeuten? Waren sie wirklich der Ausdruck des Leides? Zuerst war ich nicht imstande, mir diese Fragen zu beantworten, aber mit der Zeit ward mir Verschiedenes klar, was mir bisher rätselhaft gewesen.

Es bedurfte langer Zeit, ehe ich eine der Hauptursachen ihres Kummers begriff. Es war die Armut, unter der sie in schrecklicher Weise zu leiden hatten. Ihre Nahrung bestand fast nur aus den Kräutern, die ihnen der Garten lieferte, und der Milch ihrer einzigen Kuh, für die sie im Winter kaum genügend Futter herbeizuschaffen vermochten. Ich glaube, dass die beiden jungen Menschen oft vom Hunger gequält wurden, denn ich bemerkte mehrmals, dass sie dem Greise Nahrung vorsetzten, ohne für sich selbst etwas übrig zu behalten.

Dieser Zug von Güte rührte mich. Ich hatte bisher in der Nacht einen Teil ihrer Nahrungsmittel für meinen Gebrauch gestohlen. Nachdem ich aber wusste, dass ich den guten Menschen damit wehe tat, verzichtete ich darauf und holte mir in einem benachbarten Gehölz Beeren, Nüsse und Wurzeln.

Ich entdeckte auch ein Mittel, ihnen bei ihrer Arbeit behilflich zu sein. Ich hatte beobachtet, dass der junge Mensch einen großen Teil des Tages darauf verwendete, Holz für den heimatlichen Herd zu sammeln. Ich nahm daher in der Nacht sein Werkzeug an mich, dessen Gebrauch ich rasch erlernte, und brachte Heizmaterial mit nach Hause, das für mehrere Tage ausreichte.

Ich erinnere mich, wie das Mädchen erstaunte, als sie eines Morgens, vor die Haustüre tretend, einen großen Haufen Holz aufgeschichtet vor sich sah. Sie schrie laut auf, und als der Jüngling herbeikam, äußerten sie offenbar ihr Erstaunen. Ich bemerkte mit Genugtuung, dass er es an diesem Tage unterließ, in den Wald zu gehen, sondern sich im Haus und im Garten beschäftigte.

Nach und nach machte ich aber eine Entdeckung, die für mich von ungeheurer Wichtigkeit war. Ich bemerkte nämlich, dass diese Wesen eine Methode besaßen, sich gegenseitig ihre Gefühle in artikulierten Lauten auszudrücken und dass die Worte, die sie sprachen, bald Leid, bald Freude, bald Frohsinn, bald Schmerz im Zuhörer hervorzurufen vermochten, wie man an ihren Mienen erkennen konnte. Das war allerdings eine herrliche Gabe und ich brannte förmlich danach, diese Methode genauer zu erforschen. Aber jeder Versuch, den ich unternahm, scheiterte kläglich. Ihre Aussprache war rasch, und da ich keinen Zusammenhang zwischen ihren Worten und den bestehenden Dingen sah, hatte ich gar keinen Anhaltspunkt. Nur meinem großen Eifer hatte ich es zu danken, dass es mir nach Verlauf mehrerer Monate gelang, die gebräuchlichsten Bezeichnungen zu erlernen. Ich wusste die Worte: Feuer, Milch, Brot und Holz zu deuten und auszusprechen. Dann merkte ich mir die Namen der Hausbewohner selbst. Hierbei fiel mir auf, dass die beiden jungen Leute mehrere Namen, der Alte aber nur einen, nämlich ›Vater‹ hatte. Das Mädchen hieß ›Schwester‹ oder ›Agathe‹, der Jüngling ›Felix‹, ›Bruder‹ oder ›Sohn‹. Ich kann dir das Vergnügen nicht schildern, das ich empfand, als ich einigermaßen in die Gedankenwelt der guten Leute eindringen konnte. Sie gebrauchten noch mehr sehr häufig andere Worte, deren Sinn ich aber zunächst nicht begriff, wie zum Beispiel ›gut‹, ›Liebster‹ oder ›unglücklich‹.

Unterdessen war der Winter vergangen und ich hatte diese Menschen sehr lieb gewonnen, sodass ich mit ihnen litt, wenn sie traurig waren, und mich freute, wenn sie sich freuten. Außer ihnen sah ich nur wenige menschliche Wesen, und wenn es ja vorkam, dass Fremde das Haus betraten, so fiel der Vergleich zwischen ihnen und meinen Freunden immer zum Vorteil der Letzteren aus. Der Alte schien sich oftmals zu bemühen, seinen Hausgenossen Mut zuzusprechen, und die Güte und Liebe, die in seinem ganzen Wesen lagen, taten sogar mir wohl. Agathe lauschte meistens schweigend seinen Worten; aber in ihre Augen traten Tränen, die sie verstohlen wegwischte. Jedenfalls gewann ich den Eindruck, als sei sie wieder fröhlicher und vertrauensvoller, wenn der Alte zu ihr gesprochen hatte. Mit Felix war es anders. Er war immer der Traurigste in der ganzen Familie, und selbst mit meinen ungeübten Sinnen erkannte ich, dass er am schwersten gelitten haben musste. Aber wenn er auch trauriger aussah als die anderen, so war doch seine Stimme fröhlicher als die seiner Schwester, besonders dann, wenn er mit dem Vater sprach.

Ich könnte dir unzählige Beispiele aufführen, die unverkennbar zeigten, wie sehr diese Leute aneinander hingen. Mochte auch Armut und Mangel schwer auf ihnen lasten, der Bruder vergaß doch nicht, die ersten weißen Blümchen, die aus dem Schnee lugten, seiner Schwester zu bringen. Früh am Morgen, noch ehe die Sonne aufgegangen war, kehrte er den Schnee von dem Weg, den sie zu gehen hatte, um nach dem Stall zu gelangen, holte Wasser aus dem Brunnen und schleppte Brennholz ins Haus, immer sehr erstaunt, wenn er bemerkte, dass der Vorrat von unbekannter Hand wieder ergänzt worden war. Unter Tags arbeitete er vermutlich für einen Nachbar, denn er ging früh fort und kehrte erst zu Tisch wieder heim, brachte aber nie mehr Holz mit. Zuweilen schaffte er im Garten; da es aber zu dieser Zeit wenig dort zu tun gab, las er dem Alten und Agathe vor.

Dieses Lesen hatte mich anfangs sehr merkwürdig berührt; allmählich kam ich dann darauf, dass er auch beim Lesen viele der Worte gebrauchte, die er im täglichen Gespräch anwendete. Ich schloss daraus, dass er auf dem Papier Zeichen finden musste, die er verstand, und brannte danach, diese gleichfalls kennen zu lernen. Aber das war ja nicht denkbar, denn ich kannte ja nicht einmal die Laute, die sie bezeichneten. Ich bemühte mich daher, zunächst ihre Sprache vollkommen zu verstehen; denn ich war mir darüber klar, dass ich eine Annäherung an die guten Leute nur dann wagen konnte, wenn ich ihre Sprache beherrschte, und dass ich sie nur dadurch einigermaßen mit meiner Ungestalt versöhnen könnte. Denn auch diese hatte ich durch das immerwährende Zusammensein mit den Leuten erkennen gelernt.

Und das kam so: Ich hatte mich stets an den schönen Formen meiner Freunde, an ihren geschmeidigen Bewegungen erfreut. Du kannst dir denken, welchen Schrecken ich empfand, als ich mich zum Vergleich in dem klaren Spiegel des Teiches betrachtete. Zuerst prallte ich entsetzt zurück, da ich nicht glauben konnte, dass es mein Bild sei, das mir da entgegensah. Als ich aber einsah, dass ein Irrtum unmöglich und ich wirklich das Scheusal war, ergriffen mich Verzweiflung und Scham. Und damals hatte ich noch nicht einmal einen Begriff davon, was ich noch alles unter dieser Hässlichkeit zu leiden haben könnte!

Als die Sonne wieder wärmer und die Tage länger wurden, schmolz der Schnee und hüllenlos standen die kahlen Bäume, lag die schwarze Erde. Von da ab war Felix wieder mehr beschäftigt und ich hatte den Eindruck, als schwände auch die drückende Not, die zur Winterszeit dort geherrscht. Die Nahrung der Leute war grob, aber, wie ich später erfuhr, sehr nahrhaft und gesund. Im Garten wuchsen mehrere neue Arten von Pflanzen, die ich bisher noch nicht gesehen hatte, und gediehen immer üppiger, je weiter die Jahreszeit vorschritt.

Jeden Tag nach Tisch ging der Greis, auf seinen Sohn gestützt, spazieren, wenn es nicht regnete. Ich hatte unterdessen gelernt, dass man das ›Regnen‹ nennt, wenn der Himmel seine Wasser herniedersendet. Das geschah ziemlich häufig; aber ein warmer Wind ließ die Erde immer wieder trocken werden, und danach war es noch viel schöner als zuvor.

Mein Leben verlief sehr gleichmäßig. Morgens sah ich meinen Freunden zu, und wenn sie dann ihren verschiedenen Beschäftigungen nachgingen, legte ich mich schlafen. Den Rest des Tages verbrachte ich dann wieder in der gleichen Weise wie den Morgen. Wenn sie sich dann zur Ruhe begeben hatten, ging ich, vorausgesetzt, dass der Mond oder die Sterne die Nacht erleuchteten, in den Wald, um Nahrung für mich und Brennholz für meine

Freunde zu sammeln. Nach meiner Rückkehr reinigte ich dann, wenn es nötig war, den Weg vom Schnee und verrichtete Arbeiten, die sonst Felix besorgt hatte. Diese Hilfe von unbekannter Seite erregte stets das Erstaunen der guten Menschen, und mehrere Male hörte ich, wie sie bei solchen Gelegenheiten ausriefen, »ein guter Geist« oder »ein Wunder«; Worte, deren Sinn ich damals noch nicht begriff.

Immer lebhafter beschäftigten sich meine Gedanken mit diesen Menschen. Ich verlangte danach, auch ihre Gefühle kennen zu lernen; vor allem wollte ich herausbringen, warum Felix so niedergeschlagen, Agathe so traurig war. Ich dachte – Narr, der ich war! – dass es vielleicht in meiner Macht stände, ihnen das Glück wiederzugeben. Im Schlafen und im Wachen standen mir die Gestalten vor den Augen, der verehrungswürdige alte Mann, das reizende Mädchen, der schöne junge Mensch. Sie kamen mir vor wie höhere Wesen, wie Götter, die über mein künftiges Schicksal zu entscheiden hätten. Ich stellte mir tausendmal in meinem Innern vor, wie sie mich wohl aufnehmen würden, wenn sie mich das erste Mal sähen. Ich dachte mir, dass sie anfangs ja sehr erschrecken, dann aber, gewonnen durch meine Güte und mein mildes Wesen, mir ihre Gunst und schließlich ihre Liebe schenken müssten.

Diese Gedanken munterten mich auf und veranlassten mich, mit gesteigertem Eifer mich dem Studium ihrer Sprache hinzugeben. Mein Organ war hart, das ist wahr, aber es war auch biegsam. Wenn auch die Laute, die ich hervorbrachte, keinen Vergleich aushielten mit dem Wohllaut ihrer Stimme, so vermochte ich doch immerhin mich, wie ich glaubte, verständlich zu machen. Jedenfalls verdiente ich, der ich doch die besten Absichten hegte, etwas Besseres als Schläge und Verwünschungen.

Unter den warmen Regenschauern und dem wohligen Wehen der Frühlingswinde nahm die Erde allmählich ein ganz anderes Aussehen an. Die Menschen, die sich vorher unter dem rauen Atem des Winters in ihre engen Wohnungen zusammengepfercht hatten, zerstreuten sich in Feld und Flur, um sich dort verschiedenen Beschäftigungen hinzugeben. Die Vögel sangen lieblich und überall grünte es an den Zweigen. Glückliche, schöne Erde! Jetzt ein Wohnsitz für Götter, und doch war sie noch vor kurzer Zeit traurig, öde und kalt. Auch in meinem Innern wirkte der Frühling wohltätig; das Vergangene war vergessen, die Gegenwart war ruhig und fröhlich, und die Zukunft lag vor mir im goldenen Sonnenschein der Hoffnung und der Freude.

KAPITEL XIII

ABER NUN ZU DEM INTERESSANTESTEN TEIL MEINER GESCHICHTE! Ich muss die Ereignisse berichten, die mich aus dem, was ich war, zu dem machten, was ich heute bin.

Immer schöner wurde es draußen und ein wolkenloser Himmel spannte sich über die Erde, die nach langer Winternacht nun grün und blühend geworden war. Tausend Wohlgerüche strömten auf mich ein und mein Auge erfreute sich immer neuer Schönheiten.

Es war einer jener Tage, an denen meine Freunde gewohnheitsmäßig zu feiern pflegten – der Alte spielte auf seiner Zither und die Kinder hörten ihm zu – als ich bemerkte, dass das Antlitz des Jünglings noch viel trauriger war als bisher. Er seufzte oft, sodass der Greis einmal sein Spiel unterbrach und ihn zu trösten versuchte. Felix antwortete liebevoll und der Alte begann wieder mit seiner Musik, als es plötzlich an der Tür pochte.

Es war eine Dame zu Pferd, die einen Bauern als Führer bei sich hatte. Sie war schwarz gekleidet und ein schwarzer Schleier bedeckte ihr Gesicht. Agathe fragte sie um ihr Begehr, worauf die Fremde mit lieblicher Stimme nur den Namen Felix aussprach. Daraufhin kam Felix herbeigeeilt. Die Dame schlug ihren Schleier zurück, sodass mir ein Antlitz von wunderbarer Schönheit entgegenstrahlte. Ihr Haar war tiefschwarz, glänzend und eigenartig geflochten; ihre dunklen, prächtigen Augen leuchteten; ihre Züge waren regelmäßig und ihr Gesicht von frischer Farbe.

Felix schien vor Glück förmlich aufzublühen, als er sie erblickte. Sein Antlitz leuchtete in schwärmerischer Freude, der ich ihn nie für fähig gehalten hätte. Seine Augen glänzten und eine heiße Röte färbte seine Wangen. In diesem Augenblick erschien er mir so schön wie die Fremde. Auch sie war ergriffen; aus ihren Augen stürzten Tränen, während sie ihm die Hand hinhielt, die er leidenschaftlich küsste. Und ich vernahm, wie er sie sein liebes Weib nannte. Sie schien den Inhalt seiner Worte nicht zu verstehen, aber sie lächelte. Er hob sie vom Pferd, entließ den Führer und geleitete sie ins Haus. Zuerst entwickelte sich ein Gespräch zwischen ihm und seinem Vater, dann warf sich das schöne Weib vor dem Greis nieder, um seine Hände zu küssen. Er aber hob sie auf und schloss sie liebevoll in die Arme.

Bald bemerkte ich, dass die Fremde, wenn Sie auch artikulierte Laute hervorbrachte, doch eine eigene Sprache zu haben schien und deshalb weder selbst verstanden wurde, noch auch die anderen verstand. Sie halfen sich mit verschiedenen Zeichen, deren Bedeutung ich aber nicht begriff. Jedenfalls verbreitete ihre Anwesenheit Glück und Freude in der kleinen Wohnung, und die Traurigkeit war geschwunden wie Morgennebel vor dem Glanz der Sonne. Besonders glücklich war Felix und lächelte immer der Fremden zu. Agathe küsste die Hände der Frau und machte Zeichen gegen ihren Bruder hin, aus denen ich entnahm, dass er es sei, dem ihre Ankunft die innigste Freude bereite. So vergingen mehrere Stunden freudiger Erregung, deren Ursache ich ja allerdings vorerst nicht zu ergründen vermochte. Später erkannte ich an der öfteren Wiederholung von Worten, die die Fremde dann nachsprach, dass diese sich bemühte, die Sprache meiner Freunde kennen zu lernen. Da kam mir die Idee, dass ich aus diesen Lektionen auch Nutzen zu ziehen imstande wäre. Es waren nur zwanzig Worte, die die Fremde in dieser ersten Lektion erlernte, von denen ich die meisten schon kannte; aber es waren auch etliche dabei, die mir neu waren.

Als es Nacht wurde, zogen sich Agathe und die Fremde zeitig zurück. Als sie sich verabschiedeten, küsste Felix die Hand der Fremden und sagte: Schlaf wohl, liebe Safie. Er saß dann noch längere Zeit mit seinem Vater zusammen, und daraus, dass der Name der Fremden sich in ihrem Gespräch oft wiederholte, schloss ich, dass sie der Gegenstand desselben war. Ich bemühte mich sehr, sie zu verstehen, aber es war mir nicht möglich.

Am nächsten Morgen begab sich Felix wieder an die gewohnte Arbeit und die Fremde ließ sich, während Agathe die Wohnung in Ordnung brachte, zu Füßen des alten Mannes nieder. Dieser nahm seine Zither und spielte einige Lieder so schön, dass mir die Tränen des Mitleids und des Entzückens aus den Augen flossen. Dann sang die Fremde. Ihre Stimme ertönte in reicher Fülle und so lieblich, dass ich meinte, die Nachtigall des Waldes singen zu hören.

Nachdem sie geendet, gab sie Agathe die Zither. Diese lehnte zuerst ab, dann aber spielte sie ein einfaches Lied und sang dazu. Aber wenn auch ihre Stimme lieblich klang, so war sie doch mit der der Fremden nicht zu vergleichen. Der alte Mann schien entzückt und sagte einige Worte, die Agathe der Fremden zu erklären versuchte.

Die Tage flossen so ruhig und friedlich dahin wie bisher, nur mit dem Unterschied, dass meine Freunde jetzt keine traurigen Gesichter mehr hatten. Safie war immer lustig und guter Dinge. Sie und ich drangen rasch in die Geheimnisse der Sprache ein, sodass ich nach zwei weiteren Monaten fast alles verstand, was gesprochen wurde.

Auf den Feldrainen blühten ungezählte Blumen und auf dem mondbeschienenen Waldboden leuchteten ihre bleichen Sterne. Die Sonne war kräftiger geworden, die Nächte klar und mild. Meine Ausflüge bildeten ein großes Vergnügen für mich, wenn sie auch infolge des frühen Sonnenaufgangs und des späten Sonnenunterganges bedeutend kürzer werden mussten. Denn so lange es Tag war, wagte ich es nicht, meine Hütte zu verlassen, da ich fürchten musste, dieselbe Behandlung zu erfahren, wie schon einmal, und die ich nie vergaß.

Meine Tage waren dem aufmerksamsten Studium gewidmet, denn es kam mir darauf an, möglichst bald der Kunst der Sprache teilhaftig zu werden. Ich darf mich rühmen, dass meine Fortschritte größer waren als die der Fremden, die noch sehr wenig verstand und nur sehr gebrochen sprach, während ich fast jedes Wort, das ich hörte, begriff und zu wiederholen wusste.

Aber nicht nur die Sprache, sondern auch die Schrift erlernte ich auf dieselbe Weise wie die Fremde. Damit eröffneten sich mir herrliche Gebiete, die mich in Erstaunen und Bewunderung versetzten.

Das Buch, aus dem Felix Safie unterrichtete, war Volneys ›Zertrümmerte Reiche‹. Ich hätte ja den Inhalt des Buches nie erfasst, wenn nicht Felix immer ausführliche Erläuterungen dazu gegeben hätte. Er hatte dieses Werk gewählt, weil der Stil des Werkes außerordentlich anschaulich war.

Der Inhalt jenes Buches regte mancherlei Gedanken in mir an. Waren denn die Menschen wirklich zugleich so mächtig, tugendhaft und groß und doch dabei so lasterhaft und schlecht? Der Mensch erschien mir einmal als der Repräsentant des bösen Prinzips und dann ein andermal wieder als der Inbegriff des Edlen und Göttlichen. Ein großer, tugendhafter Mensch zu sein, das musste doch das Herrlichste bedeuten, was sich ein denkendes Wesen vorstellen kann; und als tiefste Erniedrigung erschien es mir, lasterhaft und schlecht zu sein, ein Leben zu führen, das nutzloser war als das des blinden Maulwurfs oder des harmlosen Wurmes. Lange konnte ich es überhaupt nicht begreifen, dass es Wesen gäbe, die imstande waren, ihresgleichen zu morden, und warum es Gesetze und Regierungen gab. Aber als ich von Verbrechen und Blutvergießen erzählen hörte, wunderte ich mich nimmer, sondern wandte mich voll Ekel und Abscheu ab.

Jedes Gespräch der Hausbewohner eröffnete mir neue Perspektiven. Bei Gelegenheit der Belehrungen, die Felix der Fremden gab, erfuhr ich auch von dem seltsamen System der menschlichen Gesellschaft. Ich hörte von Teilung des Besitzes, von unermesslichen Reichtümern und entsetzlichster Armut, von Rang, Abkunft und edlem Blut.

Dieses Kapitel veranlasste mich, über mich selbst nachzudenken. Ich sah, dass das, was meine Mitmenschen als das Höchste betrachten, edle, fleckenlose Abkunft und Reichtum sind. In seltenen Fällen mochte es ja vorkommen, dass einer, der nur einen dieser beiden Vorzüge besaß, geachtet war; meistens aber betrachtete man einen solchen Menschen als Lump oder Sklaven, der lediglich dazu da ist, seine Kräfte im Dienste weniger Auserwählter zu verbrauchen. Und was war ich? Ich wusste von meiner Entstehung, von meiner Abkunft gar nichts; aber das wusste ich, dass ich kein Geld, keine Freunde mein eigen nannte. Außerdem war ich noch besonders hässlich und missgestaltet und nicht einmal dasselbe Wesen wie ein Mensch. Ich war beweglicher als ein solcher und kam mit weniger Nahrung aus; ich ertrug mit größerer Gleichgültigkeit Kälte und Hitze und war an Größe und Kraft weit überlegen. Aber wenn ich um mich sah, fand ich niemand, der mir glich. Ich war also eine Abnormität, ein Ungeheuer, ein Schandfleck der Schöpfung, den alle Menschen flohen und von sich stießen.

Ich würde vergebens versuchen, dir die Qualen zu schildern, die diese Gedanken in mir wachriefen. Ich wollte ihrer Herr werden, aber mein Leid wuchs nur, je mehr ich darüber nachsann. O, dass ich doch immer in meinem Wald geblieben wäre und nicht gelernt hätte, etwas anderes zu fühlen als die Regungen des Hungers und des Durstes!

Welch seltsames Ding ist doch das Wissen! Es klammert sich an unser Inneres, wie eine Flechte an den Stein. Ich hätte oft gewünscht, all das Fühlen und Denken von mir abschütteln zu können. Aber ich erfuhr auch, dass es gegen all diese Schmerzen nur ein einziges Heilmittel gibt – den Tod, einen Begriff, den ich fürchtete, den ich aber nicht zu fassen vermochte. Ich bewunderte die Tugend und alle hohen, edlen Gefühle und liebte die schönen, guten Menschen, dich ich bis jetzt, allerdings nur von Ferne, kennengelernt hatte. Aber vom Verkehr mit ihnen war ich ausgeschlossen, wenn ich nicht das, was ich mir verstohlen ansah, als solchen bezeichnen will und das meine Begierde, einer von ihnen zu sein, nur noch mehr anstachelte. Die freundlichen Worte Agathes, das liebliche Lächeln der Fremden waren nicht für mich berechnet, und die milden Worte des Greises und die klugen Reden des jungen Mannes richteten sich nicht an mich. Elender, armer Wicht der ich war!

Andere Dinge, die ich hörte, wirkten noch niederdrückender auf mich. Ich erfuhr vom Unterschied der Geschlechter, von der Geburt und der Erziehung der Kinder; von dem glücklichen Lächeln des Vaters, von der Liebe und Hingebung der Mutter; von Bruder, Schwester und all den anderen Verwandtschaftsgraden, die die Bande bezeichnen, die die Menschen untereinander bindet.

Aber wer sind meine Freunde und Verwandten? Kein Vater hat meine Kinderjahre behütet, keine Mutter mir ihre Liebe und Zärtlichkeit geschenkt; oder wenn es doch so war, dann war mein bisheriges Leben ein Traum, von dem ich nichts mehr weiß. So weit meine Erinnerung reichte, ich war immer derselbe, wie ich damals war, und hatte an Größe und Gestalt mich nicht verändert. Ich kannte niemand, der mir ähnlich war oder der sich die Mühe genommen hätte, sich mit mir zu beschäftigen. Was war ich, woher kam ich? Das waren die Fragen, die sich in mir erhoben und auf die ich keine Antwort fand als meine Seufzer.

Wohin mich diese Gefühle brachten, will ich nun erzählen. Aber zuerst möchte ich noch einmal von jenen Menschen sprechen, deren Leben in mir zugleich Entrüstung, Entzücken und Verwunderung wachrief und in denen ich in unschuldiger, wonniger Selbsttäuschung meine Beschützer sah.

KAPITEL XIV

ES WÄHRTE EINIGE ZEIT, ehe ich etwas aus dem Leben meiner Freunde erfuhr. Die mannigfachen Umstände, die darin eine Rolle spielten, verfehlten nicht, auf mich, der ich so gänzlich unerfahren war, einen tiefen Eindruck zu machen.

Der alte Mann hieß de Lacey. Er stammte aus einer guten französischen Familie und war bei seinen Standesgenossen geachtet und beliebt. Sein Sohn stand im Kriegsdienst und seine Tochter verkehrte mit den vornehmsten Damen. Noch wenige Monate vorher hatten sie in einer großen, prächtigen Stadt, die Paris hieß, gelebt, umgeben von guten Freunden, und erfreuten sich alles dessen, was mäßiger Reichtum zu bieten vermag.

Der Vater Safies war der Urheber ihres Unglücks. Er war ein türkischer Kaufmann und hatte lange Jahre in Paris gewohnt, als er, ich weiß nicht aus welchem Grund, der Regierung verdächtig wurde. Er wurde gefangen genommen und in den Kerker geworfen, am gleichen Tage als Safie aus Konstantinopel eintraf. Er wurde verhört und zum Tode verurteilt. Die Ungerechtigkeit dieses Richterspruches lag klar zu Tage und ganz Paris war darüber empört. Man vermutete wohl mit Recht, dass seine Religion und sein Reichtum mehr zu seiner Verurteilung beigetragen hatten, als das ihm zur Last gelegte Verbrechen.

Felix war zufällig in der Gerichtsverhandlung gewesen und hatte mit Entsetzen und Entrüstung den Richterspruch vernommen. In diesem Augenblick hatte er sich feierlich gelobt, den Verurteilten zu befreien, und sich sofort an die Ausführung seines Vorhabens gemacht. Nachdem er verschiedene Male vergebens versucht hatte, Zutritt zu dem Gefangenen zu erhalten, entdeckte er zufällig die stark vergitterten Fenster der Zelle, in der der unglückliche Mann, beladen mit schweren Ketten, der Exekution entgegensah. Felix gelang es, nachts an dieses Fenster zu kommen und dem Gefangenen mitzuteilen, dass er seine Befreiung zu erwarten habe. Der Türke war zugleich erstaunt und erfreut und versprach Felix reiche Belohnung, die dieser aber rau zurückwies. Als er aber Safie kennen lernte, die ihren Vater öfter besuchen durfte, wusste er, dass dieser einen Schatz besaß, den er doch von ihm annehmen und der ihn für seine Mühen und Gefahren belohnen würde.

Rasch hatte der Türke bemerkt, dass seine Tochter Eindruck auf den jungen Mann gemacht hatte, und suchte diesen in seinem Vorhaben zu bestärken, indem er ihm die Hand des Mädchens versprach. Sobald er an einem sicheren Platz sei, sollte die Hochzeit stattfinden. Felix war zu zartfühlend, von diesem Versprechen Notiz zu nehmen, erwartete aber von dessen Erfüllung sein ganzes zukünftiges Glück.

Während der folgenden Tage machten die Vorbereitungen zur Befreiung des Kaufmannes um so bedeutendere Fortschritte, als Felix von der Geliebten einige Briefe erhielt, die diese mit Hilfe eines alten Dieners ihres Vaters, der Französisch verstand, an ihn geschrieben. Sie dankte ihm in den glühendsten Worten für das, was er ihrem Vater zu Liebe zu tun beabsichtigte, und beklagte zugleich auch darin ihr eigenes Geschick.

Ich habe Abschriften dieser Briefe im Besitz, denn ich hatte unterdessen das Schreiben erlernt, und da die Briefe oftmals den Gegenstand des

Gespräches bildeten, konnte ich mir ihren Inhalt zu eigen machen. Ehe ich wieder gehe, werde ich sie dir geben, denn sie sollen dir die Wahrheit dessen beweisen, was ich dir berichte. Aber jetzt, da die Sonne sich anschickt, hinter den Bergen unterzugehen, kann ich dir nur kurz angeben, was sie enthielten.

Safie teilte ihm mit, dass ihre Mutter eine Christin gewesen, die von den Türken gefangen genommen und in die Sklaverei abgeführt worden war. Bezwungen von ihrer Schönheit, hätte ihr, Safies Vater, sie zum Weibe genommen. Das junge Mädchen sprach in den Ausdrücken tiefster Liebe und Verehrung von ihrer Mutter, die, in Freiheit aufgewachsen, die Knechtschaft, in der sie leben musste, sehr schmerzlich empfand. Sie unterrichtete ihre Tochter in den Lehren ihrer Religion und riet ihr, stets nach höheren geistigen Gütern und nach geistiger Freiheit zu streben, die ja den Mohammedanerinnen strenge verboten ist. Die Frau starb, aber ihre Lehren hatten sich Safies Geist tief eingeprägt, die der Gedanke, nach Asien zurückkehren und sich in irgend einen Harem einsperren lassen zu müssen, tief niederdrückte; denn die kindischen Vergnügungen, die allein ihr dort erlaubt sein würden, hätten schlecht zu dem gepasst, was sie sich in Europa an großen Ideen angeeignet hatte. Die Aussicht, einen Christen heiraten und in einem Land bleiben zu dürfen, wo auch der Frau es möglich war, eine Rolle in der Gesellschaft zu spielen, bereitete ihr Entzücken.

Der Tag der Hinrichtung des Gefangenen war nun herangekommen. Aber in der vorhergehenden Nacht war er entwichen und befand sich bei Tagesanbruch schon viele Meilen von Paris entfernt. Felix hatte sich Pässe auf seinen Namen sowie die seines Vaters und seiner Schwester verschafft Er hatte dem Ersteren davon Mitteilung gemacht, und dieser erleichterte das Vorhaben seines Sohnes dadurch, dass er bei seinen Bekannten die Absicht äußerte, eine Reise zu unternehmen zu wollen, und dann mit seiner Tochter in irgendeinem entfernten Stadtteil von Paris Wohnung nahm.

Felix begleitete die Flüchtlinge durch Frankreich bis nach Lyon und von dort über den Mont Cenis nach Livorno, woselbst der Kaufmann eine günstige Gelegenheit abwarten wollte, in einen Teil des türkischen Reiches zu entkommen.

Safie beschloss, bis zur Hochzeit bei ihrem Vater zu bleiben, die kurz vor dessen Abreise in die Heimat stattfinden sollte. Und Felix erwartete voll Sehnsucht diesen Moment. Mittlerweile erfreute er sich der Gesellschaft des schönen Mädchens, das ihm die wärmste und zarteste

Liebe entgegenbrachte. Sie unterhielten sich mit Hülfe eines Dolmetschers und dazwischen auch in der Sprache ihrer Augen. Manchmal sang ihm Safie die herrlichen Lieder ihrer Heimat vor.

Der Kaufmann hatte scheinbar gegen dieses Verhältnis nichts einzuwenden und ermutigte die Liebenden, während in seinem Herzen ein ganz anderer Plan reifte. Er dachte nur mit Abscheu daran, dass sein Kind einen Christen heiraten sollte. Aber er fürchtete, dass sich Felix an ihm rächen könne, wenn er wortbrüchig würde, denn er war ja immer noch in dessen Gewalt. Es bedurfte nur einer Anzeige bei der italienischen Regierung und alles war wie vorher, wenn nicht schlimmer. Tausenderlei Pläne gingen ihm durch den Kopf, wie er den jungen Liebhaber so lange hinziehen könne, bis er seiner nicht mehr bedurfte, um dann seine Tochter bei seiner Abfahrt heimlich mitzunehmen. Und die Nachrichten, die aus Paris eintrafen, waren seinen Plänen nur förderlich.

Die französische Regierung war über die Flucht ihres Opfers aufs Äußerste erbost und sparte keine Mühe und keine Kosten, um den Befreier zu entdecken und zu bestrafen. Bald hatte man eine Spur des Täters, und kurz danach wanderten de Lacey und Agathe ins Gefängnis. Als Felix hiervon Nachricht erhielt, war sein Glückstraum zu Ende. Sein alter, blinder Vater und seine liebliche Schwester schmachteten in kalter, dunkler Zelle, während er in Freiheit war und sich seiner reizenden Geliebten erfreute. Dieser Gedanke quälte ihn. Er traf noch rasch mit dem Türken die Abmachung, dass dieser, wenn er Gelegenheit fände, zu entkommen, Safie in irgendeinem Kloster von Livorno in Pflege geben sollte. Dann riss er sich von dem geliebten Weib los, eilte nach Paris und stellte sich selbst dem Gericht in der Hoffnung, dadurch seinem Vater und seiner Schwester die Freiheit wiederzuverschaffen.

Aber er hatte keinen Erfolg damit. Fünf Monate blieben sie in Haft, bis endlich die Verhandlung festgesetzt wurde. Das Resultat derselben war, dass ihr Vermögen konfisziert und sie zu lebenslänglicher Verbannung aus ihrem Heimatland verurteilt wurden.

Sie fanden ein ärmliches Asyl in dem Bauernhaus in Deutschland, in dem ich sie entdeckte. Felix brachte auch bald in Erfahrung, dass der verräterische Türke, für den er und seine Familie so Schweres erdulden mussten, sein Wort in ehrloser Weise gebrochen und mit seiner Tochter Italien verlassen hatte. Wie zum Hohn sandte er ihm auch noch eine kleine Geldsumme, damit er sich eine Stellung verschaffen könne.

Das also war es, was auf Felix so deprimierend gewirkt und ihn so unglücklich gemacht hatte. Armut zu ertragen wäre ihm ja ein Leichtes gewesen; aber die Treulosigkeit des von ihm geretteten Kaufmannes und der Verlust der Geliebten, das waren Dinge, die er nicht verschmerzen konnte. Erst die Ankunft des geliebten Weibes flößte ihm wieder neuen Lebensmut ein.

Und das kam so: Als die Nachricht von der Verurteilung und Verbannung der Familie de Lacey Livorno erreichte, befahl der Kaufmann seiner Tochter, jeden Gedanken an den jungen Mann aufzugeben und sich zur Heimreise vorzubereiten. Die edle Natur Safies sträubte sich gegen diese Zumutung und sie versuchte ihren Vater zur Zurücknahme seines grausamen Gebotes zu veranlassen. Aber er geriet nur in Zorn und wiederholte seinen Befehl mit noch größerer Bestimmtheit.

Einige Tage später betrat der Türke das Zimmer seiner Tochter und teilte ihr erregt mit, dass er guten Grund habe zu glauben, dass die französische Regierung seinen jetzigen Aufenthalt ermittelt habe und mit Livorno wegen seiner Auslieferung in Verhandlungen stehe. Er habe deshalb ein Schiff gemietet, das in wenigen Stunden absegeln und ihn nach Konstantinopel bringen sollte. Er beabsichtigte, seine Tochter unter der Obhut einer vertrauten Dienerin zurückzulassen. Sie sollte, wenn ihr Hab und Gut endlich in Livorno angekommen sei, ebenfalls die Reise antreten.

Als Safie allein war legte sie sich einen Plan zurecht, der sie aus dieser unangenehmen Lage befreien sollte. In die Türkei zurückzukehren, daran dachte sie nicht; Religion und Gefühl sträubten sich dagegen. Aus einigen Papieren ihres Vaters, die ihr dieser zurückgelassen, erfuhr sie den Namen des Ortes, an dem ihr Geliebter in der Verbannung lebte. Sie zögerte noch einige Zeit, dann aber stand ihr Entschluss fest. Sie nahm ihre Juwelen und eine Summe Geldes an sich und machte sich mit einer Dienerin, die aus Livorno stammte und mit der sie sich einigermaßen verständigen konnte, auf den Weg nach Deutschland.

Wohlbehalten kam sie in der Stadt an, die etwa zwanzig Meilen von dem Wohnort de Laceys entfernt lag. Dort aber erkrankte ihre Dienerin sehr schwer. Safie pflegte sie mit der größten Hingabe, konnte es aber nicht verhindern, dass das arme Mädchen starb. So stand sie nun hilflos da, denn sie kannte weder die Sprache des Landes noch auch dessen Sitten. Das Glück war ihr hold, denn die Frau, bei der sie wohnte, nahm sich ihrer an und sorgte dafür, dass sie unter sicherem Geleit dahin kam, wo sie den Geliebten wiederzufinden hoffte.

Kapitel xv

Das war die Geschichte meiner Freunde. Sie machte einen tiefen Eindruck auf mich. Ich lernte daraus ihre guten Seiten schätzen und die Fehler des Menschengeschlechts missbilligen.

Damals erschien mir jedes Verbrechen wie ein Übel, das vollkommen außerhalb meines Gesichtskreises lag. Ich meinte es wirklich gut und hoffte, ein nützliches Glied der kleinen Gesellschaft werden zu können, die ich bis jetzt kennen gelernt hatte.

Bald nach meiner Ankunft in dem Schuppen hatte ich in einer Tasche des Kleides, das ich bei meiner Flucht aus deinem Laboratorium mitgenommen, einige Papiere entdeckt. Zuerst kümmerte ich mich nicht darum, aber nun, da ich sie zu entziffern vermochte, machte ich mich eifrig daran sie zu studieren. Es war dein Tagebuch aus den vier Monaten, die meiner Schöpfung vorausgingen. Du beschriebst darin jeden Fortschritt, den dein Werk machte, und dazwischen fanden sich wieder Notizen über deine Nachrichten von zu Hause. Du erinnerst dich sicherlich dieser Blätter. Hier sind sie. Alles, was darin steht, gibt Aufschluss über meinen Ursprung. Die ganzen hässlichen, abstoßenden Details sind anschaulich geschildert; du gibst die genaueste Beschreibung meiner verhassten, abscheulichen Persönlichkeit in einer Sprache, die deinen Ekel nur zu deutlich zum Ausdruck bringt und mir unsägliches Leid verursachte. Ich wurde förmlich krank, als ich das alles las. »Verfluchter Tag, an dem ich ins Leben trat«, schrie ich in rasender Verzweiflung. »Verflucht sei mein Schöpfer. Warum musstest du auch ein Ungeheuer schaffen, das so hässlich war, dass selbst du voll Ekel dich von mir abwandtest? Gott bildete den Menschen in seiner Güte nach seinem eigenen Bilde; aber du gabst mir Antlitz und Gestalt, die nur ein erschreckendes Zerrbild deines Leibes waren. Satan selbst hat seine Genossen, die mit ihm leben; aber ich bin allein und verhasst, wo man mich erblickt.«

Das waren die Gedanken, die mein Elend und meine Einsamkeit gebaren. Aber wenn ich mir überlegte, wie freundlich und gut meine Beschützer sein mussten, tröstete ich mich damit, dass sie sich an meine körperliche Hässlichkeit gewöhnen würden, wenn sie erst erkannt hätten, dass mein Inneres so ganz anders sei als mein Äußeres. Waren sie imstande, einen um Mitleid und Freundschaft Flehenden von ihrer Tür wegzujagen, weil er so missgestaltet war? Schließlich war es mir klar, dass ich nicht die Hoffnung aufgeben dürfe, und bereitete mich auf eine Begegnung mit ihnen vor, die über mein ganzes künftiges Geschick entscheiden musste. Trotzdem schob ich aber die Ausführung des Planes noch um mehrere Monate hinaus, denn die Wichtigkeit, die ich der Sache beilegte, erfüllte mich immer wieder mit einer gewissen zaghaften Scheu. Außerdem merkte ich, dass meine Fertigkeit im Gebrauch der Sprache von Tag zu Tag wuchs, und wollte aus diesem Umstände Nutzen ziehen, um ihnen möglichst gut vorbereitet entgegentreten zu können.

Im Hause selbst hatte sich unterdessen manches verändert. Safies Ankunft hatte nicht nur Glück über die Seelen der guten Menschen ausgegossen, sondern es war auch ein gewisser Wohlstand eingekehrt. Felix und Agathe hatten jetzt mehr Zeit sich dem Vergnügen hinzugeben, da ihre Arbeiten von Dienstboten verrichtet wurden. Wenn sie auch vielleicht nicht reich waren, so schienen sie wenigstens zufrieden und glücklich. Ihr Leben floss friedlich und heiter dahin, während ich selbst eine Beute der unruhigsten, widersprechendsten Gefühle wurde. Je mehr mein Wissen sich erweiterte, desto klarer war es mir, dass ich ein Elender, Ausgestoßener sei. Ich entsagte ja noch nicht jeder Hoffnung, das ist wahr; aber sie entschwand immer wieder, wenn ich mein Spiegelbild im Wasser oder meinen Schatten im Mondschein sah, eben so rasch wie dieses Spiegelbild oder der Schatten selbst.

Ich tat mein Möglichstes, um dieser Angstgefühle Herr zu werden und mir Mut einzuflößen für das Unternehmen, von dem mich nur wenige Monate mehr trennten. Zuweilen gestattete ich sogar meinen Gedanken sich ein Paradies vorzugaukeln, in dem ich mit lieblichen Wesen, die mich verstanden, zusammenlebte; engelgleiche Gesichter lächelten mir Trost und Zuversicht zu. Aber alles war nur Wahn; keine Eva linderte mein Leid oder teilte meine Sorgen; ich war allein. Ich erinnerte mich der Worte, mit denen Adam vor seinen Schöpfer trat. Aber wer war der meine? Er hatte sich von mir gewandt und voll tiefster Erbitterung hatte ich nur Flüche für ihn.

So verging der Herbst. Erstaunt und betrübt sah ich die Blätter welken und fallen und erkannte, dass die Erde wieder dasselbe traurige, starre Aussehen annahm wie damals, als ich zuerst die Wälder und den lieben Mond gesehen.

Die Kälte fürchtete ich nicht, denn merkwürdigerweise war ich gegen diese wesentlich unempfindlicher als gegen die Hitze. Als ich keine

Gelegenheit mehr hatte, die Blumen auf den Feldern zu betrachten und dem Gesang der Vögel zuzuhören, wandte ich meinen Freunden wieder mehr Aufmerksamkeit zu. Das Scheiden der schönen Jahreszeit tat ihrem Glück keinen Abbruch. Sie waren alle einander herzlich zugetan und freuten sich ihres Lebens, unbekümmert um das, was draußen in der Natur vor sich ging. Je öfter ich sie sah, desto ungeduldiger nahm ich mir vor, ihren Schutz und Beistand anzurufen. Mein Herz dürstete danach, sich diesen liebenswürdigen Menschen offenbaren zu dürfen. Ihre Blicke liebevoll und mit Interesse auf mir haften zu sehen, war das, was ich am meisten ersehnte. Ich wagte es gar nicht daran zu denken, dass sie mich mit Grauen und Ekel von sich weisen könnten. Von ihrer Tür war sicher noch kein Hilfesuchender weggejagt worden. Mir war es ja um mehr zu tun als um Speise oder ein vorübergehendes Unterkommen, ich wollte ihre Liebe, ihr Mitleid; Dinge, deren ich mich keineswegs für unwürdig hielt.

Immer winterlicher ward es im Land, und einmal schon hatte die Natur ihren ewigen Kreislauf vollendet, seit ich zum Leben erweckt worden war. Plan auf Plan entwarf ich in meinem Innern, wie ich es anfangen sollte, mich meinen Beschützern zu nähern. Endlich entschloss ich mich, das Haus dann zum ersten Mal zu betreten, wenn der Alte allein war. Ich war mir darüber vollkommen im klaren, dass es meine außergewöhnliche Hässlichkeit gewesen war, was diejenigen erschreckt hatte, die bisher mit mir in Berührung gekommen waren. Meine Stimme war ja rau, aber sie hatte nichts Abstoßendes. Ich dachte mir, dass ich zuerst die Liebe des alten de Lacey gewinnen müsste, um dann in ihm einen Fürsprecher bei seinen Kindern zu haben.

Eines Tages, die Sonne leuchtete goldig auf den farbigen Blättern, die allenthalben den Boden bedeckten, und schien noch einmal dem Auge den Sommer vortäuschen zu wollen, traten Safie, Felix und Agathe einen längeren Spaziergang an, während der Greis seinem Wunsch entsprechend zu Hause gelassen wurde. Als er allein war, nahm er seine Zither und spielte einige ernste, ergreifende Weisen, ernster und schöner, als ich sie je von ihm gehört. Zuerst lag ein Schimmer heller Freude auf seinem Angesicht, dann aber nahm es einen immer traurigeren, schmerzlicheren Ausdruck an. Er legte sein Instrument zur Seite, stützte das Haupt auf die Hände und schien in tiefes Nachsinnen versunken zu sein.

Mein Herz klopfte stürmisch; der Augenblick war gekommen, wo es sich entscheiden musste, ob meine Hoffnungen begründet waren oder meine Furcht. Die Dienstboten waren alle zu einem Fest gegangen. Still war es im Haus und ringsum. Die Gelegenheit war günstig. Aber als ich zur Ausführung meiner Absicht schritt, versagten mir die Glieder den Dienst und ich sank zu Boden. Dann richtete ich mich wieder auf, und all meine Kraft und meinen Mut zusammennehmend entfernte ich die Bretter, die ich zu meinem Schutz an den Eingang des Schuppens gelehnt hatte. Die frische Luft tat mir wohl und mit froher Zuversicht näherte ich mich dem Eingangstor.

Ich klopfte. »Wer ist da?« ertönte die Stimme des alten Mannes aus dem Inneren »Tretet ein!«

Ich folgte der Aufforderung. »Entschuldigt, dass ich hier eindringe«, sagte ich. »Ich bin ein Wanderer, der etwas Ruhe bedarf. Ihr würdet mich zu großem Dank verpflichten, wenn Ihr mir einige Minuten Rast an Eurem gastlichen Herde gönnen möchtet.«

»Kommen Sie nur«, sagte de Lacey, »ich will Ihnen gern zu Diensten sein. Aber leider sind meine Kinder nicht hier, und da ich blind bin, wird es mir schwer fallen, einen Imbiss für Euch herbeizuschaffen.«

»Macht Euch deshalb keine Sorge, lieber Gastfreund, Hunger habe ich nicht; nur Ruhe und Wärme suche ich bei Euch.«

Ich ließ mich nieder und es entstand eine Pause. Ich wusste, dass jeder Augenblick kostbar war, wusste aber nicht, wie ich die Unterhaltung beginnen sollte. Da sagte der Alte:

»An Eurer Sprache, Fremdling, meine ich zu erkennen, dass Ihr ein Landsmann von mir seid. Seid Ihr Franzose?«

»Nein, das nicht, aber ich wurde bei einer französischen Familie erzogen und lernte nur ihre Sprache kennen. Ich habe nun die Absicht, den Schutz einiger Freunde zu suchen, die ich herzlich lieb habe und auf deren Gunst ich meine ganze Hoffnung setze.«

»Sind es Deutsche?«

»Nein, es sind Franzosen. Aber wollen wir von etwas anderem sprechen. Ich bin ein armes, verlassenes Geschöpf. Wenn ich mich auf Erden umse-he, habe ich keinen Verwandten, keinen Freund. Die liebenswürdigen Leute, zu denen ich will, haben mich noch nie gesehen und wissen nichts von mir. Ich bin voll Angst, denn wenn ich bei ihnen meinen Zweck verfehle, dann bin ich ausgestoßen aus der ganzen Welt.«

»Nur nicht verzweifeln! Freundlos sein ist ja ein Unglück. Aber die Herzen der Menschen sind, wenn nicht der Egoismus von ihm Besitz ergriffen hat, gut und mitleidig. Lasst also der Hoffnung Raum, dass diese Freunde, wenn sie wirklich gut und edel sind, Euch nicht verstoßen werden.«

»Sie sind gut, sie sind die besten Geschöpfe, die ich kenne; aber unglücklicherweise haben sie ein Vorurteil gegen mich. Ich habe bis jetzt ein sehr harmloses Leben geführt und bin auch gewissermaßen wohltätig gewesen. Aber ein Schleier liegt vor ihren Augen; denn anstatt in mir einen treuen, aufrichtigen Freund zu sehen, halten sie mich für ein verabscheuungswürdiges Ungetüm.«

»Das ist allerdings traurig. Aber ist es Euch, wenn Ihr wirklich so unschuldig seid, nicht möglich, sie von der Wahrheit zu überzeugen?«

»Das eben möchte ich, und wenn ich daran denke, ergreift mich eine entsetzliche Angst. Ich liebe diese Menschen zärtlich, ich bin unerkannt schon Monate lang mit ihnen in freundschaftlichem Verkehr gestanden; aber sie meinen, ich wolle ihnen schaden, und diese Meinung will ich ihnen nehmen.«

»Wo wohnen denn diese Leute?«

»Nicht weit von hier.«

Der Alte schwieg einen Moment, dann sagte er: »Wenn Ihr mir rückhaltlos Eure ganze Geschichte erzählen wollt, kann ich Euch vielleicht in diesem Bestreben helfen. Ich bin blind und erkenne Euer Gesicht nicht, aber es liegt in Eurer Rede etwas, das mir sagt, Ihr seid ein guter Mensch. Ich bin arm und lebe hier in der Verbannung; aber es macht mir Freude, einem anderen in jeder Weise dienstbar zu sein.«

»Edler Mann, wie danke ich Euch! Ich nehme Euer hochherziges Anerbieten an. Ihr erhebt mich mit Eurer Güte aus dem Staub und ich hoffe, dass es Euch gelingen wird, mich so wirksam zu schützen, dass ich nicht mehr aus der Gesellschaft Eurer Mitmenschen vertrieben werde.«

»Davor bewahre Euch der Himmel! Und wenn Ihr ein Verbrecher wäret, denn das ist das einzige, was Euch verzweifeln lassen kann. Auch ich bin unglücklich; ich bin, vollkommen unschuldig, mit meiner ganzen Familie aus der Heimat verbannt worden. Ihr werdet dann begreifen, dass ich Eurem Unglück nicht gefühllos gegenüberstehe.«

»Wie kann ich Euch danken, mein einziger, liebster Wohltäter? Von Euren Lippen habe ich das erste Mal Worte der Güte gehört, die mir galten. Das werde ich Euch nimmer vergessen. Und die Freunde, denen ich ja nun bald gegenübertreten werde, hoffe ich, werden mir auch barmherzig sein.«

»Darf ich den Namen und den Wohnort dieser Freunde wissen?«

»Ich schwieg. Das war der Augenblick, der mir das Glück auf immer bringen oder rauben musste. Ich rang nach Worten, um ihm alles einzugestehen, aber ich fand nicht die Kraft. Ich sank auf einen Stuhl und stöhnte laut. Draußen hörte ich die Schritte der jungen Leute. Zeit war keine mehr zu verlieren. Ich ergriff die Hand des Greises und schrie: »Nun ist es Zeit, dass ich es sage. Helft mir und schützt mich! Ihr und die Euren sind die Freunde, die ich suche. Verlasst mich nicht in meiner Not!«

»Großer Gott!« rief der alte Mann. »Wer seid Ihr?«

In diesem Augenblick öffnete sich die Tür des Zimmers und Safie, Felix und Agathe kamen herein. Verstört und entsetzt starrten sie mich an. Agathe sank um und Safie rannte aus dem Zimmer, unfähig, der Ohnmächtigen Hilfe zu leisten. Felix stürzte auf mich zu und riss mich mit übermenschlicher Kraft von seinem Vater weg, an dessen Knie ich mich geklammert hatte. Im Übermaß der Wut warf er mich zu Boden und schlug wie ein Rasender mit einem Stock auf mich ein. Ich hätte ihm ja leicht die Glieder auseinanderreißen können, wie es der Löwe mit der Gazelle tut. Aber das unendliche Leid nahm mir die Kraft. Ich sah, wie er den Arm zu einem neuen Schlag erhob, da sprang ich auf und rannte aus dem Haus. In der allgemeinen Verwirrung vergaß man mich zu verfolgen.

KAPITEL XVI

VERFLUCHTER, DOPPELT VERFLUCHTER SCHÖPFER! Warum musste ich auch leben? Warum erlosch damals nicht der Funke, den du leichtfertig und frevelhaft entfachtest? Ich weiß nicht, wie es kam, dass ich nicht verzweifelte, sondern dass die Gefühle der Wut und der Rachsucht überwogen. Ich hätte am liebsten das Haus und seine Inwohner vernichtet und mich an deren Todesangst und Schmerzgeheul ergötzt.

Als es Nacht wurde verließ ich mein Asyl und wanderte in den Wald. Und nun, da ich die Entdeckung nicht mehr fürchtete, machte ich meinem Weh in lautem Brüllen Luft. Ich war wie ein wildes Tier, das die Stäbe seines Käfigs zerbrochen hat. Ich rannte wie ein Stück Wild durch den Wald und zerstörte alles, was mir in den Weg kam. Es war eine entsetzliche Nacht, die ich da draußen verbrachte. Die eiskalten Sterne funkelten, als wollten sie mich verhöhnen, und die Bäume schüttelten ihre nackten Arme über mir. Zuweilen ertönte der Schrei eines Vogels durch die Stille. Alles war ruhig und friedlich außer mir selbst, denn ich trug, wie der böse Feind, eine ganze Hölle in meiner Brust. Und da ich nirgends Liebe finden konnte, so sehnte ich mich danach, Zerstörung und Verwüstung rings um mich zu verbreiten und mich dann, auf den Trümmern sitzend, darüber zu freuen.

Aber diese Gefühle waren zu mächtig, als dass sie von allzu langer Dauer hätten sein können; ich war auch körperlich zu sehr ermüdet. Ich sank auf den feuchten Boden nieder und grübelte über mein Elend nach. Unter den Millionen Menschen war nicht einer, auch nicht einer, der mir geholfen oder auch nur Mitleid mit mir gehabt hätte, und ich sollte gegen meine Feinde mild und gut sein? Nein! In diesem Augenblick erklärte ich dem ganzen verruchten Geschlecht Krieg bis aufs Messer, und besonders dem, der mich gebildet und an all dem unsäglichen Leid Schuld trug.

Nach Sonnenaufgang hörte ich Menschenstimmen in der Nähe des Hauses und ich wusste, dass ich diesen Tag wohl nicht mehr in meinen Schuppen würde zurückkehren können. Ich versteckte mich deshalb in ein wirres Dickicht und beschloss, die kommenden Stunden mich ganz der Betrachtung meiner Lage hinzugeben.

Der helle Sonnenschein und die reine Luft gaben mir einigermaßen wieder das Gefühl der Ruhe. Und wenn ich mir so überlegte, was in de Laceys Haus vorgefallen war, konnte ich mir den Vorwurf nicht ersparen, dass ich zu voreilig mit meinen Schlüssen gewesen war. Jedenfalls hatte ich recht unklug gehandelt. Offenbar hatte die Unterhaltung mit mir dem alten Manne gefallen und es hätte gar keine Eile gehabt, mich den Blicken der Jungen auszusetzen. Ich hätte erst versuchen sollen, den alten de Lacey an mich zu fesseln und mich dann den jungen Leuten zu entdecken, wenn sie genügend auf mein Kommen vorbereitet waren. Aber ich meinte, dass der Fehler wieder gut zu machen wäre, und beschloss nach reiflicher Überlegung, zu dem Haus zurückzukehren, den Alten aufzusuchen und ihn durch meine eindringlichen Worte mir geneigt zu machen.

Diese Gedanken beruhigten mich und am Nachmittag versank ich in tiefen Schlaf. Friedliche Träume wollten mir allerdings nicht nahen, dazu war mein Blut noch zu erregt. Die schrecklichen Bilder des vorhergehenden Tages schwebten mir immer noch vor Augen. Ich sah, wie die Frauen flüchteten und Felix mich vom Vater wegriss. Ich erwachte, von Grauen geschüttelt. Da es schon Nacht geworden war, kroch ich aus meinem Versteck und begab mich auf die Nahrungssuche.

Nachdem ich meinen Hunger gestillt, lenkte ich meine Schritte auf wohlbekannten Pfaden zu dem Hause de Laceys. Dort war es still. Ich kroch in den Schuppen und erwartete mit Bangen die Stunde, zu der die Familie sich gewöhnlich zu erheben pflegte. Diese Stunde war nun längst vorüber. Die Sonne stieg höher und höher, aber von den Hausbewohnern ließ sich niemand blicken. Ich zitterte an allen Gliedern und die bange Frage quälte mich, ob denn da kein Unglück geschehen sei. Im Hause war es finster und nicht das geringste Geräusch war zu vernehmen. Die Ungewissheit verursachte mir grässliche Qualen.

Plötzlich kamen zwei Landleute des Weges. Sie blieben vor dem Haus stehen und begannen, heftig gestikulierend, eine aufgeregte Unterhaltung. Ich konnte sie nicht verstehen, da sie sich in der Sprache des Landes unterhielten, die ja eine ganz andere war, als die meiner Freunde. Einige Zeit später kam Felix mit einem Begleiter. Ich war darüber sehr erstaunt, denn ich wusste, dass er das Haus heute noch nicht verlassen hatte, und konnte es kaum erwarten, aus seinem Gespräch zu erfahren, was da eigentlich vorgegangen sei.

»Bedenkt Ihr denn nicht«, sagte sein Begleiter zu ihm, »dass Ihr die Miete für drei Monate umsonst zu zahlen habt und außerdem aller Eurer Gartenfrüchte verlustig geht? Ich will mich nicht ungerecht bereichern und bitte Euch, noch ein paar Tage die Sache zu überlegen.«

»Es ist ganz zwecklos«, erwiderte Felix, »wir können nie und nimmermehr dieses Haus bewohnen. Das Leben meines Vaters ist seit jenem schrecklichen Ereignis, von dem ich Euch berichtet, in äußerster Gefahr, und mein Weib und meine Schwester haben sich noch nicht von ihrem Entsetzen erholt. Ich bitte Euch, nicht weiter in mich zu dringen. Ergreift wieder Besitz von Eurem Eigentum und lasst uns von diesem Platz fliehen.«

Felix zitterte an allen Gliedern, während er so sprach. Er und sein Begleiter begaben sich in das Innere des Hauses. Ganz kurze Zeit blieben sie darin und gingen dann zusammen fort. Seitdem habe ich niemand mehr von der Familie de Lacey gesehen.

Den Rest des Tages verbrachte ich in meinem Schuppen und gab mich der tiefsten Verzweiflung und dumpfem Schmerz hin. Meine Beschützer waren fort und hatten so das einzige Band zerrissen, das mich an die Welt fesselte. Es war das erste Mal, dass Gefühle der Rachsucht und des Hasses in meiner Brust Raum fanden, und ich gab mir keine Mühe sie zu unterdrücken. Ich ließ mich von dem Strom tragen, der mich zu Verbrechen und Mord hinführte. Der Gedanke an meine Freunde, an die milde Stimme des Greises, die schönen Augen Agathes und an den Liebreiz Safies verdrängte immer wieder auf kurze Zeit meine bösartigen Gefühle. Aber wenn ich mir überlegte, dass sie mich vertrieben, mich geschlagen hatten, dann kehrte die Wut wieder, eine maßlose Wut; und da kein menschliches Wesen da war, an dem ich meine Raserei hätte austoben können; stürzte ich mich auf Unbelebtes. Als es Nacht wurde schleppte ich alles Brennbare, dessen ich habhaft werden konnte, in der Nähe des Hauses zusammen und zerstörte im Garten jede Spur der pflegenden Menschenhand. Dann wartete ich, bis der Mond unterging, um mein Werk zu vollenden.

Ein frischer Wind kam aus dem nächtlichen Wald und zerstreute die Wolken, die am Himmel hingen. Ich ergriff einen trockenen Ast, zündete ihn an und tanzte dann wie ein Toller um das dem Verderben geweihte Haus. Immer wieder blickte ich nach dem westlichen Horizont, hinter dem der Mond schon zum Teil versunken war. Und als der glutrote Ball gänzlich untergetaucht war, warf ich mit lautem Schrei den Brand in die aufgehäufte Streu. Prasselnd schlugen die Flammen auf, umfluteten bald das ganze Gebäude und leckten, gepeitscht vom rauschenden Wind, mit ihren spitzen, zerstörenden Zungen an den Wänden hinauf.

Ich wartete nur so lange, bis ich erkannt hatte, dass keine Macht der Erde auch nur das Geringste noch zu retten vermochte, und verkroch mich dann in den Tiefen des Waldes.

Die weite Welt lag nun wieder vor mir, aber wohin sollte ich meine Schritte lenken? Jedenfalls wollte ich weit, weit fort von der Stätte meines Missgeschickes, denn für mich, den Ausgestoßenen und Gehassten, war es ja gleich, welches Land mich aufnahm. Schließlich aber dachte ich an dich. Ich wusste aus deinen Papieren, dass du mein Erzeuger, mein Schöpfer seist, und wem konnte ich mich wohl mit mehr Vertrauen nähern als dem, der mir das Leben gegeben? Der Unterricht, den Felix an Safie erteilt hatte, hatte sich auch auf Geographie erstreckt, und so hatte ich erfahren, welche Lage die Länder der Erde zueinander einnahmen. Ich hatte in deinen Aufzeichnungen gelesen, dass deine Heimatstadt Genf sei, und beschloss, zunächst dorthin die Wanderung anzutreten.

Es war sehr schwer für mich, mich zurechtzufinden. Ich kannte weder die Namen der Städte und Ortschaften, die ich zu passieren hatte, und durfte auch nicht damit rechnen, von einem menschlichen Wesen unterwegs Auskunft zu erhalten. Aber ich wusste ja, dass ich immer nach Südwesten zu gehen hätte, und die Sonne war meine Führerin. Du warst der Einzige, von dem ich noch Hilfe erwarten konnte, wenn ich auch gegen dich nichts empfand als den bittersten Hass. Herzloser! Grausamer! Du hast mich mit Gefühlen und Empfindungen ausgestattet und dann warfst du mich auf die Straße, jedermann zum Spott und Entsetzen. Von dir allein hatte ich Mitleid und Hilfe zu erwarten und du allein konntest mir das geben, was ich von jedem anderen Wesen in Menschengestalt umsonst gefordert hätte.

Meine Reise war lang und Schweres hatte ich zu erdulden. Die Jahreszeit war schon weit fortgeschritten, als ich dem Erdenfleck, wo ich so lange gehaust, den Rücken wandte. Ich wanderte nur zur Nachtzeit, um keinem Menschen zu begegnen. Die Natur hatte sich schon zur Ruhe begeben und die Sonne hatte keine Kraft mehr. Regen und Schnee fielen nieder und die Bäche waren zu Eis erstarrt. Die Erde war hart, kalt und nackt und bot nichts, um mein müdes Haupt hinzulegen. O Erde, wie oft habe ich dir geflucht und dem, der mich schuf! Meine natürliche Gutmütigkeit war dahin und hatte sich in Gift und Galle verwandelt. Je näher ich deiner Heimat kam, desto heißer erwachte die Sehnsucht nach furchtbarer Rache. Schnee und Eis hielten meinen Schritt nicht auf. Im Großen und Ganzen war es wohl nur Zufall, dass ich mich zurechtfand. Mein Wunsch, dir gegenüberzutreten, ward immer heftiger und beschleunigte meine Schritte, und jedes Hindernis, das sich mir in den Weg stellte, gab meiner Wut und meinem Zorn nur noch mehr Nahrung. Und ein Abenteuer, das ich erlebte, als ich die Schweizer Grenze erreichte – es war schon wieder warm geworden und die Erde hatte ihr grünes Kleid angelegt – war besonders geeignet, meine Bitterkeit und meine Wut aufs Höchste zu steigern.

Wie ich schon erwähnte, pflegte ich nur des Nachts zu wandern und des Tages zu ruhen, um ungesehen zu bleiben. Eines Morgens aber entschloss ich mich doch, meinen Weg weiter fortzusetzen, da er, wie ich bemerkte, durch dichtes Holz führte, sodass ich das Antlitz des Tages nicht zu scheuen hatte. Es war ein herrlicher Frühlingstag und selbst ich empfand wohltuend den warmen Sonnenschein und die milde Luft. Und ich fühlte sogar Freude und Behagen, die ich in mir vollkommen gestorben wähnte. Halb überrascht davon, gab ich mich ihrem Zauber hin und wagte es, meine Einsamkeit und Hässlichkeit vergessend, glücklich zu sein. Lindernde Tränen rannen mir die Wangen herab und ich erhob dankend meinen Blick zu der lachenden Sonne, die das Wunder in mir gewirkt hatte.

Ich wand mich vorsichtig auf den Waldwegen dahin, bis ich an eine Schlucht kam, durch die ein wilder Bach dahinbrauste. Die Uferbäume hingen ihre sprossenden Zweige in die klare, frische Flut. Ich blieb einen Augenblick stehen, um mir zu überlegen, wie ich weiter käme als ich Stimmen vernahm. Rasch verbarg ich mich unter einem dichten Baum. Kaum war das geschehen, als ein junges Mädchen in vollem Laufe dahereilte. Sie lachte laut und herzlich, als spotte sie eines Verfolgers. Sie lief dann am Ufer entlang. Plötzlich glitt sie aus und stürzte in die Fluten. Ich sprang aus meinem Versteck ihr nach und brachte sie mit großer Mühe aufs Trockene. Sie war bewusstlos und ich bemühte mich, sie wieder ins Leben zurückzurufen, als sich ein Landmann näherte, wahrscheinlich der, vor dem sie geflohen war. Kaum hatte er mich erblickt, so drang er schon auf mich ein, riss das Mädchen aus meinen Armen und zog sich eilig mir ihr tiefer ins Gehölz zurück. Ich rannte ihm nach, warum weiß ich heute noch nicht. Als der Mann bemerkte, dass ich ihm folgte, riss er seine Flinte von der Schulter, zielte auf mich und schoss. Ich sank zu Boden und sah meinen Gegner gerade noch im dichten Wald verschwinden.

Das also war der Lohn für das Gute, was ich getan! Ich hatte einen Menschen vor dem sicheren Tod gerettet; dafür hatte ein Geschoss mein Fleisch durchbohrt und einen Knochen zerschmettert. Die Schmerzen, die meine Wunde verursachte, ließen mich rasch die frohen Gefühle vergessen, die ich noch kurz vorher gehegt, und in mir erwachte wieder eine höllische Wut, die meine Zähne knirschend aufeinanderpresste. Gepeinigt von grässlichen Schmerzen schwor ich dem ganzen verhassten Geschlecht der Menschen ewige Rache.

Einige Wochen führte ich ein elendes Dasein in den Wäldern, bemüht, meine Wunde zu kurieren. Die Kugel war in die Schulter eingedrungen und ich wusste nicht, saß sie da noch fest oder war sie hindurchgegangen. Jedenfalls hatte ich keine Möglichkeit sie zu entfernen. Am meisten schmerzte es mich, dass es Undank und Ungerechtigkeit waren, denen ich diese Leiden zu verdanken hatte. Mein Wunsch nach Rache, nach furchtbarer, tödlicher Rache wuchs von Tag zu Tag. Umsonst wollte ich diese Kränkungen und Qualen nicht erduldet haben.

Es dauerte einige Wochen, bis meine Wunde geheilt war; dann setzte ich meine Wanderung fort. Auch die liebliche Sonne und das milde Wehen des Frühlingswindes waren nicht mehr imstande, die Glut meiner Rachegefühle zu besänftigen. Alles Liebliche schien mir wie ein Hohn, der mich mit

Verzweiflung erfüllte und mich nur noch mehr fühlen ließ, dass ich nicht zur Freude auf dieser Erde war.

Allmählich näherte ich mich meinem ersehnten Ziel. Nach etwa zwei Monaten hatte ich Genf erreicht.

Es war Abend, als ich ankam, und ich suchte mir sogleich ein Versteck, in dem ich darüber nachdachte, wie ich mich dir am besten bemerkbar machen könnte. Ich litt Hunger und Durst und war viel zu müde und elend, um mich an dem schönen Abend und der Pracht des Sonnenunterganges zu erfreuen.

Ein wohltuender Schlummer hatte sich meiner bemächtigt und mich von meinen qualvollen Gedanken erlöst, als ich plötzlich wieder aufgeschreckt wurde. Ein hübsches Kind kam auf den Platz zugelaufen, wo ich mich verborgen hielt. Als ich es erblickte, tauchte in mir eine Idee auf. Das Kind war noch ohne Vorurteil und hatte noch zu kurz gelebt, um meine Missgestalt als etwas Schreckliches aufzufassen. Wenn es mir also gelänge, den Kleinen zu ergreifen und ihn mir als Genossen und Freund heranzuziehen, würde mein Dasein nicht mehr so traurig und ich nicht mehr so allein sein auf der Erde.

Ich ergriff deshalb den Knaben, als er an meinem Versteck vorbeiging, und zog ihn an mich. Kaum hatte er mich erblickt, schlug er die Hände vor das Gesicht und stieß einen schrillen Schrei aus. Ich riss ihm die Hände mit Gewalt von den Augen und sagte: »Mein Kind, was soll das bedeuten? Ich will dir nichts tun; höre mich an!«

Doch er wehrte sich aus Leibeskräften. »Lass mich, du Ungeheuer!« schrie er. »Du hässlicher Mann! Du willst mich auffressen und mich in Stücke zerreißen, du bist ein Menschenfresser, lass mich, oder ich sage es Papa!«

»Aber, mein Liebling, du wirst deinen Vater nie wieder sehen, du kommst mit mir.«

»Du gräulicher Mensch, lass mich. Papa ist Richter. Er heißt Frankenstein. Er wird dich bestrafen. Du musst mich loslassen!«

»Frankenstein heißt du? Dann gehörst du also zu meinen Feinden, zu dem, dem ich ewige Rache geschworen. Du wirst mein erstes Opfer sein.«

Das Kind wehrte sich verzweifelt und schleuderte mir Schimpfnamen ins Gesicht, dass mein Herz erstarrte. Ich drückte ihm die Kehle zu, um es zum Schweigen zu bringen, und im nächsten Augenblick taumelte es tot zu meinen Füßen nieder.

Ich sah auf mein Opfer und mein Herz klopfte in höllischem Triumph. Ich klatschte in die Hände und rief: »Auch ich kann Verzweiflung säen; meine Feinde sind nicht unverletzlich. Dieser Mord wird ihnen nahe gehen und mit tausend anderen Dingen werde ich sie quälen und vernichten.«

Ich blickte noch einmal auf den kleinen Leichnam und sah an seinem Hals etwas Glitzerndes hängen. Ich griff danach. Es war das Bildnis eines wunderschönen Weibes, dessen Liebreiz mich trotz meiner Wut bestrickte. Einige Augenblicke starrte ich auf die dunklen Augen, die von langen Wimpern beschattet wurden, und auf die frischen, roten Lippen. Ich wusste, dass ich für immer des Glückes entbehren musste, das solch liebliche Geschöpfe gewähren, und dass das reizende Gesicht, hätte die Trägerin mich sehen können, im nächsten Augenblick den Ausdruck der Angst und des Ekels angenommen hätte.

Brauche ich dir zu sagen, dass dieser Gedanke meinen Zorn von Neuem anstachelte? Ich wundere mich selbst, dass ich nicht, anstatt meinen Schmerz durch lautes Brüllen hinauszuschreien, mich auf die Menschheit stürzte, um sie zu vernichten.

Ich verließ die Stelle, auf der der Mord geschehen war, und suchte nach einem anderen Versteck, wo ich vor Entdeckung sicher war. Ich kam zu einem Stall, der mir leer schien. Als ich eintrat, erblickte ich ein Mädchen, das auf einem Strohhaufen schlief. Sie war jung und schön, wenn auch nicht so schön wie das Weib, dessen Bild ich noch in der Hand trug. Aber sie blühte in der ganzen Schönheit und Frische der Jugend. Hier lag eines der beglückenden Geschöpfe, beglückend für alle außer mir. Ich beugte mich über sie und flüsterte: »Wach auf, Süße, dein Liebster ist da, dein Liebster, der sein Leben dafür gäbe, um einen Liebesblick aus deinen Augen zu empfangen, – wach auf.«

Die Schläferin bewegte sich und ein Schauer überrieselte meinen Leib. Sollte ich sie wirklich wecken? Sie hätte jedenfalls bei meinem Anblick furchtbar geschrien und man hätte den Mörder gefasst. Der Gedanke machte mich rasend; nicht ich sollte leiden, sondern sie. Ich habe den Mord begangen, weil ich das für immer missen musste, was sie zu gewähren hatte. Sie selbst ist an meinem Verbrechen mitschuldig und soll die gerechte Strafe dafür erleiden! Aus Felix' Unterricht an seine Geliebte hatte ich von den blutigen Gesetzen der Menschen erfahren und wusste, wie ich Unheil säen konnte. Ich steckte der Schläferin vorsichtig das Porträt in eine ihrer Kleidertaschen, und als sie sich bewegte, floh ich.

Einige Tage trieb ich mich noch in der Umgebung des Platzes umher, wo sich das alles ereignet hatte. Ich wusste nicht, sollte ich es noch versuchen mit dir zusammenzukommen oder meinem elenden Dasein ein Ende bereiten. Schließlich suchte ich Zuflucht in diesen Bergen und durchstreifte ihre tiefsten Schluchten, verzehrt von einer brennenden Leidenschaft, die nur du allein befriedigen kannst. Du wirst diesen Platz nicht verlassen, ehe du mir versprochen hast, meine Bitte zu erfüllen. Ich bin allein und unglücklich. Mit Menschen werde ich nie verkehren können, das habe ich gesehen; aber ein Wesen, das ebenso hässlich und missgestaltet ist wie ich, wird mir seine Neigung nicht versagen. Meine Genossin muss von derselben Art sein wie ich und dieselben Mängel haben. Dieses Wesen musst du mir schaffen.

Kapitel XVII

Der Dämon schwieg und heftete seine furchtbaren Augen auf mich, meine Antwort erwartend. Ich war so erstaunt und erschreckt, dass ich zuerst gar nicht imstande war, die Tragweite seines Wunsches zu ermessen. Er fuhr fort:

»Du musst mir ein Weib schaffen, mit dem ich zusammen leben kann. Du allein kannst das und ich fordere es von dir; es ist mein Recht, das du mir nicht versagen darfst.«

Der letzte Teil seiner Erzählung hatte in mir wieder den Hass gegen ihn erweckt, der bei der Schilderung seiner Erlebnisse mit der Familie de Lacey etwas eingeschlummert war und sogar einem gewissen Gefühl der Teilnahme Platz gemacht hatte, dann aber brach ich wütend los:

»Das werde ich nicht, und keine Qual wird je ein Zugeständnis aus mir herauspressen. Du kannst mich verstümmeln und töten, du kannst mich zum elendesten der Menschen machen, aber du wirst es nie so weit bringen, dass ich in meinen eigenen Augen wie ein Schurke dastehe. Ich soll ein solches Wesen schaffen, damit ihr vereint eure verruchte Bosheit auf die Welt loslassen könnt? Aus meinen Augen! Meine Antwort hast du. Martere mich, aber glaube nicht, dass ich deinen Wunsch erfülle.«

»Du bist im Irrtum«, erwiderte der Dämon. »Und anstatt dir zu drohen, bitte ich dich, meinen Vernunftgründen dein Ohr zu leihen. Ich bin nur schlecht, weil ich elend bin. Verfolgen und hassen mich nicht alle, die mich erblicken? Du, mein Schöpfer, du würdest mich frohlockend in Stücke reißen. Sage mir, warum soll ich mit den Menschen mehr Mitleid haben als sie mit mir? Du würdest dich keines Mordes schuldig fühlen, wenn du mich, das Werk deiner Hände, in eine dieser Eisspalten werfen und zerschmettern könntest. Soll ich jemand achten, der mich verachtet? Glaube mir, wenn jemand sich entschließen könnte, gut gegen mich zu sein, ich würde es ihm mit Tränen der Dankbarkeit in den Augen danken und ihm alles Gute tun, was in meiner Macht stünde. Aber das wird nie geschehen; die menschlichen Sinne bilden unüberwindliche Hindernisse. Doch gedenke ich nicht, mich ohne Weiteres zu fügen. Ich will mich für das Erlittene rächen. Wenn ich nicht Liebe einflößen kann, dann will ich Furcht und Entsetzen verbreiten. Und ganz besonders dir, meinem Schöpfer, meinem Erzfeind, schwöre ich unauslöschlichen Hass. Hüte dich! Ich will an deinem Verderben arbeiten und nicht enden, ehe ich dich so unglücklich gemacht, dass du der Stunde deiner Geburt fluchst.«

Teuflische Wut leuchtete aus seinen Augen, als er dies sagte. Sein Gesicht verzerrte sich zu einer unbeschreiblich schrecklichen Grimasse; aber rasch beherrschte er sich und fuhr ruhiger fort:

»Doch ich hatte ja die Absicht, vernünftig mit dir zu reden. Diese Leidenschaftlichkeit hat keinen Zweck, denn du bist dir ja doch nicht im Klaren, dass du alles verschuldet hast. Ein einziger Mensch nur sollte mir sein Wohlwollen beweisen, und um dieses Einen willen würde ich Frieden schließen mit seinem ganzen Geschlecht. Aber ich will nicht in Träumen schwelgen, die doch nie zur Wirklichkeit werden. Was ich von dir fordere ist gerechtfertigt und bescheiden. Ich verlange ein Wesen, das von mir geschlechtlich verschieden, aber ebenso hässlich ist wie ich. Es ist nur wenig, was ich von dir erbitte, aber es ist mir genug. Wahr ist ja, dass wir Ungeheuer sind, die mit der Welt nichts zu schaffen haben; aber umso lieber werden wir einander sein. Wir werden kein glückliches Leben führen, aber wir werden niemand etwas zu Leide tun. O mein Schöpfer, tu mir das zu Liebe; ich will dir für diese eine Wohltat unbegrenzt dankbar sein. Lass mich sehen, dass wenigstens ein lebendes Wesen Mitleid mit mir hat und schlage mir meine Bitte nicht ab.«

Ich war erschüttert; dabei graute mir vor dem Gedanken an die etwaigen Folgen meiner Zustimmung. Aber ich fühlte, dass in seinen Worten eine gewisse Logik lag. Aus seiner Erzählung und aus den Gefühlen, die er mir geoffenbart, konnte ich entnehmen, dass er ursprünglich ein zartes Innenleben besaß. Schuldete ich ihm nicht, nachdem ich ihn einmal geschaffen, auch all das Glück, das ich ihm bescheren konnte? Er merkte, dass ich schwankte, und fuhr fort:

»Wenn du tust, um was ich dich bitte, sollst weder du noch irgendein anderes menschliches Wesen fürderhin noch etwas von mir hören. Ich will in die weiten Urwälder Südamerikas gehen. Meine Nahrung ist nicht die blutige der Menschen. Ich vernichte nicht Lämmer und Ziegen, um meinen Hunger zu stillen; Nüsse und Beeren genügen mir. Da meine Genossin ebenso beschaffen sein wird wie ich, wird auch sie mit der gleichen Nahrung vorlieb nehmen. Wir werden uns unser Lager aus trockenen Blättern bereiten und die Sonne wird uns ebenso warm scheinen wie den Menschen. Das Bild, das ich dir von unserem künftigen Leben entwarf, ist gewiss ein friedliches und harmloses, und nur in verbohrter Grausamkeit und starrem Eigensinn kannst du mir die Gewährung meiner Bitte versagen. Erbarmungslos warst du bisher gegen mich, aber nun sehe ich deine Augen in einem Schimmer von Mitgefühl leuchten. Lass diesen Augenblick nicht vorübergehen, ohne mir zu versprechen, dass du das tun wirst, um was ich dich bat.«

»Du hast mir ja allerdings versprochen, mit deiner Genossin die Wohnstätten der Menschen zu fliehen und dich in jenen Gegenden niederzulassen, wo nur die Tiere der Wildnis deine Wege kreuzen. Aber wer gibt mir Gewissheit, dass du, der du dich doch so sehr nach der Liebe der Menschen sehnst, es in deinem Asyl aushalten wirst? Du wirst zurückkehren und dich wieder den Menschen zu nähern versuchen und wieder auf ihre Abneigung stoßen. Dein Hass wird von Neuem auflodern und du wirst dann nicht mehr allein sein bei deinem Zerstörungswerke. Und das darf nicht sein; gib dir keine Mühe mehr, ich darf nicht ja sagen.«

»Wie unverlässlich sind doch eure Gefühle! Eben noch warst du fast gewonnen und nun verschließt du dich plötzlich wieder meinen Bitten. Ich schwöre dir bei der Erde die mich trägt, bei dir selbst, mein Schöpfer, dass ich mit meiner Genossin weit, weit fortgehen werde von den Plätzen, wo Menschen wohnen. Mein Hass wird dann verlöschen, wenn ich einmal nur Wohlwollen gegen mich sehe. Mein Leben wird in Ruhe dahinfließen, und wenn ich sterben muss, dann kann ich dankbar dessen gedenken, der mich geschaffen.«

Seine Worte hatten eine merkwürdige Wirkung. Er tat mir leid und ich hatte das Bedürfnis ihm zu helfen. Aber wenn ich ihn ansah, diese sprechende und wandelnde Fleischmasse, dann ergriff Ekel und Entsetzen mein Herz. Ich versuchte diese Gefühle der Abneigung zu unterdrücken.

Dann sagte ich mir, dass ich ihn ja nicht zu lieben brauchte, aber die Verpflichtung hätte, ihn nach meinen Kräften glücklich zu machen. Und es war ja wenig genug, was er forderte.

»Du hast geschworen, niemand mehr etwas zu Leide zu tun«, sagte ich.

»Aber hast du denn nicht schon so viel Bosheit gezeigt, dass ich dir mit Recht misstrauen darf? Kann das nicht eine Vorspiegelung sein, um deine Grausamkeiten nur noch in erhöhtem Maße ausüben zu können?«

»Was soll das heißen? Ich will nicht mit mir scherzen lassen, sondern ich verlange eine strikte Antwort. Wenn ich nicht Liebe finde, sind Hass und Verbrechen mein gutes Recht. Liebe allein vermag das Schlimme, das in mir lauert, zu verhüten, und ich werde ein Geschöpf werden, von dessen Existenz niemand eine Ahnung hat. Meine Verbrechen sind nur Früchte der verhassten Einsamkeit und meine Tugenden werden dann zur vollen Geltung kommen, wenn ich mit einem Anderen mein Leben teilen kann. Ich werde mit einem fühlenden Wesen zusammen sein und meine Existenz wird ein Glied bilden in der Kette der Existenzen und Ereignisse, wie ich es mir erhofft.«

Ich dachte noch eine Zeitlang über alles nach, was er mir erzählt hatte, und erwog das Für und Wider. Ich war mir klar, dass sein ursprünglich gutmütiges Wesen durch die schlechte Behandlung von Seiten aller, die ihm begegneten, verdorben worden war. Und in meinen Erwägungen spielten seine außergewöhnliche Kraft und die Drohungen, die er ausgestoßen, eine bestimmende Rolle. Ein Wesen, das, wie er, in den Eishöhlen der Gletscher wohnen und sich vor allen Verfolgungen in die unzugänglichsten Schroffen der Gebirge flüchten konnte, durfte nicht unterschätzt werden. Nach längerem Zögern stand dann mein Entschluss fest, mit Rücksicht auf ihn selbst und besonders meine Mitmenschen seinen Wunsch zu erfüllen. Ich wandte mich zu ihm und sagte:

»Ich werde also deinen Willen tun. Aber du musst mir feierlich versprechen, dass du Europa und überhaupt jede von Menschen bewohnte Gegend sofort verlässt, sobald ich dir das Weib übergebe, das dir in die Verbannung folgen soll.«

»Ich schwöre es dir bei der Sonne, bei dem blauen Himmel und bei der heißen Glut, die in meinem Herzen lodert, dass du mich nimmer sehen sollst, wenn du mein Flehen erhört hast. Geh heim und beginne mit der Arbeit. Ich werde mit Sehnsucht ihren Fortschritt beobachten und erst dann mich wieder bei dir sehen lassen, wenn das Werk vollendet ist.«

Nachdem er das gesagt, eilte er davon, so rasch er konnte, weil er vielleicht eine Sinnesänderung bei mir befürchtete. Er sprang in großen Sätzen zu Tal und verschwand bald in den Schrunden des Eismeeres.

Seine Erzählung hatte den ganzen Tag in Anspruch genommen und die Sonne näherte sich schon dem Horizont, als er mich verließ. Ich wusste, dass ich mich sehr zu beeilen hatte, wenn ich noch vor Einbruch völliger Dunkelheit das Tal erreichen wollte. Aber mein Herz war schwer und meine Schritte langsam. Meine Knie schmerzten beim Hinuntersteigen auf dem schmalen, gewundenen Gebirgspfad und meine Gedanken beschäftigten sich unaufhörlich mit den seltsamen Ereignissen des Tages. Es war schon Nacht geworden, als ich zu einer Ruhebank neben einer Quelle kam. Ich ließ ich dort nieder, um ein wenig zu rasten. Die Wolken zogen eilends am Himmel dahin und zwischen ihnen blickten freundlich die Sterne. Dunkle Fichten, zwischen denen da und dort zerbrochene Stämme am Boden lagen, erhoben sich vor mir in die klare Nachtluft. Eine feierliche Ruhe herrschte rings um mich und ich fieberte fast vor Erregung. Bitterlich weinend rang ich die Hände und rief aus: »O, ihr Sterne und Wolken und Winde, ihr seid nur da, um mich zu verhöhnen. Wenn ihr wirklich Mitleid mit mir habt, dann raubt mir Gefühl und Gedächtnis; lasst mich zu Nichts werden. Aber wenn ihr das nicht könnt, dann lasst mich allein, ganz allein!«

Wilde Gedanken waren es, die mir mein Elend eingab. Ich kann es gar nicht sagen, wie das Glitzern der ewigen Sterne auf mich einwirkte, und auf jedes leise Säuseln des Windes lauschte ich angstvoll und gespannt, als sei es das Brausen eines glühenden Scirocco, der mich hinwegfegen wollte.

Der Morgen dämmerte herauf, als ich Chamonix erreichte. Ich hielt mich nicht mehr auf, sondern setzte gleich meinen Weg nach Genf fort. Meine Gefühle lasteten mit furchtbarer Schwere auf mir. So kehrte ich heim und begrüßte meine Familie. Mein verstörtes und wildes Aussehen erschreckte sie. Aber ich gab auf alle Fragen keine Antwort; ich konnte nicht sprechen, denn ich stand wie unter einem unheimlichen Bann. Mir war, als hätte ich kein Recht mehr auf ihre Liebe, als dürfte ich nimmer ihrer Gesellschaft froh werden. Und ich liebte sie doch so sehr; nur um sie zu retten hatte ich beschlossen, mich der abstoßenden Arbeit noch einmal hinzugeben. Alles andere war mir wie ein Traum, und nur der Gedanke an das Grauenvolle, was mir bevorstand, starrte mich an wie ein Medusenhaupt.

KAPITEL XVIII

TAG UM TAG, Woche um Woche verflossen nach meiner Ankunft in Genf, und immer fand ich den Mut nicht, an mein Werk zu gehen. Ich fürchtete mich vor dem verhassten Dämon, war aber nicht imstande, das Grauen zu überwinden, das ich gegen die mir aufgezwungene Arbeit empfand. Ich hatte unterdessen erfahren, dass ein englischer Philosoph Studien gemacht hatte, deren Kenntnis für das Gelingen meines Werkes wesentlich war, und hoffte ich von meinem Vater die Erlaubnis zu erhalten, zu diesem Zweck England zu besuchen. Ich klammerte mich an jede Gelegenheit, die Sache hinauszuschieben, und zögerte den ersten Schritt zur Erfüllung meines Versprechens zu tun. An mir selbst hatte sich eine wesentliche Änderung vollzogen. Mein Gesundheitszustand, der bisher nicht der beste gewesen war, war bedeutend günstiger und mein Gemüt war wieder heiterer geworden, wenn mich nicht gerade die Erinnerung an mein unseliges Vorhaben quälte. Mein Vater schien diese Veränderung mit Freuden zu bemerken und sann auf Mittel, meine trüben Gedanken, die hier und da wiederkehrten und wie düstere Schatten sich vor mein kommendes Glück stellten, gänzlich zu vertreiben. In diesen Augenblicken der Niedergeschlagenheit suchte ich in vollkommenster Einsamkeit meine Zuflucht. Ich verbrachte ganze Tage allein in einem Boot auf dem See, sah dem Flug der Wolken zu und lauschte dem leisen Plätschern der Wellen am Kiel. Die frische Luft und der warme Sonnenschein verfehlten auch nie ihre Wirkung auf mein Gemüt und ich konnte dann bei meiner Heimkehr die Begrüßung der Meinen immer mit leichterem Herzen und mit froherem Sinne entgegennehmen.

Als ich wieder einmal von einem solchen Ausflug zurückkehrte, nahm mich mein Vater auf die Seite und sagte:

»Ich habe mit großer Freude gemerkt, mein lieber Sohn, dass dein früherer Frohsinn zurückkehrt und du wieder der wirst, der du einst warst. Und dennoch bist du noch immer nicht ganz glücklich und meidest unsere Gesellschaft. Längere Zeit konnte ich mir keinen Grund dafür denken. Gestern aber kam mir eine Idee, und wenn etwas daran ist, so beschwöre ich dich, es mir zu gestehen. Rücksichtnahme in dieser Sache ist gar nicht angebracht, sondern würde nur noch mehr Unheil über uns bringen.«

Ich zitterte bei dieser Einleitung, und mein Vater fuhr fort:

»Ich muss dir ja gestehen, lieber Viktor, dass ich deine Verbindung mit unserer lieben Elisabeth stets als die Krönung unseres Glücks anzusehen pflegte, als die Freude meines herannahenden Alters. Ihr habt einander von frühester Jugend an gern gehabt, habt mit einander gelernt und scheint nach Anlagen und Geschmack wie für einander bestimmt. Aber so blind sind wir Menschen. Das, was ich für das Beste hielt, um meine Zukunftspläne zu fördern, war vielleicht am meisten geeignet ihnen entgegenzuarbeiten. Du hast sie jedenfalls nur als Schwester lieben gelernt und hegst gar nicht den Wunsch, sie als deine Frau zu besitzen. Ich glaube eher, dass du eine andere liebgewonnen hast und dass dich der Kampf deiner Liebe gegen die von dir bereits übernommene Pflicht so elend macht.«

»Du befindest dich im Irrtum, lieber Vater. Ich liebe Elisabeth herzlich und aufrichtig. Ich habe nie ein Weib kennengelernt, das meine Bewunderung und Zuneigung so erregt hätte, wie es Elisabeth tut. Der Gedanke an meine Zukunft hängt eng mit dem an meine Verbindung mit ihr zusammen.«

»Das, was du mir sagst, macht mir mehr Freude, als ich sie seit Langem empfunden. Wenn es so ist, dann werden wir sicherlich glücklich werden, wenn auch über der Gegenwart noch die düsteren Schatten der jüngsten Ereignisse lagern. Der Kummer hat uns alle so in seinen Bann gezogen, dass ich mit allen Mitteln ihn zu zerstreuen suchen muss. Sage mir also, ob du gegen die baldige Hochzeit etwas einzuwenden hast. Die unseligen Ereignisse lassen mich vorzeitig alt und schwach werden; und wenn ich das Glück noch erleben soll, darfst du nicht mehr lange zögern, es sei denn, dass irgendwelche Dispositionen bestehen, die dir zunächst die Heirat noch unerwünscht erscheinen lassen. Nicht als ob ich dich drängen wollte. Nimm meine Worte so auf, wie sie gemeint sind, und antworte mir frei und offen.«

Ich hatte meinem Vater schweigend zugehört und war lange nicht imstande, irgendetwas zu erwidern. In rasender Eile schossen mir alle möglichen Gedanken durch den Kopf und ich war unfähig, zu einem endgültigen Entschluss zu kommen. Die Idee meiner sofortigen Verbindung mit Elisabeth musste mir unter den obwaltenden Verhältnissen natürlich Sorge und Unbehagen einflößen. Ich war durch ein feierliches Versprechen gebunden, das noch nicht eingelöst war, aber auch nicht gebrochen werden durfte. Oder wenn ich dies dennoch wagte, was stand alles mir und meinen Lieben bevor? Konnte ich das Freudenfest begehen mit der furchtbaren Last, die mir den Nacken beugte und mich zu Boden drückte? Ich musste zuerst meiner Verpflichtung nachkommen und den Dämon mit seiner Genossin weit in die Welt hinausgesandt haben, ehe ich daran denken konnte, in der ersehnten Verbindung den lang entbehrten Frieden zu finden.

Ich überlegte, ob es notwendig sei, selbst nach England zu reisen, oder ob es genüge, brieflich mit jenem Philosophen in Verbindung zu treten, dessen Entdeckungen für das Gelingen meines Werkes von Bedeutung war. Die letztere Art, mir die gewünschten Aufschlüsse zu verschaffen, erschien mir ungenügend und langwierig; außerdem hatte ich eine unüberwindliche Scheu davor, die grässliche Arbeit in meines Vaters Hause vorzunehmen, wo ich tagtäglich mit meinen Lieben zusammen war. Ich wusste, dass tausend kleine Zufälligkeiten mein Geheimnis aufdecken konnten und dass meinen Angehörigen all die Erregungen und Gemütsbewegungen nicht entgehen würden, die meine grauenerregende Beschäftigung unbedingt im Gefolge haben musste. Es war also unumgänglich nötig fortzugehen, um mein Versprechen zu erfüllen. Wenn ich einmal angefangen hatte, dann ging es ja rasch vorwärts und ich konnte ruhig und zufrieden in den Schoß meiner Familie zurückkehren. Denn dann war auch der unheimliche Dämon über alle Berge oder aber – das wäre mir das Liebste gewesen – er war durch irgend einen Zufall vernichtet worden und ich meiner Sklaverei für immer ledig.

Das waren die Gesichtspunkte, die mir die Antwort an meinen Vater diktierten. Ich äußerte den Wunsch, vorher noch England besuchen zu dürfen. Ich verbarg ja meine wahren Beweggründe sorgfältig, wusste aber mein Anliegen doch so dringend vorzubringen, dass mein Vater sich einverstanden erklärte. Er freute sich, dass ich nach einer so langen Periode tiefster Schwermut, die bereits an Irrsinn grenzte, wieder die Kraft gefunden hatte, eine solche Reise zu planen, und gab der Hoffnung Ausdruck, dass die immer wechselnden Bilder und die mannigfachen Zerstreuungen imstande sein würden, mich gänzlich wiederherzustellen.

Wie lange ich fortbleiben wollte, blieb vollkommen mir überlassen; man hielt einige Monate, höchstens aber ein Jahr für ausreichend. In seiner großen Güte hatte mein Vater auch schon für einen Reisegenossen gesorgt. Ohne mich vorher zu benachrichtigen, hatte er in Übereinstimmung mit Elisabeth es so eingerichtet, dass Clerval in Straßburg mit mir zusammentraf. Allerdings störte das insofern meine Pläne, als ich mir zur Erfüllung meiner Aufgabe vollkommene Ungestörtheit gewünscht hätte. Jedenfalls konnte im Anfang meiner Reise die Anwesenheit meines Freundes keine Störung bedeuten und hatte das Gute, dass mir über manche Stunde trüben Nachgrübelns hinweggeholfen wurde. Und dann war ja Henry ein Schutz gegen Einmischung meines Feindes. Würde dieser nicht mein Alleinsein öfters benützt haben, um mir seine verhasste Gesellschaft aufzudrängen, um mich anzuspornen und die Fortschritte meiner Arbeit zu kontrollieren?

Es stand also fest, dass ich nach England reisen sollte, und ebenso fest stand es, dass ich sofort nach meiner Rückkehr Elisabeth heimführte. Mein Vater war nicht mehr so jung, um Verzögerungen gleichmütig hinzunehmen. Es wartete meiner die Entschädigung für all das Unbeschreibliche, was ich erlitten, und in den Armen meines Weibes durfte ich dann meiner drückenden Sklaverei vergessen.

Während ich meine Reisevorbereitungen traf, erfüllte mich der Gedanke mit Angst und Sorge, dass ich meine Lieben den Angriffen des unbekannten Feindes überließ, der vielleicht durch meine Abreise gereizt, deren Gründe er nicht wusste, sich an mir würde rächen wollen. Andererseits hatte er mir versprochen, mir überallhin zu folgen. Sollte er vor einer Reise nach England zurückschrecken? Der Gedanke daran war an sich schrecklich, aber es lag für mich eine gewisse Beruhigung darin, da ich ihn aus der Nähe der Meinen gerückt wusste. Ich mochte gar nicht daran denken, dass das Gegenteil meiner Kombinationen eintreten könnte. Jedenfalls ließ ich mich von der Eingebung des Augenblicks leiten, die mir überzeugend zuflüsterte, dass der Dämon mir folgen und meine Familie unbehelligt lassen werde.

Es war in den letzten Tagen des September, als ich aufs Neue mein Vaterhaus verließ. Die Reise war mein eigener Wille gewesen und deshalb fügte sich Elisabeth darein. Aber sie litt unter dem Gedanken, dass ich, fern von ihr, wieder eine Beute des Kummers und des Grames werden könnte. Ihre Idee war es gewesen, mir Clerval als Reisebegleiter zuzugesellen, denn wo eines Mannes Verstand schon lange zu Ende ist, findet eine kluge Frau immer noch Wege. Sie flehte mich an, recht rasch wieder heimzukehren, und sagte mir dann mit tränenerstickter Stimme Lebewohl.

Ich stieg in den Wagen, der mich entführen sollte. Ich vergaß, wohin ich ging, und ließ gleichgültig alles über mich ergehen. Das Einzige, was mir

noch einfiel, war die Anordnung, dass meine chemischen Apparate einge-
packt und mir nachgesandt werden sollten. In trauriges Nachdenken versunken durchfuhr ich die herrliche Gebirgslandschaft; meine Augen waren
starr und nicht fähig, irgend welche Eindrücke zu vermitteln. Ich dachte
nur an das Ziel meiner Reise und das Werk, das meiner wartete.

Einige Tage vergingen so in trostloser Gleichgültigkeit. Endlich erreichte
ich Straßburg, woselbst ich zwei Tage auf Clerval zu warten hatte. Und er
kam. Aber was für ein Unterschied bestand zwischen und beiden. Er
freute sich der Natur und war glücklich, wenn er die Sonne glühend
untergehen oder sie rosig emporsteigen sah. Er machte mich auf die
wechselnden Farben in der Landschaft und am Himmel aufmerksam.
»Nun weiß ich, wie schön das Leben ist! Und ich freue mich dieses
Lebens!« rief er aus. »Aber du, lieber Frankenstein, warum siehst du so
traurig und besorgt in die Welt?« Tatsächlich erfüllten mich quälende
Gedanken und ich hatte keinen Sinn für das Aufleuchten des Abendsterns
oder das goldige Blinken der Sonne in den Wellen des Rheins.

KAPITEL XIX

UNSER NÄCHSTES REISEZIEL WAR LONDON. Wir hatten uns vorgenommen, einige Monate dort zu verbringen. Clerval war es sehr darum zu tun,
mit all den Männern von Ruf zusammenzukommen; für mich allerdings
standen andere Dinge im Vordergrund. Ich wollte mir vor allem die nötigen
Informationen holen, um dann unverzüglich ans Werk gehen zu können. Ich
beeilte mich deshalb, von den Empfehlungsbriefen an die namhaftesten
Naturphilosophen, die man mir mitgegeben, Gebrauch zu machen.

Hätte ich diese Reise zur Zeit meiner ersten Studien, wo ich noch glücklich war, unternommen, sie wäre mir sicherlich zu einer reich sprudelnden
Quelle der Freude geworden. Aber nun lag ein düsterer Schatten auf
meinem Leben und ich besuchte die Leute nur deshalb, um möglichst viel
von dem zu erfahren, war mir für die rasche Ausführung meines Planes
not tat. Fremde Gesichter waren mir eine Qual. Zwischen mir und meinen
Nebenmenschen sah ich eine unübersteigliche Schranke aufgerichtet, und
diese Schranke war vom Blut Wilhelms und Justines befleckt. Die
Erinnerung an die mit diesen Namen verknüpften Ereignisse erfüllten meine
Seele mit namenloser Angst. Nur Henrys Stimme vermochte beruhigend
auf mich einzuwirken und mir vorübergehend Frieden zu verschaffen.

Das kam daher, dass ich in Clerval ein Abbild dessen sah, was ich früher gewesen; er war wissbegierig und unermüdlich in seinem Streben nach Erfahrung und Belehrung. Auch er hatte einen Plan, er wollte nämlich Indien kennenlernen, weil er glaubte, dass er mit seinen Kenntnissen der Sprache und Kultur jenes Landes der europäischen Kolonisation und dem europäischen Handel nützlich sein könne. Nur in England, meinte er, sei es ihm möglich, diesen Plan seiner Verwirklichung zuzuführen. Er war viel beschäftigt, und das Einzige, was ihn störte, war mein bekümmertes und trauriges Wesen. Ich versuchte allerdings, es möglichst vor ihm zu verbergen, um ihm nicht den Lebensgenuss zu verbittern, der ja so natürlich ist für einen Mann, der in neue Verhältnisse kommt und den keine Sorgen und trüben Gedanken quälen. Ich vermied es öfter ihn zu begleiten, indem ich andere Verabredungen vorschützte, um allein sein zu können. Ich begann allmählich das notwendige Material für meine neue Schöpfung zu sammeln und jede einzelne Tätigkeit in dieser Richtung bereitete mir Torturen, wie einzelne Wassertropfen, die unaufhörlich auf jemandes Kopf herabfallen. Jeder Gedanke an mein Vorhaben erregte mein Grauen und jedes Wort, das ich darüber zu sprechen hatte, kam nur zögernd von den zitternden Lippen, während mein Herz ängstlich klopfte.

Nachdem wir schon mehrere Monate in London geweilt hatten, erhielten wir einen Brief von einem Herrn aus Schottland, den wir früher einmal in Genf kennengelernt hatten. Er pries die Schönheiten seines Heimatlandes und frug an, ob diese nicht imstande seien, uns zu einer Ausdehnung unserer Reise in nördlicher Richtung zu veranlassen, bis Perth, wo er seinen Wohnsitz hatte. Clerval redete mir eifrig zu, dieser Einladung Folge zu leisten, und ich selbst sehnte mich danach, wieder einmal Berge und Wasserfälle und all das Schöne zu sehen, mit dem Mutter Natur ihre Lieblingsplätze zu schmücken pflegt. So packte ich meine chemischen Apparate und das angesammelte Material zusammen, um meine Arbeiten dann in irgendeinem entlegenen Winkel im Norden des schottischen Hochlandes zu vollenden.

Eine Woche später verließen wir London. Mir tat der Aufbruch nicht leid. Hatte ich doch mein Vorhaben so lange hinausgeschoben, dass ich die Rache des enttäuschten Dämons zu fürchten begann. Er konnte ja in der Schweiz zurückgeblieben sein und nun seine Wut an den Meinen auslassen, die meines Schutzes entbehrten. Diese Vorstellung marterte mich und raubte mir Ruhe und Frieden. Mit fiebernder Ungeduld erwartete ich die

Nachrichten von zu Hause. Wenn sie länger auf sich warten ließen, ergriff mich entsetzliche Angst und ich malte mir alles in den schwärzesten Farben aus. Und wenn dann wirklich ein Brief kam, wagte ich es kaum ihn zu öffnen, weil ich fürchtete, meine düsteren Ahnungen bestätigt zu finden. Öfter kam mir auch der Gedanke, dass mein Todfeind vielleicht in meiner nächsten Nähe sein könne und nur auf eine Gelegenheit wartete, meinen Freund zu ermorden, um sich für meine Säumigkeit zu rächen. Deshalb wollte ich auch Henry keinen Augenblick allein lassen, sondern folgte ihm wie sein Schatten, um ihm helfen zu können, wenn der Dämon sich auf ihn stürzte. Mir war, als hätte ich ein furchtbares Verbrechen begangen, denn wenn ich auch tatsächlich unschuldig war, so hatte ich mir doch einen Fluch auf mein Haupt herabbeschworen, der vielleicht ebenso schwer auf mir lastete wie ein Verbrechen.

In Perth erwartete uns unser Gastfreund schon. Ich war nicht in der Laune, mit Fremden zu lachen und zu plaudern und brachte nicht den guten Humor mit, den man von seinen Gästen wohl erwarten darf. Ich bat deshalb Clerval, mich noch die Tour durch Schottland machen zu lassen, selbst aber hier zu bleiben, wo wir uns nach einem oder zwei Monaten wieder treffen würden. »Sei vergnügt und lasse mich allein mit meinen Gefühlen, ich bitte dich darum. Nur kurze Zeit bedarf ich der Ruhe und der Einsamkeit; und wenn ich dann, wie ich hoffe, mit leichterem Herzen zurückkehre, werde ich besser zu dir passen.«

Henry versuchte mir meinen Plan auszureden; als er aber sah, dass ich fest blieb, gab er es auf. Er bat mich nur, ihm recht oft Nachricht zu geben. »Lieber ginge ich mir dir, mein Freund, und begleite dich auf deinen einsamen Spaziergängen, als dass ich hier mit Leuten zusammenbleibe, die ich gar nicht kenne. Also beschleunige deine Rückkehr, damit ich mich einigermaßen zu Hause fühle, was ich ja ohne dich nicht kann.«

Nachdem ich mich von meinem Freund verabschiedet hatte, nahm ich mir vor, mich in irgendeinen versteckten Winkel des schottischen Hochlandes zurückzuziehen und dort in der Einsamkeit mein Werk zu vollenden. Ich rechnete bestimmt darauf, dass mein böser Dämon sich stets in meiner Nähe hielt, um den Fortgang meiner Arbeit zu überwachen und seine Genossin schließlich aus meinen Händen in Empfang zu nehmen.

Ich durchwanderte die nördlichen Teile des Hochlandes und wählte mir endlich eine der äußersten Orkney-Inseln als Schauplatz meiner kommenden Tätigkeit aus. Dieses Stück Erde war für meinen Zweck wie geschaffen, denn die Insel war nur ein Stück Fels, aus dessen Rändern ewig brandende Wogen emporschlugen. Die Scholle war mager und kaum das Futter für ein paar dürftige Kühe und das Mehl für die fünf Bewohner, deren schlotternde, dünne Glieder einen Schluss auf ihr armseliges Dasein zuließen. Gemüse und Brot – falls einmal Bedarf nach solchen Luxusgegenständen vorhanden war – und selbst frisches Wasser mussten auf dem fünf Meilen entfernten Festland geholt werden.

Drei armselige Hütten standen auf der Insel, von denen die eine unbewohnt war. Diese mietete ich. Sie enthielt nur zwei Zimmer, die verwahrlost und schmutzig waren. Das Dach war eingefallen, die Wände waren nicht verputzt und die Tür hing aus den Angeln. Ich ließ alles reparieren, sorgte für einige Einrichtungsgegenstände und bezog mein neues Heim; ein Ereignis, das sicherlich einiges Aufsehen hätte erregen müssen, wären diese armen Menschen nicht vor Elend und Schmutz völlig verdummt gewesen. Jedenfalls konnte ich auf diese Weise unbeobachtet und ungestört leben, kaum dass man mir für die Almosen, die ich an Nahrungsmitteln und Kleidern gab, dankte.

In diesem meinen Versteck widmete ich den Morgen der Arbeit, den Abend verbrachte ich, wenn es das Wetter zuließ, mit einem Spaziergang an der steinigen Küste, um dem Brüllen und Tosen der Wogen zu meinen Füßen zuzuhören. Die Szenerie war monoton, aber immer anziehend. Ich gedachte meiner Schweizer Heimat, die sich so sehr von dieser öden, trostlosen Landschaft unterschied. Dort waren die Hügel mit Wein bewachsen, und dichtbevölkert sind die Täler. Die schönen Seen spiegeln einen reinen, blauen Himmel wieder, und wenn Stürme sie aufwühlen, so ist das wie ein Kinderspiel gegen das Rasen des riesigen Ozeans.

In dieser Weise beschäftigte ich mich, nachdem ich mich auf der Insel häuslich niedergelassen hatte. Aber je weiter meine Arbeit fortschritt, desto schrecklicher und ekelhafter wurde sie mir. Tagelang war ich oft nicht imstande mein Laboratorium zu betreten, und dann arbeitete ich manchmal wieder Tage und Nächte unausgesetzt, um mein Werk zu Ende zu bringen. Als ich das Experiment zum ersten Mal ausführte, hatte mich ein fanatischer Eifer über all das Hässliche hinweggetäuscht; mein Geist war erfüllt von dem brennenden Wunsch, etwas Großes zu schaffen, und das Auge übersah dabei die schrecklichen Dinge. Nun aber, als ich mit klarem Verstand und vorurteilsfrei ans Werk ging, glaubte ich oft des Ekels nicht mehr Herr werden zu können.

Es ist nicht zu verwundern, dass ich in dieser Lage, gefesselt an eine verhasste Aufgabe, in der entsetzlichen Einöde, die mich nicht zu zerstreuen vermochte, nervös und unruhig wurde. Jeden Augenblick meinte ich mit meinem Dämon zusammentreffen zu müssen. Manchmal saß ich da, und heftete den Blick auf den Boden, in steter Angst, dass ich beim Erheben der Augen die gefürchtete Kreatur vor mir auftauchen sehen werde. Ich hielt mich immer möglichst in der Nähe der Menschen, weil ich hoffte, dass er sich dann nicht heranwagen werde, um seine Genossin von mir zu fordern.

Unterdessen arbeitete ich weiter und mein Werk war schon ziemlich gediehen. Ich sah seiner Vollendung voll zitternder Hoffnung entgegen, die aber untermischt war mit einer Vorahnung kommenden Leides, sodass mir das Blut im Herzen stockte.

Kapitel XX

Eines Abends saß ich in meinem Laboratorium. Die Sonne war untergegangen und der Mond stieg aus der See empor. Ich hatte nicht mehr genügend Licht, um weiter zu arbeiten, und saß da, die Hände im Schoß, indem ich darüber nachdachte, ob ich mein Werk für heute liegen lassen oder noch einen Anlauf nehmen und es vollenden sollte. Dabei gingen mir allerlei seltsame Gedanken durch den Kopf und ich ward mir eigentlich zum ersten Male bewusst, welche Folgen mein Beginnen haben könnte. Drei Jahre früher hatte ich mich ja schon in der gleichen Weise beschäftigt und ein Wesen geschaffen, dessen barbarische Grausamkeit mich tief unglücklich gemacht und mein Gewissen für immer aufs Furchtbarste belastet hatte. Ich war nun daran, ein zweites Geschöpf zu bilden, von dessen Eigenschaften ich im Voraus ja auch nichts wissen konnte. Es konnte noch viel tausendmal schlimmer werden als sein Vorgänger und ebenfalls an Mord und Grausamkeit seine Freude haben. Jener hatte ja geschworen, dass er sich aus dem Angesicht der Menschheit zurückziehen und sich in irgendeiner Wüste verbergen werde. Aber wer bürgte mir dafür, dass die neue Kreatur sich dem Pakt, der vor ihrer Entstehung geschlossen ward, fügen würde? Es war auch nicht unmöglich, dass die beiden Ungeheuer sich gegenseitig missfielen, denn mein Dämon hatte schon seinen eigenen Anblick hassen gelernt und war vielleicht enttäuscht, wenn ihm seine Hässlichkeit in weiblicher Gestalt gegenübertrat. Auch das neugeschaffene Weib konnte sich vielleicht entsetzt von der Missgestalt seines Genossen abwenden und an der menschlichen Schönheit Gefallen finden. Mein Dämon war dann wieder allein, nur dass ihn das Bewusstsein, sogar von seinesgleichen verabscheut zu werden, noch rasender machte.

Und wenn sie nun wirklich aneinander Gefallen fanden und zusammen Europa verließen, war es da nicht selbstverständlich, dass ihrer Verbindung Nachkommenschaft entsprang? Und war dieses Geschlecht von Teufeln nicht ganz geeignet, die Existenz des Menschengeschlechts zu gefährden, sie zumindest aber zu einer schreckensvollen zu machen? Durfte ich um meinetwillen einen solchen Fluch auf die kommenden Generationen laden? Ich hatte mich durch die Sophismen des Dämons bestimmen lassen und seine fürchterlichen Drohungen hatten meinen Widerstand gebrochen. Nun kam mir zum ersten Mal die ganze Verruchtheit meines Versprechens zum Bewusstsein. Ich schauderte bei dem Gedanken, dass man in späteren Zeiten meinem Andenken fluchen werde, als dem eines Mannes, der um seines eigenen Friedens willen die ganze Existenz der Menschheit verkauft hatte.

Ich zitterte und mein Herzschlag stockte, und als ich aufsah, stand am Fenster – mein Dämon! Ein teuflisches Grinsen verzerrte sein Antlitz, wie er mich an der Arbeit sah, die er mir aufgezwungen. Also war er mir tatsächlich gefolgt. Er hatte sich in Wäldern und Höhlen versteckt gehalten und auf den weiten, trostlosen Heiden Zuflucht gesucht. Und nun war er da, um zu sehen, wie weit ich war, und um mich an die Erfüllung meines Gelübdes zu erinnern.

Als ich dieses Gesicht voll Bosheit und Grausamkeit erblickte, ergriff mich bei dem Gedanken, dass ich mich verpflichtet hatte, ein ihm ähnliches Wesen zu schaffen, eine furchtbare Raserei und ich zertrümmerte das Werk meiner Hände. Der Dämon sah, wie ich das vernichtete, auf dessen künftige Existenz er seine ganzen Glückshoffnungen aufgebaut hatte, und verschwand mit einem Geheul satanischer Rachsucht vom Fenster. Ich verließ das Laboratorium, verschloss dessen Tür und legte mir selbst das Gelübde ab, diese Arbeit nie wieder aufzunehmen. Dann suchte ich mit schwankenden Schritten mein Schlafgemach auf. Ich war allein. Niemand in meiner Nähe, der sich bemüht hätte, das Dunkel zu lichten, das meine Seele umgab, und mir die quälenden Gesichte zu verscheuchen.

Einige Stunden stand ich so am Fenster und starrte auf die See hinaus. Sie war fast regungslos, denn unter dem sanften Schein des Mondes hatte sich der Wind wie die ganze übrige Natur schlafen gelegt. Auf der dunklen Wasserfläche lagen, noch um eine Nuance dunkler, einige Fischerboote, und zuweilen tönten aus der Ferne die Rufe der Fischer herüber. Die tiefe Stille tat mir wohl, wenn ich mir dessen vielleicht auch nicht ganz bewusst wurde. Plötzlich hörte ich Ruderschläge am Ufer und jemand landete in der Nähe meines Hauses.

Wenige Augenblicke später hörte ich ein Geräusch an meiner Tür, als wenn man versuchte sie leise zu öffnen. Ich zitterte am ganzen Leib, denn ich hatte schon eine Ahnung, wer da Einlass begehrte, und hätte am liebsten einen der Landleute gerufen, die nicht weit von mir wohnten. Aber ich hatte ein Gefühl der Ohnmacht, das man zuweilen in schweren Träumen empfindet. Man möchte gern einem unheimlichen Verfolger entfliehen, kann aber nicht von der Stelle, als sei man festgewurzelt.

Dann hörte ich schwere Tritte auf dem Flur. Die Tür öffnete sich und herein trat der Gefürchtete. Er schloss hinter sich ab, kam auf mich zu und sagte mit sanfter Stimme:

»Warum hast du dein begonnenes Werk zerstört; was soll das bedeuten? Hast du im Sinn, dein Wort zu brechen? Ich habe Not und Elend erduldet. Ich bin mit dir von der Schweiz fortgegangen; ich wanderte verstohlen an den Ufern des Rheins entlang und überkletterte mühsam die steilen Hügel. Ich habe mich monatelang auf den Heiden Englands und den schottischen Steinwüsten verborgen gehalten. Ich habe keine Mühsal, keinen Hunger, keine Kälte gescheut, um in deiner Nähe zu bleiben. Darfst du da meine ganzen Hoffnungen vernichten?«

»Verfluchter! Natürlich breche ich mein Wort. Niemals werde ich mich dazu hergeben, ein Wesen zu schaffen, das dir an Hässlichkeit und Verruchtheit gleicht!«

»Elender Sklave! Darum also habe ich mich herbeigelassen, mit dir zu verhandeln? Aber vergiss nicht, dass ich dich in der Gewalt habe. Du meinst wirklich, du seist schon elend? Ich kann dich so unglücklich machen, dass du den Tag verfluchst, an dem du das erste Mal das Licht der Welt sahst. Du bist mein Schöpfer, aber ich bin dein Gebieter. Du hast zu gehorchen!«

»Die Zeit meiner Unentschlossenheit ist nun vorüber und du kannst tun, was du willst. Deine Drohungen helfen gar nichts. Ich werde das Verbrechen nicht begehen, das du von mir forderst. Im Gegenteil, je mehr du drohst, desto fester bin ich entschlossen, dir keine Genossin zu schaffen. Soll ich kalten Blutes einen Dämon mehr auf die arme Welt loslassen, dessen Dasein Mord und Verderben bedeutet? Geh! Ich bleibe fest und deine Worte können höchstens mich noch zornig machen!«

Das Ungeheuer sah, dass ich festen Willens war, und knirschte in hilfloser Wut mit den Zähnen. »Soll denn jeder Mensch«, schrie er, »ein Weib finden, das er in die Arme schließen kann, und jedes Tier sein Weibchen haben? Und soll ich allein bleiben? Ich hatte das Beste gewollt und das vergilt man mir mit Hass und Abscheu. Meinetwegen hasse mich; aber sei auf der Hut! Dein Leben soll in Gram und Leid dahinfließen, und bald wird der Riegel fallen, der dich von aller Freude abschließen soll. Du sollst nicht glücklich sein, während ich nach einem bisschen Licht und Freude schmachte. Du kannst alle meine Wünsche unterdrücken, aber nicht meine Rache; die Rache soll mir heilig sein und mir vorgehen vor Sonne und Nahrung. Und wenn ich untergehe, dann musst vorher du, mein Tyrann, mein Quäler, dem Licht geflucht haben, das deinem Elend geleuchtet. Hüte dich! Ich fürchte nichts und deshalb bin ich stark. Ich will listig wie eine Schlange warten, bis ich dir den Giftzahn ins Fleisch schlagen kann. Du sollst das Unrecht bereuen, das du an mir getan!«

»Geh, Satan, und vergifte nicht weiter die Luft mit dem Atem deiner Bosheit! Ich habe dir gesagt, was mein Wille ist, und nichts soll mich mehr zu einem Schurken machen, der an seinem Worte rütteln lässt. Geh! Ich bin unerbittlich!«

»Nun gut; ich gehe. Aber verlasse dich darauf: in deiner Brautnacht werde ich bei dir sein.«

Ich sprang auf ihn zu und schrie: »Elender! Ehe du mein Todesurteil sprichst, sieh zu, dass du selbst heil bist!«

Ich wollte ihn ergreifen. Aber er entwand sich leicht meinen Händen und stürzte eilig aus dem Haus. Ich sah ihn einige Augenblicke später in seinem Boot, das pfeilschnell durch die Wellen dahinschoss und sich bald im Dunkel verlor.

Nun war es wieder still um mich her, aber in meinen Ohren klangen seine Worte. Ich brannte vor Begierde, den Räuber meines Friedens zu verfolgen und ihn ins Meer zu stürzen. In größter Erregung eilte ich in meinem Zimmer auf und nieder und allerlei Gedanken fuhren mir wirr durch den Kopf. Warum war ich ihm nicht gleich nachgelaufen, um mich mit ihm im Kampf auf Leben und Tod zu messen? Aber nun war es geschehen; er war mir entkommen und hatte sein Schiff dem Festland zugesteuert. Dann fielen mir wieder seine Worte ein: »Ich werde in deiner Brautnacht bei dir sein.« Das also war der Tag, an dem sich mein Geschick entscheiden musste. Dann sollte ich sterben, ein Opfer seines Hasses. Ich empfand nicht die geringste Furcht; aber als ich daran dachte, wie meine arme Elisabeth leiden musste, wenn ihr der Geliebte von grausamer Hand hinweggerafft wurde, da flossen die Tränen – die ersten, die ich seit langer Zeit wieder geweint – über meine Wangen und ich schwor mir, nicht ohne erbitterten Kampf zu fallen.

Auch diese Nacht ging vorüber und leuchtend stieg die Sonne aus dem Meer empor. Ich wurde wieder ruhiger, wenn man den Zustand als Ruhe bezeichnen kann, in dem rasende Erregung der tiefsten Verzweiflung Platz macht. Ich verließ das Haus, in dem sich die schreckliche Unterredung mit meinem Dämon abgespielt hatte, und begab mich an den Strand. Ich hatte den Wunsch, dass ich mein weiteres Leben auf dieser öden Steinklippe hinbringen dürfte; ein hartes Leben, das ist wahr, aber frei von jedem unerwarteten Schicksalsschlag. Wenn ich in meine Heimat zurückkehrte, dann geschah es nur, um meinem Ende entgegenzugehen oder die meinen unter den grausamen Fingern des Dämons, dem ich selbst das Dasein gegeben, verbluten zu sehen.

Rastlos eilte ich am Ufer hin und her. Als es Mittag wurde und die Sonne schon hoch stand, warf ich mich ins Gras und verfiel in einen tiefen Schlaf. Ich hatte die ganze vorige Nacht gewacht; meine Nerven schmerzten und meine Augen waren entzündet. Doch der Schlaf erquickte mich, und als ich wach wurde, fühlte ich wieder, dass ich ein Mensch war wie die anderen. Das gab mir meine Fassung wieder, wenn auch die Worte meines Todfeindes noch in meinen Ohren klangen wie Grabgeläute, fern aber deutlich.

Die Sonne stand bereits tief am Horizont. Ich stillte eben meinen rasenden Hunger mit einigen Brötchen, als ich ein Boot herankommen sah. Ein Mann der Besatzung sprang ans Land und übergab mir ein Paket. Es enthielt Briefe von Genf und einen weiteren von Clerval, der mich bat, zu ihm zu kommen. Er schrieb mir unter anderem auch, dass die Zeit, die er an seinem jetzigen Aufenthaltsort verbringe, für ihn nutzlos sei und dass die Freunde, die er in London gewonnen, ihm nahelegten, zurückzukehren und die Vorbereitungen für die Reise nach Indien zu treffen. Er könne seine Abfahrt nicht länger hinausschieben; und da er seine große Reise möglichst rasch nach seiner Ankunft in London antreten wolle, möchte ich mich beeilen, damit er noch recht viel mit mir zusammen sein könne. Er schlug mir vor, meinen Aufenthalt auf der Felseninsel sofort zu unterbrechen und in Perth mit ihm zusammenzutreffen, von wo aus wir dann die Fahrt nach London gemeinschaftlich machen würden. Dieser Brief erweckte meine Lebensgeister wieder vollständig und ich beschloss, spätestens in zwei Tagen der einsamen Insel Valet[7] zu sagen.

Eine Aufgabe stand mir allerdings bevor, an die ich nur mit Schaudern denken konnte, nämlich die Verpackung meiner chemischen Utensilien. Zu diesem Zweck war ich gezwungen, das Zimmer zu betreten und all die schauerlichen Dinge nochmals zu berühren, deren Anblick mich schon krank machen würde. Am nächsten Morgen kurz nach Tagesanbruch raffte ich mich auf und öffnete die Tür meines Laboratoriums. Die Reste des fast fertigen Geschöpfes, das ich zerstört hatte, lagen zerstreut auf der Diele umher und ich hatte das Gefühl, als hätte ich ein lebendes Wesen zerstückelt. Ich musste einen Augenblick innehalten, um Mut zu fassen, und trat dann ein. Mit zitternden Händen trug ich die Instrumente aus dem Zimmer. Ich durfte aber auch die Überbleibsel meines Werkes nicht liegen lassen, um nicht den Schrecken und den Argwohn der Inselbewohner zu erregen. Ich legte deshalb alles in einen Korb und einige schwere Steine darauf, weil ich beabsichtigte, in der Nacht das Ganze ins Meer zu versenken. Dann setzte ich mich an den Strand, wo ich meine Instrumente reinigte und verpackte.

In meinem Inneren hatte sich, seit der Dämon mich heimgesucht, ein vollkommener Wandel vollzogen. Vorher hatte ich in düsterer Resignation das Versprechen, das ich gegeben, als etwas angesehen, das unbedingt gehalten werden müsse. Nun aber war es wie ein Schleier von meinen Augen gefallen und ich meinte, seit langer Zeit zum ersten Mal wieder ganz klar zu sehen. Der Gedanke, mein Werk nochmals von vorn zu beginnen, war mir dabei gar nicht gekommen. Die Drohungen des Dämons lasteten zwar auf meinem Gemüt, aber es fiel mir gar nicht ein, dass es in meiner Macht lag, diese gegenstandslos zu machen. Es stand in mir unerschütterlich fest, dass ich mit der Schöpfung eines zweiten Wesens mir eine durchaus egoistische und grausame Handlungsweise hätte zuschulden kommen lassen, und ich wies jeden, auch den leisesten Gedanken zurück, der mich in meiner Überzeugung hätte wankend machen können.

---

[7] *Valet: Lebewohl, Abschiedsgruß*

Morgens zwischen zwei und drei Uhr ging der Mond auf. Ich bestieg mit meinem Korb ein kleines Boot und fuhr etwa vier Meilen weit in die See hinaus. Es war totenstill. Einige Schiffe segelten landwärts, aber ich hielt mich möglichst weit von ihnen entfernt. Ich mied so ängstlich das Antlitz meiner Mitmenschen, als sei ich daran, ein schweres Verbrechen zu begehen. Als der Mond einige Zeit hinter einer dicken, schwarzen Wolke verschwand, hielt ich den richtigen Augenblick für gekommen und schleuderte den Korb mit seinem unheimlichen Inhalt in das dunkle Wasser. Gurgelnd sank er in die Tiefe und ich ruderte dann eilends davon. Der Himmel hatte sich unterdessen überzogen, aber die Luft war rein und kalt, da sich eine steife Nordostbrise erhob. Die Frische tat mir wohl und erfüllte mich mit Behagen, sodass ich beschloss, noch einige Zeit auf dem Wasser zu bleiben. Ich zog die Ruder ein und legte mich auf den Boden des Schiffes. Es war ganz finster geworden und das Plätschern der Wellen am Kiel tönte beruhigend an mein Ohr, sodass ich bald in tiefen Schlaf versank.

Wie lange ich mich da draußen hatte treiben lassen, weiß ich nicht. Jedenfalls stand die Sonne schon hoch am Himmel, als ich die Augen öffnete. Der Wind war stärker geworden und schwere Wellen mit weißen Kämmen drohten mein kleines Boot zum Kentern zu bringen. Ich orientierte mich nach der Sonne und stellte fest, dass der Nordost noch anhielt und mich weit von der Küste abgetrieben zu haben schien. Zuerst beabsichtigte ich meinen Kurs zu ändern, erkannte aber, dass das unmöglich sei, weil bei diesem Versuch sofort mein Boot vollaufen musste. Ich musste mich also vor dem Wind treiben lassen. Ich muss gestehen, dass mir ziemlich unbehaglich zu Mute war. Ich hatte keinen Kompass bei mir, und da ich mit der Geographie jener Landstriche nicht sehr vertraut war, bildete die Orientierung nach der Sonne nur einen sehr unzuverlässigen Notbehelf. Wenn es mich hinaustrieb auf den Atlantischen Ozean, dann war mir der Hungertod sicher, wenn nicht vorher schon die Wogen, die sich rings um mich auftürmten und an mein Boot klatschten, mich verschlangen. Ich war bereits ziemlich lange unterwegs und ein brennender Durst quälte mich. Ich starrte zum Himmel, über den in fliegender Hast Wolke auf Wolke dahineilte; ich starrte auf die Wasserwüste, die über kurz oder lang mein Grab werden musste. »Nun bleibst du doch Sieger, du, mein Feind!« rief ich in die Öde hinaus. Ich dachte an Elisabeth, an meinen Vater, an Clerval, die ich schutzlos zurückließ und an denen der

Dämon seinen Blutdurst und seine unerbittliche Rachsucht stillen würde. Der Gedanke erfüllte mich mit so furchtbarer Angst und mit solchem Entsetzen, dass noch jetzt, da sich schon der Vorhang über meiner Tragödie zu senken beginnt, mein Blut erstarrt.

Stunde um Stunde kroch so in tödlicher Langeweile dahin. Die Sonne näherte sich dem Horizont; der Wind flaute ab und die See begann sich zu glätten. Aber an die Stelle der rollenden Wogen trat eine starke Dünung. Mir ward so übel, dass ich nicht mehr imstande war die Ruder zu führen. Plötzlich tauchte vor meinen Augen eine hohe Steilküste auf.

Trotz meiner tiefen Erschöpfung rann mir bei dem Bewusstsein meiner nahen Rettung frischer Lebensmut durch die Adern und Freudentränen flossen über meine Wangen herab.

Wie rasch sich doch unsere Gefühle ändern und wie seltsam es ist, dass wir selbst im äußersten Elend so sehr am Leben hängen! Aus meinem Mantel konstruierte ich mir ein Segel und steuerte auf das Land zu. Es war eine wilde Felsenküste, die da vor mir lag; aber als ich näher kam, erkannte ich, dass ich in der Nähe menschlicher Wohnstätten war. Boote lagen am Ufer. Aufmerksam suchte ich mit den Augen die Küste ab und stieß einen Freudenschrei aus, als ich hinter einer felsigen Landzunge die Spitze eines Kirchturmes emporragen sah. Ich beschloss, direkt auf die Ansiedelung loszufahren, da ich hoffen konnte, dort am ehesten Speise und Trank zu erhalten. Glücklicherweise hatte ich genug Geld bei mir. Als ich die Landzunge umfahren hatte, lag ein kleines, hübsches Städtchen vor mir, und innige Freude zog durch mein Herz, wie ich in dem geschützten Hafen landete.

Ich war damit beschäftigt, mein Boot festzumachen und das Notsegel abzunehmen, als ich bemerkte, dass sich eine Anzahl Menschen herandrängte. Sie schienen sehr erstaunt über meine Ankunft. Aber anstatt mir behilflich zu sein, flüsterten sie einander zu und machten Gebärden, die mich unter anderen Umständen ernstlich beunruhigt hätten. Immerhin bemerkte ich, dass sie sich englisch unterhielten, und rief ihnen deshalb in dieser Sprache zu: »Hallo, meine Freunde, wollt ihr so gut sein und mir sagen, wie die Stadt hier heißt?«

»Das werdet Ihr noch bald genug erfahren«, entgegnete mir ein Mann mit rauer Stimme. »Es kann recht gut sein, dass ihr an einem Platz gelandet seid, der nicht nach eurem Geschmack ist. Und man wird euch sicherlich nicht fragen, wo ihr wohnen wollt!«

Ich war aufs Äußerste überrascht, so ungastlich aufgenommen zu werden, und die düsteren, wilden Gesichter der umherstehenden Menschen brachten mich aus der Fassung. »Warum gebt ihr mir eine so grobe Antwort?« fragte ich. »Es ist doch sonst keine Gewohnheit der Engländer, Fremde in dieser Weise zu empfangen.«

»Ich weiß nicht, was die Engländer für Gewohnheiten haben,« sagte der unfreundliche Mann wieder. »Aber die Iren haben die Gewohnheit, jeden Fremden zu hassen!«

Während dieser unerquicklichen Auseinandersetzung bemerkte ich, dass sich immer mehr Leute ansammelten. Ihre Gesichter zeigten ein Gemisch von Neugierde und Wut, was mich unangenehm berührte und mich mit Sorge erfüllte. Ich fragte nach dem Gasthaus, erhielt aber keine Antwort. Ich ging deshalb auf die Stadt zu, um mich allein zurechtzufinden, und die Menge schloss sich mir murmelnd und grollend an. Plötzlich kam ein unheimlich aussehender Kerl auf mich zu, legte mir die Hand auf die Schulter und sagte: »Kommen Sie mit, Herr, zu Herrn Kirwin; Sie müssen sich über Ihre Person ausweisen.«

»Wer ist Herr Kirwin? Warum habe ich mich über meine Person auszuweisen? Ist das nicht ein freies Land?«

»Ja, Herr, frei für ehrliche Leute. Herr Kirwin ist Bürgermeister, und Sie werden sich wegen des Todes eines Mannes zu verantworten haben, den man heute Nacht ermordet hier vorfand.«

Diese Antwort erschreckte mich, aber ich fasste mich rasch. Ich war unschuldig, das konnte ich mühelos beweisen. Deshalb folgte ich der Aufforderung ohne Weiteres und wurde nach einem der schönsten Häuser der Stadt gebracht. Ich war am Umsinken vor Schwäche und Hunger. Aber in Anbetracht der Meute, die mich umgab, hielt ich es für geraten, meine ganze Kraft aufzubieten, damit mir nicht die Schwäche als ein Beweis der Schuld ausgelegt werde. Ich hatte ja keine Ahnung von dem Entsetzlichen, das mir die nächsten Augenblicke bringen mussten und gegen das alle Schande und der Tod selbst ein Kinderspiel sind.

Ich muss einen Moment aussetzen, denn ich bedarf all meiner Kraft, um die schrecklichen Ereignisse, die nun folgten, geordnet erzählen zu können.

KAPITEL XXI

MAN FÜHRTE MICH vor den Bürgermeister, einen alten, wohlwollenden Mann, dem Ruhe und Milde auf dem Gesicht geschrieben standen. Er sah mich zuerst streng an und fragte dann, wer sich als Zeuge in der Angelegenheit melden wolle.

Etwa ein Dutzend Männer traten vor. Der Bürgermeister befahl einem von ihnen, zu beginnen. Er erzählte, dass er in der vergangenen Nacht mit seinem Sohn und seinem Schwager Daniel Nugent etwa um zehn Uhr vor einer drohenden Nordbrise Schutz im Hafen gesucht habe. Es sei sehr dunkel gewesen, da der Mond noch nicht am Himmel stand. Sie seien nicht im Hafen selbst an Land gegangen, sondern, wie es ihre Gewohnheit war, in einer kleinen Bucht etwa zwei Meilen davon entfernt. Sie seien dann mit den Fischereigeräten ausgestiegen und am Strand entlang gegangen. Plötzlich sei er mit dem Fuß an etwas angestoßen und der Länge nach in den Sand gefallen. Seine Begleiter wären dann mit den Laternen herbeigeeilt, um ihm zu helfen. Bei näherem Zusehen hätten sie dann entdeckt, dass ein Leichnam am Boden lag. Sie hätten zuerst vermutet, dass es ein Ertrunkener sei, den das Meer hier angeschwemmt hatte; aber nach einer kurzen Untersuchung hätten sie festgestellt, dass die Kleider des Mannes gar nicht nass und der Körper noch warm sei. Sie hätten ihn dann in die nahe gelegene Hütte einer alten Frau getragen und dort versucht, allerdings vergebens, ihn ins Leben zurückzurufen. Der Tote sei ein hübscher Mann von etwa 25 Jahren gewesen. Er sei offenbar erwürgt worden, denn außer schwarzen Fingereindrücken am Hals habe er kein Zeichen einer geschehenen Gewalttat finden können.

Der erste Teil der Darstellung interessierte mich keineswegs; als aber der Fingereindrücke Erwähnung getan wurde, dachte ich an die Ermordung meines Bruders und wurde außerordentlich erregt. Meine Knie schwankten und vor den Augen wurde mir schwarz, sodass ich mich an einem Stuhl festhalten musste. Der Bürgermeister beobachtete mich sehr scharf und zog jedenfalls ungünstige Schlüsse aus meinem Verhalten.

Der Sohn des Fischers bestätigte die Aussage des Alten. Als David Nugent aufgerufen ward, fügte er hinzu, dass er beschwören könne, gerade ehe sein Schwager zu Boden fiel, ein einzelnes Boot, nur mit einem Mann besetzt, nahe der Küste gesehen zu haben. Das karge Licht hätte ja die Gegenstände nicht genau erkennen lassen, aber er müsse sich sehr täuschen, wenn es nicht das gleiche Boot gewesen sei, mit dem ich vor Kurzem angekommen war.

Eine Frau, die in der Nähe der Küste wohnte, gab an, dass sie etwa eine Stunde, ehe sie von der Auffindung des Leichnams hörte, unter der Tür ihres Hauses gestanden sei, um nach den Fischern Ausschau zu halten, und dass sie ein Boot mit nur einem Mann Besatzung von dem gleichen Punkt der Küste hätte abstoßen sehen, wo man später den Toten fand.

Eine andere Frau bestätigte die Angabe der Fischer, dass der Körper, den man ihr ins Haus gebracht, noch nicht kalt gewesen sei. Sie hätten ihn in ein Bett gelegt und abgerieben, und Daniel sei nach der Stadt zu einem Arzt gelaufen. Aber es sei zu spät gewesen.

Einige Leute wurden wegen meiner Landung vernommen. Sie sagten übereinstimmend aus, dass der heftige Nordwind mich recht gut wieder an die Stelle hätte zurücktreiben können, von wo ich in See gestochen sei. Außerdem gaben sie an, sie hätten den Eindruck gehabt, als sei der Leichnam von einer anderen Stelle aus herbeigebracht worden, und dass ich wahrscheinlich, weil ich die Küste nicht kannte, keine Ahnung hatte, dass die Stadt so nahe am Tatort liege, und deshalb unbedenklich im Hafen gelandet sei.

Nachdem Kirwin das Verhör beendet hatte, ordnete er an, dass ich in den Raum geführt würde, wo der Leichnam aufgebahrt lag, um zu sehen, welchen Eindruck dieser Anblick auf mich machen würde. Wahrscheinlich war er auf diese Idee gekommen, weil er bemerkt hatte, wie sehr mich die Schilderung der Ereignisse angriff. Ich konnte nicht umhin zu fühlen, dass sich die Beweiskette mühelos schließen ließ. Aber da ich ja an dem Abend, an dem man die Leiche gefunden hatte, noch mit mehreren Bewohnern meiner Insel gesprochen hatte, konnte ich verhältnismäßig ruhig den Ereignissen ins Auge sehen.

Ich trat in das Zimmer, wo der Tote lag, und begab mich an den Sarg. Wie könnte ich die Gefühle schildern, die mich da ergriffen? Noch heute denke ich mit Entsetzen und Verzweiflung an diesen Augenblick. Das Verhör, die Anwesenheit des Bürgermeisters und der Zeugen war mir wie ein Traum, als ich da vor mir den leblosen Körper Clervals liegen sah. Ich rang nach Atem und warf mich schluchzend über den Leichnam. »Hat mein Wahnwitz nun auch dir das Leben gekostet, mein liebster Henry? Zwei fielen dem Würger schon zum Opfer und der anderen wartet noch ihr grauenhaftes Schicksal; aber du, mein Freund, mein Wohltäter ...«

Ich konnte das Leid nicht mehr ertragen und brach zusammen.

Ein heftiges Fieber war die Folge dieser tiefen Erregung. Zwei Monate lag ich zwischen Leben und Tod, und meine Fieberrasereien waren, wie man mir nachher erzählte, schrecklich. Ich beschuldigte mich selbst, Wilhelm und Justine und Clerval hingemordet zu haben. Ich flehte meine Wärter an, mir bei der Vernichtung des Dämons, der mich verfolgte, behilflich zu sein. Dann fühlte ich wieder den harten Griff des Ungeheuers an meinem Hals und brüllte in wahnsinniger Todesangst. Herr Kirwin war der einzige, der meine Muttersprache und damit auch das verstand, was ich in meinen Fieberphantasien sprach; die anderen mochten schon an meinen Krämpfen und meinem Geschrei genug haben.

Warum konnte ich nicht sterben? Elender als ich war nie ein Menschenkind gewesen. Warum ward mir nicht Vergessenheit und Ruhe zuteil? Welche ungeheure Widerstandskraft musste ich haben, um all das ertragen zu können, mit dem mich das Schicksal bedachte?

Aber ich war verdammt weiterzuleben und zwei Monate später erwachte ich zum Bewusstsein. Ich fand mich auf einem schlechten Bett liegend; das Fenster war stark vergittert, die Türen doppelt und dreifach verriegelt und um mich brütete das trostlose Halbdunkel einer Kerkerzelle. Es war Morgen, wenn ich mich recht erinnere. Ich hatte all die traurigen Ereignisse vergessen; aber als ich mich umsah, kam mir alles wieder ins Gedächtnis und ich weinte bitterlich.

Das Geräusch weckte eine alte Frau, die neben meinem Bett in einem Schaukelstuhl geschlafen hatte. Es war eine Wärterin, die Frau eines der Aufseher, und ihr Gesicht wies unverkennbar die charakteristischen Züge dieser Menschenklasse auf. Es war hart und roh, wie abgestumpft von dem immerwährenden Anblick des Elendes. In gleichgültigem Ton sprach sie mich auf englisch an, und mir war, als hätte ich diese Stimme während meiner Krankheit schon öfter gehört.

»Sind Sie wieder gesund, Herr?«

Ich antwortete mit schwacher Stimme: »Ich glaube, ich bin es. Aber wenn das, was mich umgibt, Wirklichkeit ist und kein böser Traum, dann wäre es mir bei Gott lieber, ich wäre nicht mehr zum Dasein erwacht.«

»Allerdings«, sagte die Alte, »glaube ich auch, dass es besser wäre, Sie wären abgefahren; denn es wird Ihnen nicht gut gehen. Aber das geht mich ja nichts an. Ich bin als Pflegerin Ihnen zugewiesen und habe mein

Möglichstes für Sie getan. Ich habe ein gutes Gewissen. Wenn nur jeder ein solches hätte.«

Ich wandte mich empört von der Frau ab, die mit einem kaum dem Tod entronnenen Menschen so herzlos sprechen konnte. Ich fühlte mich schwach und niedergeschlagen und konnte mich nicht aufraffen, über das Geschehene nachzudenken. Mein ganzes Leben war wie mit einem Schleier bedeckt, sodass ich nicht glauben konnte, es sei Wirklichkeit.

Als ich dann imstande war, mir Rechenschaft abzulegen, wurde ich unruhig. Die Dunkelheit bedrückte mich. Niemand war da, der mir die Hand gedrückt oder ein liebevolles Wort mit mir gesprochen hätte. Der Arzt kam und verschrieb mir etwas, das die Wärterin zubereitete. Jener trug die äußerste Gleichgültigkeit gegen mich zur Schau, während das brutale Gesicht der letzteren Verachtung zum Ausdruck brachte. Wer konnte auch ein Interesse am Leben eines Mörders haben als der Henker, der seines Lohnes nicht verlustig gehen wollte?

Das waren meine Gedanken. Aber bald bemerkte ich, dass Herr Kirwin wirklich gütig, fast väterlich für mich gesorgt hatte. Er hatte den besten Raum im ganzen Gefängnis – er war ja auch noch armselig genug – für mich herrichten lassen und mich in die Obhut eines Arztes und einer Wärterin gegeben. Er kam allerdings selten zu mir; denn wenn es auch sein Bestreben war, die Leiden der Menschen zu lindern, so scheute er sich doch, den Rasereien eines wahnsinnigen Mörders zuzuhören. Er sah ja oft nach, ob ich nicht vernachlässigt würde; aber mich selbst besuchte er nur kurz und in langen Zwischenräumen.

Es war unterdessen etwas besser mit mir geworden. Ich saß in einem Lehnstuhl, die Augen halb geschlossen und mit totenfarbenem Gesicht. Tiefste Niedergeschlagenheit hatte sich meiner bemächtigt und ich überlegte mir öfter, ob es nicht besser sei, den Tod zu suchen, als sich an ein Leben anzuklammern, das mir doch nur mehr unermessliches Leid zu geben hatte. Ich hatte weiter nichts zu tun, als mich schuldig zu bekennen, um, unschuldiger noch als damals Justine, dem Gesetz zu verfallen. Das waren meine Gedanken, als sich die Tür meiner Zelle öffnete und Herr Kirwin eintrat. Sein Gesicht drückte Mitleid und Güte aus. Er zog einen Stuhl neben den meinen und begann auf Französisch:

»Ich glaube, Ihr Aufenthalt schadet Ihnen. Kann ich etwas für Ihre Bequemlichkeit tun?«

»Ich danke Ihnen. Aber es hat ja doch keinen Zweck für mich, wie sollte ich mich auf Erden je noch wohl fühlen können?«

»Ich weiß, dass das Mitleid eines anderen Ihnen nur wenig Erleichterung bringen kann, nachdem Sie ein seltsames Geschick so tief niedergebeugt hat. Aber ich hoffe, dass Ihr Gemüt bald wieder froher sein wird, denn es liegen unzweideutige Anzeichen vor, dass Sie von der Schuld freigesprochen werden müssen.«

»Das ist meine geringste Sorge! Ich bin einmal durch eine Reihe ungewöhnlicher, schrecklicher Ereignisse zum elendesten Menschen geworden. Wem das Leben so mitgespielt, dem kann der Tod nichts Fürchterliches mehr bedeuten.«

»Ich gebe zu, dass es nichts Schlimmeres geben kann als dieses seltsame Zusammentreffen von allerlei Umständen, die Sie aufregen und betrüben mussten. Erst trägt Sie ein merkwürdiger Zufall an eine Küste, deren Bewohner sonst weit und breit wegen ihrer Gastfreundlichkeit bekannt sind; man ergreift Sie und legt Ihnen einen Mord zur Last. Der erste Anblick, der sich Ihnen bietet, ist der Leichnam Ihres Freundes, der in so unbegreiflicher Weise ermordet wurde und den eine unbekannte Hand gerade dahingelegt haben muss, wo Sie landeten.«

Bei all der Erregung, die ich empfand, als mir Herr Kirwin nochmals das Geschehene aufführte, fiel es mir doch auf, dass er so genau über mich informiert war. Er mochte mir diesen Gedanken vielleicht vom Gesicht abgelesen haben, denn er fügte eilig hinzu:

»Kurz nachdem Sie erkrankt waren, brachte man mir Ihre Papiere. Ich suchte darin nach Angaben über Ihre Familie, damit ich diese von Ihrem Missgeschick und Ihrer Erkrankung benachrichtigen könnte. Ich fand auch einige Briefe, aus deren Anrede ich entnahm, dass sie von Ihrem Vater geschrieben waren. Ich schrieb sofort nach Genf – es sind nun fast zwei Monate. Aber Sie sind noch krank und zittern; ich darf Ihnen also keine Aufregung bereiten.«

»Die Ungewissheit ist viel schlimmer als die grausamste Wirklichkeit. Erzählen Sie mir, wer ermordet wurde, wessen Tod ich nun zu beweinen habe.«

»Ihre ganze Familie ist wohlauf«, sagte Herr Kirwin gütig, »und es ist jemand da, Sie zu besuchen.«

Ich weiß nicht wie es kam, aber ich glaubte, dass mein Dämon da sei, um sich über mein Unglück zu freuen und mir Clervals Tod vorzuhalten;

vielleicht in der Hoffnung, dass ich seinen satanischem Wünschen nun entsprechen werde. Ich legte deshalb die Hand vor die Augen und schrie in furchtbarer Todesangst:

»O schaffen Sie ihn fort! Ich kann ihn nicht sehen; um Gottes willen lassen Sie ihn nicht herein!«

Herr Kirwin sah mich bekümmert an. Er schien diesen Gefühlsausbruch für einen Beweis meiner Schuld zu halten und sagte in ernstem Ton:

»Ich hätte gedacht, junger Mann, dass Ihnen Ihr Vater sehr willkommen sein müsste; Sie aber weigern sich so heftig, ihn zu sehen?«

»Mein Vater?« rief ich, indem sich meine Angst in hohe Freude verwandelte. »Wirklich, mein Vater? Wie gut von ihm, dass er kommt. Aber wo ist er, warum lässt man ihn nicht ein?«

Der Bürgermeister wurde nun wieder freundlicher und erhob sich, indem er der Wärterin einen Wink gab, die Zelle zu verlassen. Während sie beide hinausgingen, trat mein Vater ein.

Wie glücklich war ich, das alte, liebe Gesicht zu sehen! Ich streckte meinem Vater die Hand entgegen und sagte:

»Also bist du gesund? Und wie geht es Elisabeth? Wie geht es Ernst?«

Die Antwort meines Vaters beruhigte mich und ein schwacher Schimmer von Freude zog in mein gequältes Herz. »Wo muss ich dich antreffen, mein armes Kind!« sagte mein Vater, indem er traurig auf das vergitterte Fenster und die armselige Einrichtung blickte. »Du hast uns verlassen, um dein Glück zu suchen, aber es scheint kein Glücksstern über dir zu leuchten. Und der arme Clerval!«

Schwach, wie ich noch war, wurde ich vom Schmerz überwältigt, als ich diesen Namen hörte, und aus meinen Augen floss ein heißer Tränenstrom.

»Es ist leider wahr, lieber Vater«, entgegnete ich, »dass ein Unstern über mir schwebt, und ich scheine für ein ganz besonderes Schicksal bestimmt zu sein, sonst wäre ich am Sarge Henrys sicherlich gestorben.«

Allzulange war es uns nicht vergönnt beisammen zu bleiben, denn meine noch sehr schwache Gesundheit gebot äußerste Vorsicht. Herr Kirwin trat ein und riet mir, mich nicht allzusehr anzustrengen. Aber mein Vater war mein guter Engel gewesen und seiner Anwesenheit hatte ich meine Genesung zu verdanken.

Wenn auch meine Krankheit gewichen war, so konnte ich doch einer tiefen Melancholie nicht Herr werden. Ich sah immer noch Clerval vor mir, tot und bleich. Oftmals erregte mich die Erinnerung so stark, dass meine Freunde einen Rückfall befürchteten. Warum auch sorgten sie so für mein zerstörtes, elendes Dasein? Sicherlich nur deswegen, dass ich meinem Schicksal nicht entgehen konnte, das sich nun seiner Erfüllung näherte. Bald, sehr bald wird der Tod kommen und mich von der Qual befreien, die mich zu Boden drückt. Damals war die Aussicht zu sterben sehr gering, und oft sehnte ich mich nach einem elementaren Ereignis, das mich und meinen Feind zu Staub zermalmte.

Unterdessen kam der Tag der Verhandlung näher. Ich war schon drei Monate im Gefängnis, und wenn ich mich auch vor Schwäche kaum auf den Beinen halten konnte, so musste ich doch eine Reise von nahezu hundert Meilen unternehmen, um die Hauptstadt der Grafschaft zu erreichen, wo der Gerichtshof tagte. Herr Kirwin hatte sich alle erdenkliche Mühe gegeben, Entlastungszeugen für mich beizubringen und mir einen tüchtigen Verteidiger zu besorgen. Allerdings blieb es mir erspart, als Angeklagter vor dem Gericht zu erscheinen, das über Leben und Tod entschied. Die vorsitzenden Richter hatten die Anklage fallen lassen, da erwiesen war, dass ich zu der Zeit, als der Leichnam meines Freundes gefunden ward, mich auf einer der Orkney-Inseln aufhielt. Vierzehn Tage später war ich frei.

Mein Vater war überglücklich, dass ich den Qualen eines Verhörs entgangen war, dass ich wieder frische Luft atmen und bald in mein Heimatland zurückkehren durfte. Ich konnte mich nicht in gleichem Maße freuen, denn in meinem Gemütszustand war mir das Leben verhasst, ob mich die Mauern eines Gefängnisses oder eines Palastes umgaben. Mein Dasein war auf ewig vergiftet; und wenn mir auch die Sonne leuchtete, wie all den frohen, glücklichen Menschen um mich her, so umgab mich doch ein undurchdringliches Dunkel, durch das mir zwei Augen entgegenstarrten. Einmal waren es Henrys ausdrucksvolle Augen mit den langen, dunklen Wimpern, die im Tod gebrochen waren, ein andermal meinte ich die wässrigen Augen meines bösen Dämons zu erkennen.

Mein Vater suchte mich auf jede Weise zu zerstreuen. Er erzählte mir von Genf, das ich nun bald wiedersehen sollte, von Elisabeth und von Ernst. Aber meine einzige Antwort waren tiefe, bange Seufzer. Zuweilen empfand ich wieder etwas wie Sehnsucht nach Glück und dachte in schmerzlicher Freude an meine Geliebte; oder ich verlangte in furchtbarem Heimweh den blauen See und den reißenden Rhon wiederzusehen, die mir von meiner Kinderzeit her lieb und vertraut waren. Meistens aber befand ich mich in einem Zustand starrer Gleichgültigkeit, der nur selten mit Ausbrüchen wilder Verzweiflung abwechselte. Oftmals fasste ich in solchen Augenblicken den Entschluss, meinem verhassten Dasein ein Ende zu machen, und es bedurfte fortgesetzter Überwachung, um mich von dem letzten Schritt abzuhalten.

Nur das Bewusstsein einer Pflicht hielt mich schließlich davon ab, in meinem Egoismus den Qualen mich zu entziehen. Ich musste unverweilt nach Genf zurückkehren, um über das Leben derer zu wachen, die mir lieber waren als alles auf der Welt. Ich musste dem Mörder auflauern, denn ich wollte unbedingt das hässliche Gebilde, dem ich eine noch hässlichere Seele eingehaucht, zerstören, wenn es mir gelang, seinen Aufenthalt ausfindig zu machen oder wenn es wagte, mir noch einmal gegenüber zu treten. Mein Vater allerdings wünschte mit der Abreise noch zu warten, weil er fürchtete, dass ich den Anstrengungen der Reise nicht gewachsen sei. Denn ich war tatsächlich ein Wrack, nur ein Schatten meiner selbst, ein Skelett. Und heftige Fieber rüttelten immer wieder an meinem schwachen Körper.

Da ich aber so sehr drängte, Irland zu verlassen, hielt es mein Vater schließlich doch für das Beste, nachzugeben. Wir machten die Reise an Bord eines Seglers, der nach Havre gehen sollte, und gingen vor einer frischen Brise in See, fort von der irischen Küste. Es war Mitternacht. Ich lag auf Deck, sah in die Sterne über mir und lauschte dem Plätschern der Wellen an den Schiffsplanken. Ich war froh, dass das Dunkel bald die Gestade Irlands meinen Blicken entzog, und mein Herz pochte stürmisch, wenn ich daran dachte, dass die Heimat vor mir lag. Das Vergangene erschien mir dann wie ein düsterer Traum; aber das Schiff, auf dem ich mich befand, der Wind, der von dem verwünschten Irland her wehte, die Wasser rings um mich erzählten mir mit zwingender Sprache, dass alles Wahrheit sei, dass mein geliebter Clerval, mein treuester Freund, meiner wahnwitzigen Schöpfung und damit mir zum Opfer gefallen war. Mein ganzes Leben ließ ich in meinen Gedanken vor mir vorüberziehen: mein stilles Glück, als ich noch im Schoße meiner Familie in Genf weilte; den Tod meiner Mutter und meine Abreise nach Ingolstadt. Ich erinnerte mich mit Schrecken des übernatürlichen Eifers, der mich immer wieder anstachelte, meinen schlimmsten Feind zu schaffen, und der Nacht, in der das Ungetüm Leben gewann. Weiter vermochte ich nicht mehr zu denken, sondern ich weinte bittere Tränen.

Seit ich von meinem Fieber einigermaßen wiederhergestellt war, hatte ich mir angewöhnt, jeden Abend eine Dosis *Laudanum* zu mir zu nehmen, um auf diese Weise den zur Erhaltung meines Lebens nötigen Schlaf zu ermöglichen. Da ich durch die Erinnerung an das Vergangene besonders erregt war, hatte ich an jenem Abend die doppelte Dosis eingenommen und schlief einen tiefen, bleiernen Schlaf. Von meinen Gedanken und Ängsten vermochte er mich ja nicht ganz zu befreien, denn auch im Traume quälten mich alle erdenklichen Dinge. Gegen Morgen legte es sich auf mich wie ein Alb. Ich fühlte den harten Griff meines Dämons an der Kehle und hatte nicht die Kraft, mich loszumachen; Weinen und Seufzen klangen in meinen Ohren. Mein Vater, der mich bewachte, hatte gemerkt, dass ich unruhig war, und weckte mich. Eintönig schlugen die Wogen an den hölzernen Leib des Schiffes; der Himmel über uns war bedeckt. Mein Dämon war nicht hier. Das Bewusstsein, dass jetzt in meinen Schicksalen eine Ruhepause eingetreten sei, gab mir ein Gefühl der Sicherheit, das ich schon lange nicht mehr kannte. Auf meine Seele senkte sich der Zustand friedlichen Vergessens hernieder, dem der Mensch ja besonders zugänglich ist.

KAPITEL XXII

ALS WIR GELANDET WAREN, setzten wir die Reise nach Paris fort. Doch bald merkte ich, dass ich meine Kräfte doch überschätzt hatte und dass ich einige Tage Ruhe haben müsste, ehe ich imstande war weiterzufahren. Unermüdlich war mein Vater für mich besorgt; aber er wusste ja nicht, wo das Leiden herrührte, und versuchte es deshalb mit ganz ungeeigneten Heilmethoden. Er meinte, dass ich vielleicht in Gesellschaft mich zerstreuen würde, aber ich scheute die Menschen. Nicht dass ich sie verabscheut hätte, nein. Ich wusste, sie alle seien meine Brüder, und selbst für die Elendsten und Verworfensten unter ihnen hegte ich warme Liebe. Aber ich wusste, dass ich nicht wert war, unter ihnen zu weilen. Ich hatte einen Feind auf sie losgelassen, dessen Freude es war, ihr Blut zu vergießen und sich an ihren Schmerzen und Leiden zu ergötzen. Entsetzt und empört müssten sie mich alle von sich stoßen, wenn sie wüssten, welches Verbrechen ich begangen und welche Gräuel ich verursacht hatte.

Mein Vater gab schließlich nach, als er sah, dass mir auf diese Weise auch nicht zu helfen war, und besann sich auf andere Mittel, um meine verzweifelte Stimmung zu vertreiben. Einmal fragte er mich, ob ich denn darunter so leide, dass man mich eines Mordes für schuldig gehalten habe, und suchte mich zu überzeugen, dass das eine übergroße Empfindlichkeit sei.

»Ach Gott, Vater«, sagte ich, »wie wenig kennst du mich doch. Die ganze Menschheit wäre nichts mehr wert, wenn ein Verruchter, wie ich, empfindlich wäre. Justine, die arme, unglückliche Justine war ebenso unschuldig wie ich und hatte dasselbe zu erleiden; und sie musste dafür sogar auf das Blutgerüst steigen. Daran bin ich schuld! Ich habe sie so weit gebracht. Wilhelm, Justine und Henry – sie alle fielen durch meine Hand!«

Schon während meiner Gefangenschaft hatte mein Vater dieses Geständnis öfter gehört und hielt diese Selbstbeschuldigungen für eine Ausgeburt meiner immer noch kranken Phantasie. Ich vermied es, eine Erklärung zu geben, um nichts von dem Ungeheuer erwähnen zu müssen, das ich geschaffen. Man hätte mich sicher für irrsinnig erklärt, und diese Aussicht allein band mir die Zunge. Außerdem wollte ich mein Geheimnis nicht offenbaren, das die Meinen mit ewiger Angst und tiefstem Grauen erfüllen musste. Ich unterdrückte deshalb meine Sehnsucht nach Mitgefühl und schwieg, wenn ich am meisten das Bedürfnis fühlte, das in die Welt hinauszuschreien, was mich so unglücklich machte. Manchmal konnte ich nicht widerstehen, Worte, wie die erwähnten, auszusprechen und mir dadurch etwas Erleichterung zu verschaffen; aber ich hütete mich, Erklärungen dazu zu geben.

Bei einer solchen Gelegenheit sagte mein Vater, aufs Äußerste erstaunt: »Mein Junge, was sind das für Einbildungen? Ich bitte dich, lieber Viktor, sage doch so etwas nicht mehr.«

»Ich bin nicht wahnsinnig«, rief ich energisch, »der Himmel und die Sonne haben gesehen, was ich tat, und sind dessen Zeugen. Ich bin der Mörder der armen Opfer; durch meine Hand fielen sie. Tausendmal lieber hätte ich mein Blut Tropfen um Tropfen hergegeben, wenn ich damit ihr Leben hätte retten können. Aber ich konnte nicht, Vater, ich konnte nicht, wenn ich nicht das ganze menschliche Geschlecht verderben wollte.«

Mein Vater konnte sich der Überzeugung nicht verschließen, dass ich doch geistesgestört sein musste, und wechselte rasch das Gesprächsthema, um mich auf andere Gedanken zu bringen. Er versuchte die Erinnerung an die Ereignisse, die sich in Irland abgespielt hatten, in meiner Erinnerung zu verwischen, indem er selbst nie davon sprach und auch nicht erlaubte, dass ich ihrer Erwähnung tat.

Mit der Zeit aber wurde ich doch etwas ruhiger. Nicht, als ob meine Seele von dem schweren Druck befreit gewesen wäre, aber ich vermochte mich so weit zu beherrschen, dass ich nicht mehr in so leidenschaftlicher Weise von meinem Verbrechen sprach. Ich hatte schon genug darunter zu leiden, dass ich mir seiner völlig bewusst war. Mit dem Aufgebot äußerster Willenskraft unterdrückte ich die Stimme in mir, die forderte, dass ich alles der ganzen Welt verkündete, und ich war ruhiger und gefasster als je einmal seit dem Augenblick, der mich inmitten des öden Eismeeres mit meinem Dämon zusammenführte.

Wenige Tage, ehe wir Paris verließen, um unsere Reise nach der Schweiz fortzusetzen, erhielt ich folgenden Brief von Elisabeth:

Genf, den 18. Mai 17..

Mein lieber Viktor! Mit der größten Freude erfüllte mich deines Vaters Brief aus Paris; denn nun weiß ich, dass du nicht mehr allzuweit entfernt bist und in weniger als vierzehn Tagen bei mir sein wirst. Mein Geliebter, was musst du gelitten haben! Jedenfalls siehst du noch viel elender aus als damals, da du Genf verließest. Ich habe einen schlechten Winter hinter mir; denn du kannst dir denken, dass ich in der schrecklichsten Sorge um dich war. Aber ich hoffe wenigstens, dass jetzt Friede und Ruhe in deinem Herzen Einkehr gehalten haben.

Allerdings befürchte ich, dass die Gefühle, die dich schon vor einem Jahre so niederdrückten, immer noch vorhanden sind, vielleicht noch vergrößert. Ich möchte dich nicht aufregen, da so viel Unheil auf dir lastet. Aber eine Unterredung, die ich kurz vor deiner Abreise mit deinem Vater hatte, zwingt mich, dich um eine Erklärung zu bitten, ehe wir uns wieder in die Augen sehen.

Erklärung, wirst du sagen; was kann Elisabeth für eine Erklärung meinen? Nun, wenn du so sagst, ist meine Frage ohnehin schon beantwortet, und meine Zweifel sind gelöst. Aber trotzdem muss auch ich dir eine Erklärung geben, die sich nicht länger mehr hinausschieben lässt. Nur hatte ich bisher nicht den Mut dazu.

Du weißt, geliebter Viktor, dass unsere Verbindung eine Lieblingsidee deiner Eltern war, schon als wir noch in den Kinderschuhen steckten. Wir wussten es von Anfang nicht anders und lernten es als etwas Selbstverständliches betrachten. Wir waren treue Spielkameraden und gute Freunde, als wir älter wurden, wie oft Bruder und Schwester sich innig lieb haben, ohne je an eine Vereinigung zu denken, könnte dies nicht auch zwischen uns der Fall sein? Sage mir, lieber Viktor, antworte mir, ich beschwöre dich bei unserem Glück, offen und ehrlich – liebst du nicht eine andere?

Du bist weit in der Welt herumgekommen, du bist mehrere Jahre in Ingolstadt gewesen, und ich gestehe dir, mein Freund, als ich dich im letzten Herbst so unglücklich, so menschenscheu sah, da drängte sich mir der Gedanke auf, du könntest unsere Verbindung doch nicht als etwas Wünschenswertes betrachten und fügtest dich gegen deine Meinung nur dem Willen deines Vater. Aber ich weiß, es ist anders. Ich habe dich ja so lieb und in meinen Träumen bist stets du der Mittelpunkt gewesen, mein ständiger Begleiter. Da ich aber um dein Glück ebenso besorgt bin wie um mein eigenes, erkläre ich dir unumwunden, dass unsere Ehe mich auf ewig unglücklich machen müsste, wenn ich nicht der Überzeugung sein könnte, dass der Entschluss dazu deinem freien Willen entsprang. Ich muss weinen, wenn ich daran denke, dass Du, nur um einer Pflicht zu genügen, aller Hoffnung auf Liebe und Glück entsagst, die dir so bitter not tun. Ich, die ich dich doch so uneigennützig liebe, würde mir mein Leben lang Vorwürfe machen, wenn ich mir sagen müsste, dass ich deinen Plänen im Wege stand. Sei überzeugt, Viktor, dass deine Freundin und Spielgenossin eine zu tiefe Liebe zu dir im Herzen trägt, als dass sie nicht bei dieser Vorstellung leiden müsste. Sei glücklich, mein Geliebter; und wenn ich weiß, dass du es bist, dann soll nichts auf Erden meine Ruhe mehr stören.

Dieser Brief soll dir keine unangenehmen Verpflichtungen auferlegen. Antworte nicht, weder morgen noch in den nächsten Tagen, sondern erst, wenn du hier bist. Über dein Befinden hält mich dein Vater auf dem Laufenden. Und wenn ich nur ein schwaches Lächeln um deinen Mund sehe, wenn wir uns wieder gegenübertreten, will ich zufrieden sein,

Deine Elisabeth Lavenza

*

Dieser Brief erweckte in mir wieder den Gedanken an die Drohung meines Dämons: »Ich werde in deiner Brautnacht bei dir sein!« Das war mein Todesurteil; in jener Nacht würde er sicherlich alle Mittel anwenden, um mich zu vernichten und mir so die Möglichkeit zu nehmen, in den Armen des Glücks wieder zu genesen. In jener Nacht also wollte er mit meiner Ermordung seinen Gräueltaten die Krone aufsetzen. Nun gut, sollte es so sein! Aber ohne ein verzweifeltes Ringen sollte es nicht abgehen. Blieb er Sieger, nun, dann hatte ich Frieden für immer und seine Macht über mich war zu Ende. Würde er aber besiegt, dann war ich ein freier Mann. Allerdings was für eine Freiheit? Eine Freiheit, deren sich der Landmann erfreut, nachdem er gesehen hat, wie seine Familie hingeschlachtet, seine Hütte verbrannt, seine Felder verwüstet werden, und dann heimatlos, verarmt und allein, aber frei seines Weges zieht. Solcher Art würde dann meine Freiheit sein, nur dass ich an Elisabeth noch einen Schatz besaß, dessen Wert vielleicht in all den Gewissensbissen, in all dem Schuldbewusstsein, das mich bis zu meinem Ende bedrückte, gar nicht zur Geltung kam.

Süße, heißgeliebte Elisabeth! Ich las ihren Brief, und las ihn immer wieder, und einige sanftere, frohere Gefühle schlichen sich in mein verarmtes Herz und gaukelten mir paradiesische Träume von Glück und Liebe vor. Aber der Apfel war bereits gegessen und der Engel stand mit dem flammenden Schwert vor der Pforte. Gern hätte ich mein Leben hingegeben, um sie glücklich zu machen. Wenn der Dämon seine Drohung ausführte, so bedeutete das für mich, menschlichem Ermessen nach, den Tod, und meine Verheiratung musste also die Erfüllung meines Schicksals beschleunigen. Meine Vernichtung mochte meinetwegen ein paar Monate früher kommen; denn wenn mein Peiniger merkte, dass ich, erschreckt durch seine Drohungen, meine Hochzeit hinausschob, fand er sicher bis dahin andere Mittel, um sich an mir zu rächen, viel grausamere vielleicht noch. Er hatte mir geschworen, in meiner Brautnacht bei mir zu sein, aber das verpflichtete ihn keineswegs, bis dahin sich untätig zu verhalten. Denn vielleicht um mir zu zeigen, dass sein Blutdurst noch lange nicht gesättigt sei, hatte er kurze Zeit, nachdem er die Drohung ausgestoßen, meinen Freund Clerval erwürgt. Ich war also fest entschlossen, dass die Anschläge meines Feindes auf mein Leben meine Vereinigung mit Elisabeth keine Stunde lang aufhalten durften, wenn diese oder mein Vater sie wünschten.

In dieser Verfassung schrieb ich an Elisabeth. Mein Brief war ruhig und liebevoll.

»Ich fürchte, meine Geliebte«, schrieb ich, »dass für uns nur wenig Glück mehr auf Erden blüht. Dennoch aber ist all mein Sehnen und Hoffen auf dich gerichtet. Deine Befürchtungen sind grundlos. Du allein bist es, die mein Leben heiligt und meine Hoffnung auf Frieden zu erfüllen vermag. Ich habe ein Geheimnis, Elisabeth, ein entsetzliches Geheimnis! Wenn ich es dir anvertrauen dürfte, es würde dich eiskalt überlaufen, und, statt über mein Elend überrascht zu sein, dich nur wundern, dass ich das alles ertragen habe. An unserem Hochzeitsmorgen will ich dir das Geheimnis anvertrauen, denn es soll vollkommene Klarheit zwischen uns herrschen. Und bis dahin, Geliebte, bitte ich dich, weder darüber zu sprechen, noch auch irgendeine Andeutung zu machen. Darum bitte ich dich ernstlich, und ich weiß, dass ich dich nicht vergebens gebeten habe.«

Eine Woche, nachdem Elisabeths Brief mich erreicht hatte, kamen wir in Genf an. Das teure Mädchen begrüßte mich mit heißer Freude. Aber Tränen standen in ihren Augen, als sie meine abgemagerten Hände drückte und mich auf die fieberheißen Wangen küsste. Auch sie war etwas verändert. Sie war schmaler geworden und hatte viel von der Lebhaftigkeit eingebüßt, die ihr vordem so gut gestanden hatte. Aber ihre Milde und ihr sanftes Mitleid machten sie zu einer geeigneten Genossin für einen Mann, der elend und gebrochen ist.

Die Ruhe, deren ich damals genoss, war nicht von langer Dauer. Die Erinnerungen tauchten wieder in aller Frische auf und machten mich fast wahnsinnig. Manchmal raste ich, manchmal war ich still und nachdenklich. Ich sprach mit niemand und sah auch niemand an, sondern saß regungslos in einer Ecke, erdrückt von den Qualen, die auf mich einstürmten.

Nur Elisabeth vermochte mich einigermaßen aufzuheitern. Ihre sanfte Stimme milderte meine Rasereien und flößte mir Lebensmut ein, wenn ich in trostloses Grübeln verfiel. Sie weinte mit mir und um mich. Wenn ich dann wieder vernünftig geworden war, bemühte sie sich, mir Mut zu machen. Ja, dem Unglücklichen kann man wohl Mut zusprechen, aber nicht dem Schuldigen.

Bald nach unserer Heimkehr sprach mein Vater mit mir über die bevorstehende Hochzeit. Ich verhielt mich schweigend.

»Du hast also keine andere Verpflichtung?«

»Keine! Ich liebe Elisabeth und sehe unserer Vereinigung mit Freuden entgegen. Bestimme den Tag, und dieser Tag soll es sein, an dem ich mich für Leben und Tod dem Glück der Geliebten weihe!«

»Lieber Viktor, so darfst du nicht sprechen! Wir haben sehr viel Schweres zu tragen gehabt, das ist wahr; aber wir wollen fest zusammenhalten, wir, die noch übrig geblieben sind, und unseren Lebenden die Liebe schenken, die wir für die Toten hatten. Unser Kreis wird nur mehr ein kleiner sein, aber die Gefühle treuer Liebe und das gemeinsam erlebte Missgeschick wird uns unlöslich aneinander ketten. Und bis die Zeit dein

Leid gemildert hat, werden wieder neue Wesen da sein, die die ersetzen sollen, die uns auf so grauenhafte Weise genommen worden sind.«

Aber die Trostworte meines Vaters waren doch nicht imstande, mich die Drohungen des Dämons vergessen zu machen, denn ich hielt diesen nach all den blutigen Siegen, die er bisher über mich errungen, für unüberwindlich. Und nachdem er einmal die Worte ausgesprochen: »Ich werde in deiner Brautnacht bei dir sein«, hielt ich auch mein Schicksal für unabwendbar. Aber der Tod war kein Übel für mich, wenn ich daran dachte, dass er mir ja auch meine Elisabeth hätte wegnehmen können. Ich gab deshalb fast freudig meine Zustimmung, dass die Hochzeit in zehn Tagen gefeiert werden sollte, wenn auch damit mein Geschick besiegelt war.

Großer Gott, wenn mir auch nur einmal eine Ahnung gekommen wäre, welche Absichten mein tückischer Feind hatte, ich hätte mich lieber in die wildesten Landstriche geflüchtet und wäre als ruheloser Wanderer auf Erden umhergezogen, als dass ich zu dieser unseligen Heirat mein Einverständnis erteilt hätte. Aber es war, als hätte mich das Ungeheuer mittels magischer Einflüsse über seine wahren Absichten im Dunkeln gehalten, und indem ich mich auf mein eigenes Ende gefasst machte, beschleunigte ich nur den Tod des über alles geliebten Weibes.

Je näher der Tag kam, desto mutloser wurde ich; entweder weil ich feig war oder weil mich trübe Ahnungen erfassten. Ich heuchelte aber eine gewisse Heiterkeit, die ein glückliches Lächeln auf das Gesicht meines Vaters zauberte, während die schärfer blickende Elisabeth sich nicht täuschen ließ. Sie sah hoffnungsvoll unserer Vereinigung entgegen. In diese Hoffnung aber mischte sich eine leise Furcht, dass das, was uns jetzt wirkliches, greifbares Glück bedeutete, bald in Schaum zerfließen könne.

Alle Vorbereitungen für das Fest waren getroffen und wir hatten mit freudigen Gesichtern die Gratulationsbesuche empfangen. Ich verbarg, so gut ich konnte, die quälende Angst und ging scheinbar mit Interesse auf die Pläne meines Vaters ein. Den Bemühungen meines Vaters war es gelungen, bei der österreichischen Regierung durchzusetzen, dass Elisabeth ein Teil ihres väterlichen Erbteiles wieder zurückerstattet wurde. Ein kleines Besitztum am Ufer des Comer Sees gehörte hierzu. Es wurde bestimmt, dass wir unsere Flitterwochen in der direkt am Ufer des herrlichen Sees gelegenen Villa Lavenza verbringen sollten.

Unterdessen hatte ich alle Vorsichtsmaßregeln getroffen, um mich gegen einen offenen Angriff meines Dämons zu schützen. Ich trug ständig zwei

Pistolen und einen Degen bei mir, was mir das Gefühl einer gewissen Sicherheit verlieh. Je näher der Tag der Trauung kam und je öfter man von dieser sprach, wie von einer Sache, die sicher kommen musste, desto mehr war ich geneigt, die Drohung des Dämons leichter zu nehmen.

Elisabeth sah sehr glücklich aus, wozu meine Ruhe ein gut Teil beitragen mochte. Nur an dem Tag, der uns vereinigen sollte, war sie traurig und düstere Vorahnungen quälten sie. Vielleicht lastete auch der Gedanke auf ihr, dass der kommende Tag ihr die Enthüllung meines furchtbaren Geheimnisses bringen würde. Mein Vater war überglücklich und sah in der Traurigkeit Elisabeths nichts anderes als die erwartungsvolle Unruhe der Braut.

Nachdem die Zeremonie vorüber war, versammelte sich eine große Gesellschaft im Hause meines Vaters. Elisabeth und ich sollten zu Schiff nach Evian fahren, wo wir die Nacht verbringen und die Reise am nächsten Tag fortsetzen wollten. Es war ein herrlicher Tag und der Himmel lächelte auf unser junges Glück herab.

Das waren die Augenblicke meines Lebens, in denen ich zum letzten Mal das Gefühl des Glückes hatte. Rasch ging die Reise vonstatten. Die Sonne brannte heiß auf uns hernieder, aber wir waren durch eine Art Sonnendach vor ihren Strahlen geschützt und freuten uns der wundervollen Landschaftsbilder, die an uns vorüberzogen.

Ich hielt Elisabeths Hand: »Du bist sorgenvoll, Geliebte? O wenn du wüsstest, was ich alles zu tragen hatte, und was ich noch zu ertragen haben werde, du ließest mich die Ruhe und den Frieden genießen, die ich nur diesen einen Tag zu genießen imstande sein werde.«

»Sei unbesorgt, lieber Viktor«, antwortete sie, »ich wüsste nicht, was dich traurig stimmten sollte; und sei überzeugt, wenn ich auch äußerlich mein Glück noch nicht so ganz zur Schau tragen kann, so fühle ich es doch tief im innersten Herzen. Irgendetwas raunt mir jedoch geheimnisvoll zu, mich nicht allzu freudig auf das Kommende zu verlassen, aber ich will mich bemühen, dieser düsteren Stimme kein Gehör zu geben. Sieh, wie rasch wir dahinfliegen und wie die Wolken, die um das Haupt des Montblanc wehen, das Landschaftsbild beleben. Und sieh die unzähligen Fische, die sich in der klaren Flut tummeln, in der wir jedes Steinchen am Boden unterscheiden können. Welch herrlicher Tag! Wie glücklich und heiter die ganze Natur aussieht!«

In dieser Weise versuchte Elisabeth meine und ihre düsteren Gedanken zu verscheuchen. Aber ihre Stimmung wechselte immer wieder; eine Zeit lang leuchteten ihre Augen freudig, allmählich aber nahmen sie wieder einen traurigen Ausdruck an.

Tiefer und tiefer sank die Sonne. Wir passierten die Mündung des Drance, der sich seinen Weg durch die Schluchten und Klüfte des Gebirges bahnt. Die Alpen treten hier nahe an den See heran und wir näherten uns dem mächtigen Amphitheater, das den östlichen Abschluss des Sees bildet. Schon sahen wir die Kirchturmspitze leuchtend über die Baumwipfel emporragen, die sich deutlich von den schwarzen Bergwänden abhob.

Der Wind, der uns bisher mit beträchtlicher Schnelligkeit über den See dahingetragen, legte sich und nur mehr eine leichte Brise kräuselte das Wasser zu zierlichen Wellen. In den Uferbäumen flüsterte es leise und vom Land her schwebte ein feiner Duft von Blumen und frischem Heu herüber. Als wir landeten, versank gerade die Sonne hinter den Bergen, und in dem Augenblick, da mein Fuß den festen Boden betrat, stürmten Sorge und Angst wieder auf mich ein und ich meinte den kalten Griff des Schicksals zu fühlen.

KAPITEL XXIII

EBEN HATTE ES ACHT UHR GESCHLAGEN. Wir gingen noch kurze Zeit am Ufer spazieren und freuten uns des warmen Abendscheines. Dann begaben wir uns in das Gasthaus, von wo aus wir noch beobachteten, wie die Nacht leise über Wasser, Wälder und Berge herankroch.

Unterdessen hatte sich ein starker Westwind erhoben. Der Mond stand hoch am Himmel und schickte sich zum Niedergang an. Die Nachtvögel strebten eilends Wolken dahin und verhüllten zeitweise sein Licht, und unter dem belebenden Hauch des Windes hob und senkte sich das Wasser des Sees. Nicht lange währte es, dann strömte Regen reichlich hernieder.

Den Tag über war ich ja ruhig gewesen, nun aber, da die Nacht die Umrisse aller Dinge verwischte, stieg eine unbestimmte Angst in mir auf, sodass ich bei jedem Geräusch zusammenfuhr. Meine rechte Hand hielt unter dem Anzug den Kolben einer Pistole umspannt, denn ich beabsichtigte nicht, mein Leben so leichten Kaufes hinzugeben, sondern ich wollte kämpfen, bis mein Leben oder das meines Feindes erlosch.

Elisabeth hatte schon einige Zeit in ängstlichem Schweigen mich beobachtet. In meinem Blick mochte etwas liegen, das sie mit Schrecken erfüllte, und sie fragte zitternd: »Was ist dir, Viktor? Was regt dich so auf? Und warum fürchtest du dich?«

»Friede, Liebste, Friede – nur diese eine Nacht, dann kann alles noch gut werden. Aber heute noch ist es schrecklich, wir müssen auf der Hut sein.«

Eine Stunde blieben wir noch so beisammen. Dann kam mir der Gedanke, wie gefährlich unter Umständen der Kampf für mein geliebtes Weib werden könne, und bat sie sich zur Ruhe zu begeben, fest entschlossen, erst dann zu ihr zu kommen, wenn ich sicher sein konnte, dass der Feind fern war.

Sie ging. Ich suchte alle Ecken und Winkel des Hauses ab, in denen sich das Ungeheuer hätte verbergen können. Aber keine Spur von ihm, und ich wagte zu hoffen, dass irgendein unerwarteter Zwischenfall ihn an der Ausführung seiner Drohung verhindert haben könne. Plötzlich hörte ich einen schrillen, angsterfüllten Schrei. Er kam aus dem Zimmer, in das sich Elisabeth zurückgezogen hatte. Kaum hatte ich diesen Schrei vernommen, als mir auch schon das Furchtbare zum Bewusstsein kam. Meine Arme sanken schlaff herab. Das Blut trat aus meinem Herzen zurück; ich fühlte, wie es in meinen Adern zu stocken begann und wie es in all meinen Gliedern prickelte. Nur einen Moment währte dieser Zustand. Ich stürzte nach der Richtung, aus der der Schrei zum zweiten Mal ertönte.

Großer Gott im Himmel, warum ließest du mich damals nicht tot zusammenbrechen; warum zerstörtest du mir meine einzige Hoffnung, warum vernichtetest du das beste Geschöpf, das auf Erden wandelte? Dort lag sie, quer über das Bett, leblos und bleich. Ihr Haupt hing herab und ihr Haar bedeckte zum Teil ihr verzerrtes Antlitz. Wohin ich mich auch wende, überall verfolgt mich dieses Bild. Konnte ich das ansehen und doch noch weiterleben? Ja, das Leben ist zäh und klammert sich gerade da am hartnäckigsten an, wo man es am meisten hasst. Nur einen Augenblick verlor ich die Besinnung und sank zu Boden.

Als ich die Augen aufschlug, umstanden mich Gäste und Personen des Gasthofes. Die Gesichter drückten Entsetzen aus. Ich flüchtete vor ihnen in das Zimmer, wo Elisabeth lag, meine Geliebte, mein Weib. Man hatte sie anders gelegt; ihr Kopf ruhte auf einem Arm und über Gesicht und Hals hatte man ein Tuch geworfen. Man hätte meinen können, sie schliefe. Ich eilte auf sie zu und schlang meine Arme um den Leichnam. Aber die

Schlaffheit und Kälte der Glieder ließ mich fühlen, dass das, was ich in den Armen hielt, nicht mehr die Elisabeth war, die ich geliebt und angebetet hatte. An ihrem Hals waren die Fingerabdrücke des Mörders zu erkennen und kein Atem kam mehr von den weißen Lippen.

Während ich sie so umklammert hielt, sah ich zufällig auf. Die Fenstervorhänge waren zurückgezogen und das Mondlicht flutete herein, und am Fenster sah ich, starr vor Entsetzen, die gräuliche Gestalt meines Feindes. Ein höhnisches Grinsen verzerrte sein Gesicht. Er schien zu triumphieren, denn er deutete mit dem Finger auf den Leichnam meines Weibes. Ich sprang ans Fenster, riss meine Pistole aus dem Gürtel und feuerte; aber er entkam und stürzte sich blitzschnell in den See.

Auf den Knall der Pistole kamen mehrere Leute in mein Zimmer. Ich zeigte ihnen die Stelle, wo das Gespenst verschwunden war, und wir machten uns sofort in Booten auf die Suche. Sogar Netze ließ ich auswerfen, aber vergebens. Nach einigen Stunden kehrten wir enttäuscht zurück, und einige meiner Begleiter mochten sich wohl im Stillen denken, dass das Ganze vielleicht nur eine Ausgeburt meiner Phantasie sei. Nachdem wir wieder an Land waren, begaben sich die meisten auf den Weg in die Waldungen und Weinberge, um dort nach dem Dämon zu fahnden.

Auch ich wollte mich anschließen und ging ein Stück weit mit; aber in meinem Kopf wirbelte es und ich wankte wie ein Trunkener hin und her. Schließlich verfiel ich in einen Zustand völliger Erschöpfung; vor den Augen ward es mir dunkel und meine Haut bedeckte sich mit Fieberschweiß. Man brachte mich in den Gasthof zurück und legte mich zu Bett. Meine Augen wanderten ruhelos umher, als suchten sie etwas.

Nach einiger Zeit erhob ich mich wieder, fast instinktiv, und schleppte mich in das Zimmer, wo man mein Weib aufgebahrt hatte. Eine Anzahl weinender Frauen stand herum und ich vereinigte meine Klagen mit den ihren, indem ich den Leib der geliebten Toten umschlungen hielt. Rastlos irrten meine Gedanken umher. Vom Tod Wilhelms zur Hinrichtung Justines, von der Ermordung Clervals zu der meines Weibes, und selbst in diesem Zustand kam mir der Gedanke, dass die mir noch gebliebenen Lieben der Bosheit meines Feindes ausgesetzt waren. Vielleicht röchelte mein Vater gerade unter dem grausamen Griff des Ungeheuers, während Ernst schon tot am Boden lag. Ich schauderte und raffte mich auf. Unter allen Umständen musste ich unverzüglich nach Genf zurück.

Pferde konnte ich nicht bekommen und es blieb mir also nur der Wasserweg. Allerdings war der Wind ungünstig und der Regen fiel in Strömen. Ich mietete mir Ruderer und ergriff auch selbst ein Ruder. Denn ich hatte mir bei seelischer Depression stets mit körperlicher Betätigung wieder aufgeholfen. Aber die furchtbaren Leiden, die ich erduldet, hatten mir dermaßen zugesetzt, dass ich meine Absicht nicht auszuführen vermochte. Ich warf das Ruder von mir und legte weinend das Gesicht auf den Arm. Wenn ich einen Augenblick um mich sah, erblickte ich Naturszenen, die mir von Jugend an lieb und vertraut waren und die ich noch Tags vorher mit der betrachtet hatte, die nun nur mehr ein Schatten, eine Erinnerung war. Ich wehrte meinen Tränen nicht. Der Regen hatte aufgehört und ich sah die Fische in der Flut spielen, wie ich es wenige Stunden vorher auch gesehen, und auch Elisabeths Augen hatten noch auf ihren geruht.

Aber warum soll ich noch lange bei den Ereignissen verweilen, die nach diesem letzten, schwersten Schlag eintraten. Ich habe Ihnen eine grausige Geschichte erzählt und der Höhepunkt ist erreicht. Das, was noch nachkommt, könnte sie höchstens langweilen. Nur das eine möchte ich noch sagen, dass auch alle meine noch übrig gebliebenen Angehörigen hinweggerafft wurden, sodass ich jetzt ganz allein stand. Ich bin mit meiner Kraft ziemlich am Ende und ich kann Ihnen nur mehr in kurzen Worten den Rest meiner entsetzlichen Geschichte berichten.

Ich kam in Genf an. Mein Vater und Ernst waren noch am Leben; aber der erstere brach unter dem Eindruck dessen zusammen, was ich ihm zu berichten hatte. Ich sehe ihn noch vor mir, den schönen, ehrwürdigen Greis, wie seine Augen ins Leere starrten, denn er hatte seinen Stolz, sein Glück, seine Elisabeth verloren, die ihm mehr war als eine Tochter, an der er mit seiner ganzen Liebe hing. Tausendmal verflucht sei der Dämon, der so viel Leid auf das graue Haupt meines Vaters häufte und ihm alles Glück nahm. Er musste sich niederlegen, und das Erlebte drückte ihn so schwer, dass er sich nimmer erhob. Einige Tage später starb er in meinen Armen.

Was dann mit mir geschah? Ich weiß es nicht mehr. Ich hatte die Besinnung verloren, und wenn ich hier und da wieder etwas empfand, so waren es Dunkelheit und Ketten. Oftmals träumte mir, ich wandere auf grünen Wiesen mit den Gespielen meiner Kindheit; aber wenn ich erwachte, merkte ich, dass ich in einem Gefängnis war. Es trat zunächst ein Zustand tiefster Melancholie ein und dann ward ich mir nach und nach meiner ganzen Situation bewusst. Man hatte mich für wahnsinnig erklärt und mich mehrere Monate, wie ich nachher erfuhr, in einer engen Zelle gefangen gehalten. Nun aber fielen meine Ketten.

Die Freiheit hätte für mich freilich nicht viel Wert gehabt, wäre nicht zugleich mit meinem Bewusstsein der glühende Wunsch nach Rache erwacht. Niemand anderes war schuld an all dem Leid und Unglück, das über mich hereingebrochen war, als der Dämon, den ich selbst geschaffen, den ich mutwillig auf die Welt gehetzt hatte. Rasender Zorn packte mich bei dem Gedanken an ihn und ich wünschte, ja ich betete darum, dass es mir vergönnt sein möge, an dem verruchten Ungeheuer eine furchtbare, unerhörte Rache zu nehmen.

Aber nicht lange gab ich mich nur mit fruchtlosen Wünschen ab. Ich begann sofort auf Mittel und Wege zu sinnen, wie ich den Erfolg auf meine Seite zu bringen vermöchte. Kaum ein Monat, nach dem ich wieder genesen war, stand auch mein Entschluss fertig da. Ich begab mich zu einem der Richter der Stadt und erhob Anklage gegen den Mörder meiner Familie; ich gab an, ihn zu kennen und forderte, dass mit aller Strenge gegen den Täter vorgegangen werde.

Aufmerksam und freundlich hörte mir der Richter zu. »Seien Sie überzeugt, Herr Frankenstein«, sagte er, »dass ich keine Mühe und Arbeit scheuen werde, um des Schurken habhaft zu werden.«

»Ich bin Ihnen sehr zu Dank verbunden«, entgegnete ich, »und bitte Sie, gleich jetzt meine Aussagen machen zu dürfen. Es ist allerdings eine so merkwürdige Geschichte, dass Sie nicht daran glauben würden, wenn nicht einige fest bestimmbare Daten vorlägen. Für einen Traum ist zu viel Zusammenhang darin, und außerdem habe ich ja gar keinen Grund, Unwahres vorzubringen.« Ich sprach eindringlich, aber vollkommen ruhig. Ich hatte mir fest vorgenommen, meinen Peiniger zu Tode zu hetzen. Diese Absicht gab mir Ruhe und machte mir das Leben noch lebenswert. Ich erzählte ihm also meine ganze Geschichte, kurz aber bestimmt und klar, indem ich auch die Daten zweifellos angab und es vermied, in Klagen auszubrechen oder von dem einfachen Gang der Erzählung abzuweichen.

Anfangs schien der Richter meinen Aussagen wenig Glauben beizumessen, im weiteren Verlauf aber wurde er aufmerksam. Ich konnte sogar bemerken, wie ihn manchmal das Grauen packte; zuweilen drückte sein Gesicht Erstaunen und Überraschung aus.

Als ich geendet hatte, fügte ich hinzu: »Dies also ist das Wesen, das ich des Mordes anklage und zu dessen Ergreifung ich Sie bitte Ihren ganzen

Einfluss aufzuwenden. Es ist Ihre Pflicht als Richter, und ich hoffe und glaube, dass Sie als Mensch meinen Wunsch begreifen und nicht vor der Aufgabe zurückschrecken.«

Diese Aufforderung rief eine gewaltige Änderung im Verhalten des Beamten hervor. Er hatte mir zugehört mit dem halb gutmütigen Glauben, den man solchen Geschichten von Gespenstern und übernatürlichen Vorgängen zu schenken pflegt. Als er aber sich in dieser Weise aufgefordert sah offiziell einzuschreiten, wurde es wesentlich anders. »Ich möchte ja«, sagte er milde, »Ihnen gern in jeder Hinsicht behilflich sein, aber das Wesen, von dem Sie sprachen, scheint mit Kräften und Eigenschaften ausgestattet zu sein, die alle meine Bemühungen vereiteln würden. Wer könnte diese Bestie fangen, die mühelos Gletscher überquert und sich in Höhlen und Schluchten versteckt, die kein Mensch zu betreten wagen darf? Außerdem sind ja Monate verflossen, seit sich das alles ereignet hat, und wer könnte sagen, wohin er sich gewendet hat, wo er sich jetzt aufhält?«

»Ich hege nicht den geringsten Zweifel, dass er sich in allernächster Nähe aufhält; und wenn er tatsächlich sich in den Gebirgsschluchten verbirgt, so muss man ihn eben verfolgen wie eine Gämse und ihn zur Strecke bringen. Aber ich errate Ihre Gedanken; Sie schenken mir nicht vollen Glauben und haben nicht die Absicht, meinen Feind der Strafe zuzuführen, die er verdient hat.«

Während ich so sprach, mochte es in meinen Augen zornig geblitzt haben, denn der Richter sagte eingeschüchtert: »Sie irren sich. Ich werde bestrebt sein, so weit es in meiner Macht steht, das Ungeheuer zu fangen und es nach seinen Verbrechen zu bestrafen. Aber nach allem, was Sie mir berichtet haben, glaube ich nicht, dass es sich wird ermöglichen lassen, und Sie werden enttäuscht sein.«

»Das ist undenkbar; aber mein brennender Rachedurst lässt Sie ja kalt. Jetzt kann ich es Ihnen ja eingestehen: es ist mein einziger, leidenschaftlicher Wunsch, meinen Feind zu vernichten. In mir empört sich alles, wenn ich daran denke, dass der Mörder, den ich schuf, noch unter uns Menschen weilt. Sie verweigern mir also die Erfüllung meiner Bitte? Gut, ich werde mir dann auch allein zu helfen wissen und mich mit Leib und Seele meiner Aufgabe widmen.«

Ich zitterte vor Erregung. Leidenschaftlich wallte mein Blut und in meinem Verhalten mag etwas von der fanatischen Wildheit gelegen haben, das vor Zeiten den Märtyrern innegewohnt haben soll. Aber für einen

Genfer Richter, dessen Seele ja so unendlich weit von dem entfernt ist, was mit Heroismus zusammenhängt, hatte mein Verhalten nichts anderes bedeutet als die Wutausbrüche eines Irren. Er gab sich Mühe, mich zu beruhigen und sprach sanft auf mich ein, wie eine Wärterin auf ein Kind.

»Mensch«, schrie ich, »Ihr seid töricht in eurer eingebildeten Weisheit. – »Schweigen Sie, Sie wissen ja nicht, was Sie reden!« antwortete er.

Wütend stürmte ich aus dem Haus und zog mich in die Einsamkeit zurück, um über mein weiteres Vorgehen nachzudenken.

Kapitel XXIV

Ich war meiner selbst nicht mehr mächtig. Ich hatte nicht Ruhe, nicht Rast. Der Gedanke, mich zu rächen, erfüllte mich mit Mut und Tatkraft und gab meinem Sinnen die Richtung; er allein ließ mich gefasst und überlegen erscheinen.

Vor allem musste ich Genf verlassen, das stand fest. Das Land, das ich in Zeiten des Glücks und des Friedens so heiß geliebt, war mir nun in meinem Jammer verhasst. Ich nahm eine Summe Geldes und einige Wertsachen, die meiner Mutter gehört hatten, zu mir und reiste ab.

Und nun begann meine Wanderschaft, die erst mit meinem Leben zu Ende gehen wird. Ich habe weite Erdstriche durchzogen und alle Leiden erduldet, die jeder zu ertragen hat, der Wüsten und unbewohnte Länder durchreist. Wie ich gelebt habe, weiß ich heute nicht mehr. Oftmals habe ich meine müden Glieder im Wüstensand gebettet und Gott angefleht, dass er mich zu sich nehme. Aber immer wieder trieb mich der Rachedurst auf und weiter. Ich durfte nicht leben und meinen Feind auf der Erde zurücklassen.

Als ich Genf verließ, war es mein erstes, Anhaltspunkte zu suchen, wohin sich der Dämon gewendet haben könnte. Aber ich hatte keinen Erfolg. Viele, viele Stunden streifte ich in der Umgebung der Stadt umher, unentschlossen, welchen Weg ich gehen sollte. Am Abend stand ich am Eingang des Friedhofes, wo Wilhelm, Elisabeth und mein Vater ruhten. Ich trat ein und näherte mich ihrem Grabstein. Alles war still, nur die Blätter der Bäume flüsterten im Winde. Es war schon sehr dunkel. Die Geister der Verstorbenen schienen sich aus den Grüften erhoben zu haben und unsichtbar, aber wohl fühlbar, das Haupt des einsam Trauernden zu umschweben.

Die tiefe Ergriffenheit wich bald heftigem Zorn und furchtbarer Verzweiflung. Sie waren tot, die da unten schliefen, und ich lebte noch. Aber auch den Mörder trug noch die Erde, und nur, um ihn zu vernichten, musste ich mein Leben weitertragen. Ich kniete vor dem Hügel nieder, küsste die heilige Erde und rief mit bebenden Lippen: »Bei dem geweihten Boden, auf dem ich knie, bei den geliebten Schatten, die mich umschweben, bei meinem ewigen, tiefen Leid schwöre ich, und bei dir, du stille Nacht: ich will den Dämon verfolgen und nicht rasten, bis einer von uns beiden im erbitterten Kampf fällt. Darum allein will ich mein Leben erhalten; und nur um der Rache willen werde ich noch das Licht der Sonne schauen. Und ich rufe euch, selige Geister, und euch, ihr geheimnisvollen Diener der Rache, helft mir und unterstützt mich in meinem schweren Werk. Das verfluchte, höllische Ungeheuer soll in Todesnot röcheln und Verzweiflung soll es erdrücken; eine tiefere Verzweiflung, als sie je mich marterte.«

Feierlich war mir zu Mute nach diesem Schwur und ich wusste, dass die Schatten der Gemordeten ihn gehört hatten.

Durch die Nacht aber erscholl ein grelles, höhnisches Lachen, laut und schrill, dass es an den Bergwänden widerhallte. Als es dann wieder ruhig wurde, vernahm ich die wohlbekannte, verhasste Stimme nahe an meinem Ohr: »Ich bin nun zufrieden, elender Zwerg. Du kannst weiterleben, wenn du willst, aber ich bin zufrieden.«

Rasend vor Wut sprang ich auf die Stelle zu, von der her die Stimme ertönte; blitzschnell jedoch hatte sich der Unhold meinem Griff entwunden. Im Schein des Vollmondes, der sich gerade über den Horizont erhob, erkannte ich die gespenstische, gräuliche Gestalt, wie sie in übernatürlicher Geschwindigkeit dahinfloh.

Ich verfolgte ihn, und seit Monaten nun ist das mein Zweck und Ziel. In den Windungen der Rhone entlang ging sein Weg und ich war ihm auf den Fersen. Bald leuchtete mir das tiefe Blau des Mittelmeeres entgegen und durch einen seltsamen Zufall entdeckte ich meinen Feind, wie er sich gerade auf ein Schiff begab und sich dort versteckte. Das Schiff sollte nach dem Schwarzen Meer in See gehen. Trotzdem ich mit dem gleichen Schiff fuhr, entkam er mir doch auf rätselhafte Weise.

Durch die Wildnisse der Tartarei und Russlands führte seine Spur, der ich unermüdlich folgte. Manchmal zeigten mir Landleute, noch erschreckt von seiner Hässlichkeit, den Weg, der er gegangen. Zuweilen aber hinterließ er selbst absichtlich ein Zeichen, vielleicht weil er befürchtete, ich könnte die Jagd aufgeben und mich zum Sterben niederlegen. Als dann dichter Schnee niederfiel und die Erde verhüllte, konnte ich leicht die ungefügen Fußstapfen des Fliehenden erkennen.

Sie treten ja erst ins Leben ein, und Sorge und Leid ist Ihnen fremd; daher werden Sie auch kaum verstehen, was ich fühlte und heute noch fühle. Kälte, Entbehrungen und Erschöpfung waren meine geringsten Leiden; ich war einem bösen Geiste verfallen und trug eine Hölle in meiner Brust. Aber auch gute Engel schwebten um mich und meine Wege. Und gerade, wenn ich am meisten murrte, halfen sie mir über die scheinbar unüberwindlichen Schwierigkeiten hinweg. Oftmals, wenn ich von Hunger gepeinigt niedersinken wollte, ward mir in der Wüste eine Mahlzeit bereitet, die mich stärkte und erfrischte. Einfach war sie ja, so wie sie eben die Landleute essen; aber ich hege keinen Zweifel, dass dabei die guten Geister ihre Hand im Spiele hatten, deren Hilfe ich angerufen. Und wenn alles trocken, der Himmel wolkenlos war, dann erschien auf mein heißes Flehen eine kleine Wolke, erfrischte mich mit ihrem Nass und zerfloss wieder.

Wenn irgend möglich, hielt ich mich am Ufer von Flüssen; aber gerade diese vermied der Dämon, weil sich hier die Bevölkerung dichter angesiedelt hatte. Die Wege, die er suchte, führten fernab von menschlichen Wohnstätten. Die Tiere des Waldes und des Feldes, die meine Pfade kreuzten, mussten mir dazu dienen, mein Leben zu fristen. Ich hatte Geld bei mir und gewann mir das Zutrauen der wenigen Menschen, die mir begegneten, durch meine Freigebigkeit. Oftmals auch verfuhr ich in der Weise, dass ich getötetes Wild, nachdem ich meine kleine Portion davon genossen, denen überließ, die mir Herd und Obdach gewährt hatten.

Es war wirklich ein elendes Dasein, das ich da fristete, und nur im Schlaf empfand ich zuweilen noch etwas wie Glück. Gesegneter Schlaf! Wenn ich auch noch so elend war, brauchte ich mich nur zur Ruhe zu legen, um in glücklicheren Sphären zu schweben. Die Schatten meiner Lieben waren es sicherlich, die mir diese glücklichen Augenblicke, oder besser gesagt Stunden, verschafften, damit ich aus ihnen die Kraft schöpfte, die ich zur Durchführung meiner Absicht bedurfte. Wäre mir dieser Trost versagt geblieben, ich wäre sicher unter den unsäglichen Mühsalen zusammengebrochen. Den ganzen Tag schon freute ich mich auf die Nacht, denn dann sah ich wieder mein Weib und meine teure Heimat und das liebe Gesicht meines Vaters. Ich hörte die silberne Stimme meiner Elisabeth und sah meinen Freund Clerval in seiner ganzen Kraft bei mir. Oftmals redete ich mir ein, dass die Mühsale, die ich unterwegs ertrug, nur ein schwerer Traum, die Gesichte der Nacht aber freundliche Wirklichkeit seien. In solchen Momenten erstarb die Rachsucht fast ganz in meinem Herzen und ich folgte dem mir gewiesenen Pfad mehr als einem mir von oben gegebenen unbewussten Impuls, als einem inneren Bedürfnis.

Was der empfand, den ich verfolgte, weiß ich nicht. Mehrere Male fand ich Inschriften von ihm auf Baumrinden oder Steinen, die mir den Weg wiesen und meine Wut von Neuem anstachelten. »Meine Herrschaft ist noch nicht vorüber«, so las ich z. B. einmal auf einem Felsblock, »du lebst, und das ist es, was ich will. Komm; ich gehe zu den Regionen des ewigen Eises, wo du unter dem furchtbaren Frost leiden wirst, gegen den ich unempfindlich bin. Du wirst nicht weit von hier einen toten Hasen finden, aber beeile dich; iss ihn, und du wirst dich wieder neu gestärkt fühlen. Komm, mein Feind, wir haben noch um unser Leben zu würfeln, aber noch viel Schmerz und Trübsal wird dir bis dahin zuteil werden.«

Spöttischer Teufel! Wieder schwor ich mir, mein Rachewerk nicht aufzugeben, sondern meinen Peiniger einem grausamen Tod zu überliefern. Lieber wollte ich zu Grunde gehen als meinen Plan aufgeben. Mit welcher Freude werde ich mich mit denen vereinigen, die mir im Tode vorausgegangen waren, und mich entschädigen für all das Leid meines Lebens und die Qualen meiner letzten Fahrt!

Je weiter ich nach Norden kam, desto tiefer wurde der Schnee, desto schärfer die Kälte, sodass ich oft nicht mehr glaubte sie ertragen zu können. Die wenigen Bewohner dieser Landstriche hielten sich in ihren Hütten verborgen, und nur die Kühnsten von ihnen wagten es dem Frost zu trotzen, um das Wild zu fangen, das, von der Kälte erstarrt aus seinen Schlupfwinkeln kam, um Futter zu suchen. Die Flüsse waren von einer festen Eisdecke überspannt, und Fische, von denen ich sonst zum größten Teil lebte, waren nicht zu haben.

Je größer die Mühseligkeiten wurden, die ich zu überwinden hatte, desto lauter triumphierte mein Feind. Eine seiner Inschriften lautete: »Mache dich auf Schweres gefasst; deine Leiden beginnen ja jetzt erst. Hülle dich vorsorglich in Pelze und sorge, dass dir die Vorräte nicht ausgehen; denn bald kommen wir in Landstriche, wo du so Furchtbares zu dulden haben wirst, dass selbst meine unauslöschliche Rachsucht zufriedengestellt sein wird.«

Durch diese höhnischen Aufforderungen wurden mein Mut und meine Ausdauer immer wieder neu belebt. Ich bat den Himmel um Kraft und durchzog die unendlichen Ebenen, bis der Ozean am Horizont erschien wie eine graue Barriere. O wie anders ist doch das Meer, das im Süden blaut! Mit Eis bedeckt, unterschied es sich vom festen Land nur durch seine Zerrissenheit und Wildheit. Die Griechen weinten einst vor Freude, als sie von der Höhe des Gebirges aus das Mittelmeer erblickten, und jubelten, weil endlich ihre Mühsalen zu Ende gingen. Ich weinte nicht, aber ich sank auf die Knie und dankte meinem guten Geist, dass er mich so weit geführt, meinem Feind zum Trotz, den ich nun bald fassen und niederringen durfte.

Schon einige Wochen war es her, dass ich mir einen Schlitten und Hunde angeschafft hatte, mit denen ich in fliegender Hast die Schneewüsten durchquerte. Ich weiß nicht, ob mein Feind sich derselben Mittel bediente; aber wenn ich bisher immer weiter hinter ihm zurückgeblieben war, so kam ich ihm jetzt doch wieder näher. Als ich den Ozean schaute, war er mir mehr als eine Tagesreise voraus, und ich hoffte, mit ihm zugleich den Strand zu erreichen. Ich spannte deshalb alle meine Kräfte an und kam nach zwei Tagen an einen einsamen Weiler in der Nähe der Küste. Ich fragte die Bewohner nach dem, den ich verfolgte, und erhielt genaue Auskunft. Ein gigantisches Ungeheuer, erzählten sie mir, sei in der vorhergehenden Nacht angekommen. Es sei mit einer Flinte und Pistolen bewaffnet gewesen und habe durch sein schreckliches Aussehen alle in Furcht versetzt, sodass sie aus ihren einsamen Hütten flohen. Er hatte ihnen ihre ganzen Wintervorräte weggenommen und sie auf einen Schlitten verladen, der mit einer Menge Hunde bespannt war. In der gleichen Nacht sei er dann zur Freude der geängstigten Bewohner in das zugefrorene Meer hinausgefahren, und zwar in einer Richtung, in der kein Land lag. Sie seien der Ansicht, dass er von den berstenden Schollen verschlungen werden oder in der grimmigen Kälte zu Grunde gehen müsse.

Als ich das vernahm, packte mich, wenn auch nur einen Moment lang, die Verzweiflung. Er war mir entwischt und eine endlose Jagd durch die Eisschollen des Meeres stand mir bevor, die sicherlich meinen Tod herbeiführen musste, denn ich, als Kind eines freundlichen, sonnigen Landes, durfte nicht hoffen, der Kälte Trotz bieten zu können, die selbst jene rauen Menschen, die diese Gegenden als Pelzjäger aufsuchten, nur kurze Zeit zu ertragen vermochten. Aber der Gedanke, dass mein Feind noch lebte, brachte jedes Bedenken zum Schweigen. Nach einer knapp bemessenen Ruhepause machte ich mich wieder auf den Weg, nachdem ich meinen Landschlitten mit einem für die Fahrt über Eis mehr geeigneten vertauscht und mich mit hinreichenden Vorräten versehen hatte.

Wie lange ich seitdem unterwegs bin, weiß ich nicht. Aber die furchtbaren Mühseligkeiten hielt ich nur aus, weil mich der Gedanke an die baldige Rache aufpeitschte. Ungeheure Eisberge versperrten mir oftmals den Weg und unter mir rauschte das Wasser des Ozeans, das mich zu verschlingen drohte. Aber der Frost hielt sie in Banden, sodass ich sicher darüber hinwegglitt.

Nach dem Verbrauch an Lebensmitteln zu urteilen, war ich etwa drei Wochen unterwegs, und die Verlängerung meiner Qualen presste mir manchmal heiße Tränen aus den Augen. Ich begann schon die Hoffnung aufzugeben, meine einzige Stütze in all dem Elend. Eines Tages hatten meine treuen Tiere eben den Schlitten einen steilen Abhang hinaufgezogen; eines von ihnen war dann tot zusammengebrochen und ich starrte hinaus in die endlose Weite. Da plötzlich sah ich am dämmrigen Horizont einen dunklen Fleck, der sich rasch vorwärts bewegte. Ich strengte meine Augen an und stieß dann einen wilden Freudenschrei aus. Ich hatte einen Schlitten erkannt und in ihm die mir so wohlbekannte, verhasste Ungestalt. Wie ein Sonnenstrahl drang es in mein Herz. Heiße Tropfen rannen mir aus den Augen, die ich hastig wegwischte, damit sie mir den Ausblick nach meinem Feind hin nicht verschleierten. Aber immer wieder wurden mir die Augen feucht und schließlich konnte ich mich nicht mehr halten und weinte laut.

Aber jede Minute war kostbar. Ich befreite die Hunde von ihrem toten Genossen und gab ihnen reichlich Futter; und nach einer Stunde Rast, die uns so bitter not tat und doch so verderblich sein sollte, setzte ich die Jagd fort. Der Schlitten war immer noch sichtbar und ich verlor ihn nicht aus den Augen, außer wenn er gerade einmal hinter einer der hohen Eisschollen verschwand. Ich gewann sichtlich an Terrain, und als ich nach weiteren zwei Tagen meinen Feind nur mehr eine Meile von mir entfernt erblickte, jubelte ich.

Aber jetzt, da ich meinte, nur die Hand nach ihm ausstrecken zu müssen, wurden meine Hoffnungen plötzlich vollkommen vereitelt und ich verlor die Spur des Dämons gründlicher als je zuvor. Ich vernahm das gewaltige Brüllen der See unter mir, das immer mehr anschwoll. Ich wusste, was das zu bedeuten hatte, und setzte die letzten Kräfte meiner Tiere ein. Aber vergebens! Ein starker Wind erhob sich, die Eisfläche zitterte wie unter einer mächtigen Erschütterung und mit einem grellen, lauten Klang barst die blendende Fläche. Und wenige Minuten später rollten dunkle Wogen zwischen mir und meinem Feinde. Ich trieb auf einem losgerissenen Eisstück davon, das zusehends kleiner wurde, und machte mich auf mein baldiges grausiges Ende gefasst.

Schlimme Stunden habe ich da verlebt. Mehrere von meinen Hunden erlagen der grimmigen Kälte und auch ich selbst gab langsam die Hoffnung auf. Plötzlich sah ich Ihr Schiff, das davor Anker lag. Neuer Lebensmut rieselte mir durch die Adern und zugleich dachte ich freudig daran, dass ich mit Ihrer Hilfe vielleicht mein Werk zu Ende führen können würde. Ich hatte ja nie daran gedacht, dass ich so hoch da oben einem Schiff begegnen könnte. Schnell zerschlug ich meinen Schlitten und konstruierte mir ein paar Ruder, mit deren Hilfe ich meine Eisscholle dem Kutter entgegensteuerte. Ich hatte mir aber fest vorgenommen, falls Sie nach Süden abfahren sollten, mich wieder dem Eis anzuvertrauen und keinesfalls meinen Plan aufzugeben. Ich hegte die Hoffnung, dass Sie mir ein Boot zur Verfügung stellen würden, in dem ich die Verfolgung meines Peinigers wieder aufnehmen könnte. Aber Sie fuhren nach Norden, und hier gehe ich meinem Ende entgegen, das ich nur fürchte, weil meine Aufgabe noch nicht erfüllt ist.

Wann wird wohl mein guter Engel mich zur Ruhe betten, der ich so sehr bedarf, wenn ich meinen Dämon vernichtet habe; oder soll ich sterben, wenn er noch lebt? Wenn das eintreten sollte, so schworen Sie mir, Walton, dass Sie die Verfolgung aufnehmen und ihn nicht lebend entkommen lassen. Rächen Sie mich an ihm! Und dennoch, darf ich es Ihnen denn zumuten, das alles zu erdulden, was ich erduldet? Nein! Aber ich bitte Sie, wenn ich tot bin und er kreuzt irgendwo Ihre Wege, geleitet von den Geistern der Rache, ihn zu töten; schwören Sie mir das! Er soll nicht triumphieren über mein Weh und seinen Schandtaten noch neue hinzufügen. Er ist beredsam und seine Worte sind einschmeichelnd; sie hatten ja einst sogar mich betört. Aber trauen Sie ihm nicht; seine Seele ist ebenso hässlich wie sein Leib, voll von Bosheit und fanatischer Tücke. Hören Sie nicht auf ihn; nennen Sie die Namen: Wilhelm, Justine, Clerval, Elisabeth, meines Vaters und den des armen Viktor, und stoßen Sie ihm dann Ihren Degen in die Brust. Mein Geist wird in Ihrer Nähe sein und Ihnen die Klinge führen.

26. August 17..

Du hast diesen seltsamen und furchtbaren Bericht gelesen, und fühlst du nicht dein Blut erstarren? Oftmals ergriff den Erzähler die Todesangst, sodass er aufhören musste. Dann fuhr er wieder fort mit bebender Stimme das Weh zu schildern, das sein Teil geworden auf Erden. Bald glühten seine schönen Augen vor Zorn, bald wurden sie trüb oder schwammen in Tränen, wenn er so seine Hoffnungslosigkeit und sein Elend schilderte. Zumeist war er Herr seiner Stimme und seiner Gebärden; manchmal aber kam doch seine Wut zum Ausbruch und er schleuderte mit den Ausdrucke des wildesten Hasses furchtbare Verwünschungen gegen seinen Feind.

Die Geschichte ist zusammenhängend und wurde mit aller Schlichtheit, wie sie nur der Wahrheit innewohnt, erzählt. Ich gestehe dir aber, dass mir die Briefe von Felix und Safie und der Anblick des Ungeheuers, das wir ja vom Schiffe aus gesehen hatten, mehr für die Wahrheit bewiesen als alle seine Beteuerungen, denen ich unter anderen Umständen ohne weiteres Vertrauen geschenkt hätte. Also ein solches Ungeheuer trug wirklich die Erde? Ich kann nicht mehr daran zweifeln. Aber staunen muss ich darüber. Oftmals versuchte ich, von Frankenstein Details über seine Entdeckung zu erfahren, aber in dieser Hinsicht war er unerbittlich.

»Sie sind ja wahnsinnig, mein Freund«, sagte er, »oder sind Sie so neugierig? Wollen Sie auch sich und der Welt einen solchen satanischen Feind schaffen? Denken Sie daran, was ich darunter zu leiden hatte, und versuchen Sie nicht, sich selbst solches Elend aufzubürden.«

Frankenstein hatte bemerkt, dass ich mir Aufzeichnungen über seine Erzählung machte. Er bat mich, sie ihm zu zeigen und verbesserte und ergänzte sie an manchen Stellen, besonders wo es sich um das Leben des Dämons und um seine Gespräche mit ihm handelte. »Ich möchte nicht«, sagte er, »nachdem Sie nun doch einmal meine Geschichte der Nachwelt überliefern wollen, dass sie verstümmelt an diese gelangt.«

Eine Woche hatte es gedauert, bis diese Geschichte, die seltsamste, die ich je gehört, ganz erzählt war. Mein Gast hatte mir mit seinen Worten, aber auch durch sein vornehmes Wesen hohes Interesse eingeflößt und ich versuchte ihn zu beruhigen. Doch was half das, wenn ich einem tief Unglücklichen und jeglicher Hoffnung Beraubten Freude am Leben predigte? Nichts; er hatte auch gar keinen anderen Wunsch mehr, als sich in Ruhe und Frieden auf den Tod vorzubereiten. In seinen Träumen hält er Zwiesprache mit seinen lieben Toten und ist fest überzeugt, dass sie selbst es sind, die aus den unsichtbaren Welten herüberschweben und ihm Trost zusprechen. Dies gibt seinen Phantasien einen Schimmer von Wahrheit, der zugleich erhebt und rührt.

Unsere Gespräche beschränken sich aber nicht auf seine Lebens- und Leidensgeschichte. Er ist auf allen Gebieten außergewöhnlich bewandert und von hoher Intelligenz. Er spricht überzeugend und klar. Was für ein prächtiger Mensch muss er in den Tagen des Glückes und der Jugend gewesen sein! Er scheint sich seines einstigen Wertes und der Tiefe seines Sturzes wohl bewusst zu sein.

»Als ich noch jung war«, sagte er, »glaubte ich für etwas Hohes, Erhabenes ausersehen zu sein. Ich hatte eine tiefe Empfindung, dabei aber doch eine Ruhe des Urteils, wie sie nicht alltäglich ist. Dieses Gefühl meines eigenen Wertes stützte mich da, wo andere längst unterlegen waren. Und ich hielt es für ein Verbrechen, in fruchtlosem Grübeln die Talente verkümmern zu lassen, die meinen Mitmenschen vielleicht von Nutzen sein konnten. Wenn ich darüber nachdachte, was ich vollbracht, nämlich die Schöpfung eines lebenden, denkenden Wesens, dann glaubte ich ein Recht zu haben, mich über den großen Haufen der sogenannten Entdecker zu erheben. Aber gerade dieser Umstand ist es, der mich heute am Tiefsten niederdrückt. All mein Sinnen und Hoffen war umsonst; und wie jener Erzengel, der dem Allmächtigen Trotz zu bieten wagte, bin ich in eine brennende, ewige Hölle verbannt. Ich trug den Himmel in mir, ich jubelte über meine Erfolge und glühte vor Eifer, noch weiter zu schreiten auf der einmal betretenen Bahn. Von meiner Kindheit an war ich voll stolzer Hoffnungen und voll zügellosen Ehrgeizes. Wie tief aber bin ich heute gesunken! Mein Freund, wenn Sie mich noch gekannt hätten, wie ich früher war, Sie würden mich nicht mehr erkennen. Verzweiflung war mir fremd, und ein großes, hohes Geschick schien mir Flügel zu verleihen, bis ich tief, so tief fiel, dass ich mich nicht mehr erheben kann.«

Muss ich also wirklich dieses liebenswerte Geschöpf verlieren? Ich habe mich so lange nach einem Freund gesehnt, nach einem Menschen, der mir in Liebe zugetan ist und mich versteht. Sieh, in diesen endlosen Eiswüsten habe ich ihn gefunden; aber ich fürchte, ich habe ihn nur gefunden, um seinen Wert zu erkennen und ihn dann zu verlieren. Ich habe alles versucht, um ihn das Leben wieder lieben zu lehren, aber er will nichts davon wissen.

»Ich danke Ihnen, Walton«, sagte er, » für Ihre freundlichen Bemühungen um mich Armen. Aber glauben Sie nicht, dass mir neue Bande und neue Liebe das zu ersetzen vermöchten, was ich verloren. Kann mir ein Mann je noch das sein, was mir Clerval, oder ein Weib das, was mir Elisabeth war? An den Genossen unserer Jugend hängen wir so fest, dass die Neigungen späterer Jahre sie nicht aus unseren Herzen zu verdrängen vermögen. Und ich habe Freunde gehabt, die mir nicht nur durch Gewohnheit lieb geworden waren, sondern um ihrer selbst willen. Wo immer ich weile, flüstern mir die Stimmen Elisabeths und Clervals an das Ohr. Sie sind tot, und nur eines ist es, was mich in dieser Öde noch an das Leben kettet. Hätte ich noch ein Ziel, das, hoch und erhaben, der Menschheit von Nutzen sein könnte, dann, ja dann könnte ich mich entschließen weiter zu leben. Aber das ist mir nicht beschieden! Ich habe nichts mehr weiter zu tun, als das Ungeheuer, das ich schuf, zu verfolgen und zu vernichten. Dann ist mein Erdenzweck erfüllt und ich kann mich schlafen legen.«

*

2. September 17..

Liebste Schwester!

Heute schreibe ich dir, umgeben von den schlimmsten Gefahren, und weiß nicht, ob ich je wieder mein geliebtes England und die teuren Menschen, die mir dort noch leben, erblicken werde. Ringsum türmen sich Eisberge von ungeheurer Höhe, die ein Entkommen ganz unmöglich erscheinen lassen und jeden Augenblick mein Schiff zermalmen drohen. Die braven Burschen, die ich überredet habe, an meinem Unternehmen sich zu beteiligen, schauen stumm und hilfesuchend auf mich. Aber ich kann ihnen keinen Trost gewähren! Es ist ein furchtbar niederdrückendes Gefühl, aber mein Mut und meine Hoffnung sind noch ungebrochen. Es tut mir in der Seele weh, zu wissen, dass ich, wenn wir zu Grunde gehen müssen, mit meinen ehrgeizigen Plänen allein die Schuld trage.

Und wie wird dir zu Mute sein, Margarethe? Du wirst von meinem Untergang ja nichts erfahren und sehnsüchtig meiner Rückkehr harren. Jahre werden dann vergehen, in denen du zwischen Hoffen und Verzweifeln schwankst. O liebe Schwester, dein Leid betrübt mich mehr als mein eigenes Ende. Aber du hast ja deinen Mann und deine lieben

Kinder, mit denen du glücklich sein kannst. Der Himmel segne dich und sie alle.

Mein unglücklicher Gast fühlt tiefes Mitleid mit mir. Er versucht mich aufzumuntern und spricht, als habe das Leben auch für ihn noch Wert. Er erinnert mich oft daran, wie das Gleiche auch schon anderen Seefahrern vor mir geschehen sei, die in diese ungastlichen Meere kamen, und erweckt in mir Hoffnungen, von denen ich sicher weiß, dass sie trügerisch sind. Auch die Mannschaft unterliegt der Macht seiner Beredsamkeit, ihre Zaghaftigkeit weicht frischer Energie, und er redet ihnen ein, diese Eisberge seien Maulwurfhaufen, die vor der Macht des Menschen in Nichts zerfallen. Aber lange hält die gute Stimmung nicht an. Jeder Tag vergeblicher Bemühungen wirkt deprimierend auf ihre Gemüter ein und ich habe mich schon auf eine Meuterei gefasst gemacht, wenn das noch lange so weiter geht.

*

5. September 17..

Eben hat sich etwas ereignet, das ich für dich niederschreiben muss, wenn ich auch nicht hoffen darf, dass dich diese Zeilen je erreichen.

Wir sitzen immer noch fest mitten in den Eisbergen und müssen immer damit rechnen, von ihnen zermalmt zu werden. Die Kälte ist furchtbar, und mancher meiner treuen Genossen hat schon sein Grab unter diesem düsteren Himmel gefunden. Frankenstein wird von Tag zu Tag elender. Fieberglut leuchtet aus seinen Augen. Er ist völlig erschöpft, und wenn er sich auch zuweilen aufrafft, so versinkt er wenige Augenblicke danach wieder in Apathie.

Ich habe schon früher meinen Befürchtungen, es könnte eine Meuterei ausbrechen, Ausdruck gegeben. Heute morgen, als ich am Bett meines armen Freundes saß, der mit halb geschlossenen Augen und schlaffen Gliedern dalag, hörte ich draußen Lärm und Stimmengewirr. Es war ein halbes Dutzend meiner Matrosen, die mich zu sprechen verlangten. Sie traten ein und einer von ihnen ergriff das Wort. Er sagte mir, dass er und die, die mit ihm gekommen waren, von den übrigen Matrosen als Deputation zu mir geschickt worden seien, um eine Bitte vorzutragen, die ich gerechterweise nicht abschlagen könne. Wir seien vom Eis umschlossen und würden ja wohl nie wieder frei werden. Aber sie fürchteten, dass ich, wenn wider Erwarten dieser Fall eintreten sollte, kühn genug wäre, noch weiter nach Norden vorzudringen und sie in neue

Gefahren brächte. Sie verlangten deshalb, dass ich ihnen das feierliche Versprechen gebe, meinen Kurs südwärts zu richten, wenn ein gütiges Schicksal uns aus diesen Eismassen befreite.

Diese Worte verwirrten mich. Ich hatte die Hoffnung noch lange nicht aufgegeben; auch hatte ich nie daran gedacht umzukehren, wenn ich wieder freies Fahrwasser hätte. Aber konnte ich es wagen, mich der Forderung meiner Leute zu widersetzen? Ich zögerte noch zu antworten, da erhob sich Frankenstein, der bisher teilnahmslos dagelegen hatte, im Bett. Seine Augen funkelten und über seine Wangen huschte ein flüchtiges Rot. Zu den Mannschaften gewendet, sagte er:

»Was wollt ihr hier? Was verlangt ihr von eurem Kapitän? Seid ihr so wankelmütig? Und das nennt ihr dann eine ruhmreiche Expedition? Und warum war sie ruhmreich? Nicht weil ihr ruhig und friedlich in einem stillen Meer gekreuzt habt, sondern weil sie gefahrvoll und schrecklich war; weil bei jedem neuen Hindernis euer Mut gestiegen ist; weil Not und Tod euch umgaben, denen ihr wacker die Stirn geboten habt. Das ist ein ruhmreiches, ein lobenswertes Unternehmen. Man wird euch preisen als Helden und wird euch verehren, weil ihr zum Nutzen der Menschheit die Ehre dem Tod abgerungen habt. Und nun, bei der ersten ernstlichen Gefahr, bei der ersten Prüfung eures Mutes wollt ihr verzagen und schämt euch nicht als Leute zurückzukehren, die nicht Kraft genug hatten, der Kälte und der Gefahr zu trotzen. Arme, ängstliche Seelen seid ihr, die am liebsten hinter dem warmen Ofen hocken. Dazu hätte es nicht dieser Vorbereitungen bedurft; Schurken seid ihr, wenn ihr euren Kapitän zwingen wollt, unverrichteter Dinge umzukehren. Ich bitte euch, seid doch Männer, stark und unbezwinglich wie Felsen, und bleibt eurem Vorsatz treu. Dieses Eis ist nicht so fest wie euer Wille und kann euch nicht widerstehen, wenn ihr nur ernstlich wollt. Kehrt nicht zu euren Familien zurück mit der Schande beladen. Kehrt zurück als Helden, die gekämpft und gesiegt und die niemals dem Feinde den Rücken gekehrt haben.«

Er sprach dies so ausdrucksvoll und begeistert, dass die Leute schwankend wurden. Sie sahen einander an und wussten nicht, was sie antworten sollten. Dann ergriff ich das Wort. Ich befahl ihnen, sich zurückzuziehen und sich die Sache zu überlegen. Ich versprach ihnen, nicht weiter nach Norden vorzudringen, wenn sie darauf bestünden;

aber ich hoffe, dass nach einigem Nachdenken auch ihr bewährter Mut zurückkehren werde.

Sie gingen und ich wandte mich zu meinem Kranken; aber dieser war ohnmächtig.

Wie das alles enden soll, weiß ich nicht. Aber das weiß ich, dass ich lieber stürbe, als schmählich den Rückzug anzutreten, ohne meine Aufgabe erfüllt zu haben. Aber ich fürchte beinahe, dass es doch so wird kommen müssen. Die Leute, denen die hohen Begriffe von Ruhm und Ehre mangeln, werden sich kaum freiwillig dazu entschließen, neue Mühen und Gefahren auf sich zu nehmen.

*

7. September 17..

Der Würfel ist gefallen. Ich habe versprochen umzukehren, wenn wir nicht zu Grunde gehen. So sind also meine schönsten Hoffnungen der Schurkerei und Verzagtheit zum Opfer geworden. Ich trete unwissend und enttäuscht die Heimfahrt an. Es bedarf größerer Resignation, als ich sie besitze, um diese Ungerechtigkeit des Schicksals gefasst zu ertragen

*

12. September 17..

Alles ist vorbei! Ich bin auf der Heimkehr nach England. Ich habe meine Hoffnungen auf Ruhm und Ehren begraben und habe meinen Freund verloren. Aber ich will dir noch schildern, wie das Letztere kam; und da mich die Winde wieder der Heimat zutragen und ich dich bald in meine Arme schließen werde, will ich nicht verzweifeln.

Am 9. September begann sich das Eis zu bewegen. Es hörte sich an wie fernes Donnern, als die mächtigen Schollen allenthalben barsten. Die Gefahr war groß. Da wir uns doch nur passiv verhalten konnten, widmete ich mich ganz meinem kranken Gast, der sichtlich dahinschwand und nicht mehr imstande war das Bett zu verlassen. Das Eis krachte auf allen Seiten und wurde mit unwiderstehlicher Gewalt nordwärts getrieben. Eine Westbrise machte sich auf und am 11. war die Passage nach Süden frei. Als die Matrosen dies bemerkten und wussten, dass nun der Heimkehr nichts mehr im Wege stünde, machte sich ihre Freude in einem lauten, langgezogenen Geschrei Luft. Frankenstein, der geschlummert hatte, erwachte und frug mich nach der Ursache dieses Lärms. »Sie jubeln«, antwortete ich, »weil sie nun bald wieder in England sein werden.«

»Kehren Sie also wirklich zurück?«

»Leider muss ich es. Ich konnte ihren Bitten nicht mehr widerstehen. Ich darf sie nicht gegen ihren Willen weiteren Gefahren und Mühsalen aussetzen.«

»Nun also, wenn Sie nicht anders wollen! Aber ich will nicht! Sie können Ihre Pläne aufgeben, aber die meinigen sind mir vom Himmel vorgezeichnet. Ich bin ganz schwach und elend, aber die Geister der Rache werden mir wieder Kraft verleihen.« Kaum hatte er das gesagt, bemühte er sich, das Bett zu verlassen. Jedoch sein Körper versagte und er brach ohnmächtig zusammen.

Es dauerte sehr lange, bis ich ihn wieder zum Leben zurückrufen konnte; manchmal meinte ich, es sei ohnehin schon zu Ende. Schließlich öffnete er seine Augen, atmete schwer und versuchte zu sprechen. Der Arzt gab ihm ein anregendes Medikament und ordnete an, dass der Kranke nicht gestört werden dürfe. Mir sagte er leise, dass dieses schwache Lebenslichtlein nur noch wenige Stunden zu flackern haben werde.

Als ich das wusste, blieb mir nichts anderes übrig, als mich in Trauer zu fügen. Ich setzte mich ans Bett und wachte über dem erlöschenden Leben. Die Augen des Kranken waren geschlossen und ich meinte, er schliefe; aber plötzlich bat er mich mit ganz schwacher Stimme, mich näher zu ihm niederzubeugen und begann: »Leider ist die Kraft, auf die ich mich verließ, nicht über mich gekommen. Ich fühle, dass ich bald sterben muss, und er, mein Peiniger, mein Feind, weilt noch auf Erden. Glauben Sie nicht, Walton, dass ich jetzt, in den letzten Stunden meines Daseins, noch diesen glühenden Hass, diese brennende Rachsucht empfinde, die mich bis vor Kurzem beseelten. Aber ich weiß, dass ich erst gerächt bin, wenn mein Feind auch tot ist. Diese paar Tage habe ich mein ganzes Verhalten noch einmal geprüft und finde nichts Tadelnswertes daran. In einem Rausch wissenschaftlichen Wahnsinns schuf ich ein wirkliches Wesen, und meine Pflicht wäre es gewesen, ihm so viel Glück zukommen zu lassen, als in meinen Kräften stand. Das war eine Pflicht; aber eine andere stand diametral gegenüber. Die Pflicht meinen Mitmenschen gegenüber. Von diesem Standpunkt aus habe ich mich geweigert, zu meinem ersten Geschöpf noch ein zweites zu schaffen, und ich tat wohl daran. Denn mein Feind war von ausgesuchter Tücke und Bosheit; er vernichtete alle meine Lieben; er hatte es sich vorgenommen, alle die Wesen zu töten, die mir nahestanden. Und es ist gar nicht abzusehen, wann seine Rache endlich gestillt sein wird. Er selbst war elend, und damit er andere nicht auch elend machen konnte, sollte er sterben. Ihn zu vernichten, war meine Aufgabe, aber ich bin ihr nicht gerecht geworden. Wenn ich allein von Egoismus und Rachsucht geleitet würde, müsste ich Sie anflehen, mein begonnenes Werk zu Ende zu führen; und nun, da mich nur die Vernunft und das Pflichtbewusstsein regieren, muss ich die gleiche Bitte an Sie stellen.«

»Ich kann ja nicht fordern, dass Sie, um meinen Wunsch zu erfüllen, Heimat und Freunde im Stich lassen, und da Sie nach England zurückkehren, besteht wenig Aussicht, dass Sie zufällig mit ihm zusammentreffen. Die Erwägungen darüber und die Beurteilung dessen, was Sie für Ihre Pflicht ansehen, muss ich Ihnen selbst überlassen. Mein Urteil und meine Ansichten sind schon von der Nähe des Todes beeinflusst. Ich darf Ihnen nicht sagen, was ich für das Richtige halte, denn meine Sinne sind vielleicht schon verwirrt.«

»Der Gedanke quält mich, dass er am Leben bleiben soll und allerlei Übeltaten begehen kann. Im Übrigen ist dieser Augenblick, da ich meine Auflösung kommen fühle, der schönste, den ich seit Jahren erlebe. Die Gestalten meiner Lieben stehen vor mir und ich beeile mich, in ihre Arme zu fliegen. Leben Sie wohl, Walton! Suchen Sie Ihr Glück in der Ruhe und lassen Sie sich nicht vom Ehrgeiz hinreißen; sei es auch nur der harmlose Ehrgeiz, mehr zu wissen und mehr entdeckt zu haben als andere. Aber wie komme ich dazu Sie zu warnen? Ich selbst bin an diesen Hoffnungen zu Grunde gegangen, mögen andere folgen.«

Seine Stimme war immer leiser und schwächer geworden; schließlich versank er erschöpft in Schweigen. Eine halbe Stunde später versuchte er noch einmal zu sprechen, aber es war unmöglich. Er drückte mir noch zärtlich die Hand und dann schlossen sich seine Augen für immer, während ein sanftes Lächeln über sein Gesicht huschte.

Margarete, wie soll ich dir schildern, was ich fühlte, als dieses Leben erlosch? Wie kann ich dir die Tiefe meines Grames begreiflich machen? Die Sprache ist zu arm dazu. Meine Tränen fließen und mein Gemüt ist bedrückt von Trauer. Aber der Gedanke tröstet mich, dass mein Kiel heimwärts zeigt.

Ich werde unterbrochen. Was bedeutet der Lärm? Es ist Mitternacht; eine leise Brise kräuselt die Wellen und reglos steht der Posten auf Deck. Dann eine menschliche Stimme, aber viel rauer als eine solche. Sie dringt aus der Kajüte, in der Frankensteins Irdisches ruht. Ich muss hinauf und sehen, was los ist.

Großer Gott! Welcher Anblick bot sich mir. Es schaudert mich, wenn ich daran denke. Ich werde es dir vielleicht gar nicht schildern können, aber die Geschichte wäre unvollständig, wollte ich dir die seltsame Schluss-Katastrophe vorenthalten.

Ich eilte in die Kajüte, wo mein armer Freund von seinem Erdenleid ausruhte. Über ihn gebeugt eine Gestalt! – Worte, sie zu beschreiben, finde ich nicht. Sie war gigantisch, aber missgestaltet. Über sein Gesicht hing langes, verwirrtes Haar; eine Hand hielt er gegen mich ausgestreckt, und diese war braun und runzelig wie die einer Mumie. Und dann sprang er schreiend zum Kajütenfenster. Niemals noch habe ich etwas auch nur Ähnliches an grauenhafter, widerlicher Scheußlichkeit gesehen, wie dieses Antlitz. Ich schloss unwillkürlich die Augen und besann mich, wie ich dem Ungeheuer am raschesten den Garaus machen könnte. Ich befahl ihm, stehen zu bleiben.

Er sah mich erstaunt an, dann wendete er sich, scheinbar ohne weiter von mir Notiz zu nehmen, dem Leichnam zu, und seine Züge und Gesten trugen den Ausdruck wildester Leidenschaft.

»Auch du bist mir zum Opfer gefallen!« schrie er. »Und mit deinem Tod ist die Reihe meiner Gräueltaten zu Ende; ich habe meine grausige Aufgabe erfüllt. O Frankenstein, du edles, hingebendes Geschöpf! Was hilft es, dass ich dich jetzt um Verzeihung bitte? Ich, der dich unerbittlich zu Grunde richtete, indem ich dir alles nahm, was dir ans Herz gewachsen war. Leider bist du nun tot und kannst mir nicht mehr antworten.«

Seine Stimme erstickte in Schluchzen, und meine anfängliche Absicht, den Wunsch meines sterbenden Freundes zu erfüllen, wich einem seltsamen Gefühl von Neugierde und Mitleid. Ich näherte mich dem Unglücklichen, aber ich wagte es nicht ihn anzusehen, so sehr hatte mich sein erster Anblick bestürzt und entsetzt. Ich versuchte zu sprechen, aber die Worte wollten mir nicht über die Lippen. Unterdessen erging sich der Dämon in schrecklichen, wilden Selbstvorwürfen. Schließlich aber zwang ich mich doch, ihn anzureden: »Eure Reue kommt zu spät! Hättet Ihr früher auf die Stimme des Gewissens gehört, statt in sinnloser, blutiger Rache zu schwelgen, dann wäre Frankenstein heute noch unter den Lebenden.«

»Bilden Sie sich ein, glauben Sie wirklich«, erwiderte das Ungeheuer, »dass ich nicht besseren Regungen zugänglich war? Er«, dabei deutete es auf den Toten, »er litt nicht so viel wie ich, nicht den zehntausendsten Teil davon. Aber es drängte mich unaufhaltsam vorwärts auf der eingeschlagenen Bahn, trotzdem mich die Gewissensbisse unsäglich peinigten. Glauben Sie, dass mir das Geröchel Clervals Musik war? Mein Herz war geschaffen für Liebe und Mitleid und es litt schwer darunter, dass ich von einem grausamen Schicksal dazu verdammt ward, meinen Weg durch Blut und Tränen zu gehen.«

»Nach dem Tod Clervals kehrte ich in die Schweiz zurück, gebrochen und elend. Ich bemitleidete Frankenstein, und dieses Mitleid wurde zum Entsetzen, zum Entsetzen über mich selbst. Aber als ich bemerkte, dass er, der Urheber meines Lebens und damit meiner unbeschreiblichen Leiden, es wagte, an Erdenglück zu denken; dass er, der Schmerz und Verzweiflung über mich gebracht hatte, nun daran ging, Liebe und Seligkeiten zu genießen, die mir auf ewig versagt waren, da ergriff mich von neuem grimmiger Hass und brennender Rachedurst. Ich erinnerte mich meiner Drohung und beschloss, sie auch wahrzumachen. Ich wusste, dass ich mir selbst wieder neue Qualen schuf; aber ich war der Sklave meiner Leidenschaft, die ich selbst verabscheute, der ich aber gehorchen musste. Wie, wenn sie stürbe, dann wäre mein Durst gestillt! Ich hatte alles Mitleid vergessen, ich unterdrückte meine Angst, um ganz in der Grausamkeit meiner Verzweiflung schwelgen zu können. Und von da an machte mir das Grausame Freude. Nachdem ich einmal so weit war, gab ich mich willenlos der Leidenschaft hin. Die Erfüllung meiner teuflischen Bestimmung ward mir eine Genugtuung. Und nun ist es zu Ende; hier liegt mein letztes Opfer.«

Zuerst rührten mich diese Ausbrüche seiner Reue, diese Schilderungen seines Elends; aber dann erinnerte ich mich dessen, was Frankenstein von der Beredsamkeit und dem bestechenden Wesen des Dämons mir gesagt hatte. Und als meine Blicke auf die irdischen Reste meines Freundes fielen, ergriff mich Groll und Hass. »Verfluchter«, sagte ich, »nun kommt Ihr und klagt über das Unheil, das Ihr angerichtet. Ihr habt eine brennende Fackel in das Haus geworfen, und nun sitzt Ihr auf den Trümmern und weint über die Zerstörung. Heuchlerischer Teufel! Wenn dieser hier wieder aufstünde, so würde er von Neuem das Ziel Eurer grausamen Rachsucht sein. Es ist nicht Mitleid, was Ihr fühlt; Ihr jammert nur darüber, dass Euch Euer Opfer aus den Krallen geglitten ist.«

»Nein, nein – so ist es nicht, wenn auch der Augenschein gegen mich spricht. Ich erhoffe mir jetzt keine Genossin mehr in meinem Elend, und Liebe wird mir nimmermehr zuteil werden. Ja, als ich noch gut war, sehnte ich mich danach, dadurch glücklich zu werden, dass ich selber glücklich machte. Aber mit der Güte ist es vorbei und die Hoffnung auf Glück hat sich in bittere Verzweiflung gewandelt, in der ich keines Mitgefühls mehr bedarf. Ich bin zufrieden, wenn ich mein Leid allein tragen kann; lange wird es ja ohnehin nicht mehr dauern. Einst schwoll mein Herz in stolzen Hoffnungen von Ruhm, Ehre und Freude. Ich war so töricht zu glauben, dass ich Wesen finden könnte, die, über meine äußerliche Hässlichkeit hinwegsehend, das Gute lieben würden, das ohne Zweifel in mir wohnte. Aus den lichten Höhen ward ich herabgestützt und das Verbrechen hat mich zum Tier gemacht. Keine Schuld, keine Missetat, keine Bosheit, keine Schlechtigkeit, die ich mir nicht zu eigen gemacht hätte. Wenn ich das grässliche Register meiner Verbrechen im Geiste aufrolle, kann ich mich selbst nicht mehr erkennen. Aber es ist eben so: gefallene Engel werden zu Teufeln. Nur hat der Erzfeind Gottes und der Menschen Genossen seiner Schmach – und ich bin allein.«

»Sie, der Sie Frankenstein Ihren Freund nannten, scheinen über sein Unglück und meine Übeltaten unterrichtet zu sein. Aber mochte er Ihnen alles noch so eingehend erzählen, über die qualerfüllten Stunden, Tage und Monate, die ich durchleben musste, gab er Ihnen wahrscheinlich ebenso wenig Rechenschaft, wie sich selbst. Denn während ich sein Glück, seine Hoffnungen eine nach der anderen vernichtete, blieben meine eigenen Wünsche unbefriedigt. Sie brannten noch lichterloh in mir; immer noch sehnte ich mich nach einer Genossin, nach Liebe und Freundschaft. Lag darin nicht eine grausame Ungerechtigkeit? Warum bin ich der einzige Schuldige, da doch alle sich an mir versündigten? Warum hassen Sie denn nicht Felix, der den Armen mit Schlägen von seiner Schwelle vertrieb? Warum suchen Sie nicht den Bauern, der den Retter seines Kindes mit der Mordwaffe schwer verwundete? Nein, das sind reine, edle, makellose Wesen, und ich, der Unglückliche, Verlassene, bin eine Missgeburt, die man stoßen und schlagen und treten darf. Noch heute kocht mein Blut, wenn ich dieser Ungerechtigkeit, dieser Schmach gedenke.«

»Ich weiß, ich bin ein Verbrecher. Ich habe liebliches, unschuldiges Leben hingemordet; ich habe die harmlosen Menschen gewürgt, während sie schliefen, und ihnen die Kehle zugedrückt, dass sie starben; und sie hatten doch weder mir noch anderen ein Leid getan. Ich hatte mir geschworen, meinen Schöpfer, eine Zier seines Geschlechtes, einen lieben, anbetungswürdigen Menschen, dem Verderben zu weihen; ich habe ihn verfolgt bis an die Pforten des Todes. Hier liegt er nun, bleich und kalt und starr. Sie hassen mich, aber Ihr Hass, Ihr Abscheu kann lange nicht mit dem verglichen werden, den ich selbst gegen mich empfinde. Ich sehe die Hände an, die das Verruchte getan; ich höre das Herz klopfen, in dessen Tiefen die grausamen Pläne reiften, und ich sehne mich nach der Zeit, da diese Augen nicht mehr die blutigen Hände sehen und die düstern Gedanken schlafen gegangen sein werden.«

»Seien Sie unbesorgt; ich werde nicht länger mehr ein Werkzeug des Bösen sein. Meine Aufgabe ist nahezu vollendet. Weder Ihr Leben noch das eines anderen Menschen brauche ich mehr, um den Ring meiner Verbrechen zu schließen. Mein eigens Leben ist es, das zum Opfer fallen muss. Glauben Sie auch nicht, dass ich noch lange damit warten werde. Ich werde Ihr Schiff verlassen und mich auf meinem Schlitten dahin begeben, wo der Pol ins eisige Weltall hinausragt. Dort will ich mir aus den Trümmern meines Schlittens und aus angespülten Schiffsplanken einen Scheiterhaufen bauen und diesen elenden Leib verbrennen zu Asche, sodass kein sterbliches Auge mich mehr sieht; dass kein Verwegener aus meinen Überresten erraten kann, wie man solche Wesen schafft, wie ich eines bin. Ich werde sterben und frei werden von den namenlosen Qualen, die mir auf Erden beschieden waren. Auch er ist tot, der mich ins Leben rief, und dann wird die Erinnerung an uns bald erloschen sein. Nicht länger mehr darf ich in die Sonne und in die funkelnden Sterne schauen, nicht länger mehr den Hauch des Windes um die Wangen säuseln lassen. Licht, Gefühl und Denken werden dahinschwinden, und dieser Zustand des Nichtmehrseins ist meine Hoffnung. Vor einigen Jahren noch, als sich mir die Augen öffneten für die Schönheiten dieser Welt, als ich den wärmenden Strahl der Sommersonne empfand, das Rauschen der Blätter und das Singen der Vöglein vernahm, da wäre ich nur mit Schmerzen geschieden. Heute ist der Tod mein einziger Trost. Befleckt mit verabscheuungswürdigen Verbrechen, gepeitscht von wahnsinnigen Gewissensbissen, finde ich nirgends anders Ruhe.«

»Leben Sie wohl! Ich gehe von Ihnen, und Sie sind das letzte Menschenwesen, auf dem meine Augen ruhten. Schlafe sanft, Frankenstein. Wärest du noch am Leben und möchtest mich in deiner Rachsucht am bittersten quälen, dann gingest du an mir vorüber, ohne mich zu töten. Aber du wusstest nicht, dass du mir damit eine Wohltat erwiesen hättest. Du warst verflucht, aber die größeren Leiden hatte ich zu tragen; denn die Reue nagt an meinem Herzen und wird nicht eher ruhen, als bis dieses zu schlagen aufgehört hat.«

»Aber bald«, rief er mit feierlichem, ernsten Ton, »werde ich tot sein und das, was ich empfand, nicht mehr länger empfinden müssen. Und dann ist es vorbei mit diesen entsetzlichen Qualen. Jubelnd werde ich meinen Scheiterhaufen besteigen und mich freuen an den lodernden Flammen, die mich umzüngeln. Und die Flamme wird in sich zusammenbrechen und der brausende, frische Wind wird meine Asche weithin über das endlose Meer tragen. Ich werde Frieden finden; und wenn mein Geist noch weiter lebt und denkt, dann werden es andere Gedanken sein als die, die mir das Erdenleben verbittert haben. Lebt wohl!«

Rasch sprang er aus dem Fenster der Kajüte in den Kahn, der längsseits am Schiff befestigt war. Die Wogen trugen ihn davon, immer weiter und weiter, bis er in der Dämmerung verschwand.

— ENDE —

Mary Shelleys Begleitwort

Die Herausgeber der ›Meisternovellen‹ haben mich vor Veröffentlichung meines ›Frankenstein‹ gebeten, ihnen einiges über dessen Entstehung zu berichten. Ich entspreche diesem Wunsche um so lieber, als mir dadurch Gelegenheit geboten ist, allgemein die so häufig an mich gerichtete Frage zu beantworten, wie ich als Frau dazu käme, einen so entsetzlichen Stoff zu erdenken und zu bearbeiten. Ich stelle mich ja allerdings nicht gern in den Vordergrund; aber da diese Erklärung mehr oder minder nur ein Anhang zu meinem Werke ist und ich mich nur auf das beschränken werde, was unbedingt mit meiner Autorschaft zusammenhängt, kann man mir kaum persönliche Eitelkeit zum Vorwurf machen.

Es ist meines Erachtens nichts Außerordentliches, dass ich, als Kind zweier literarischer Berühmtheiten, ziemlich früh im Leben am Schreiben Gefallen fand. Schon als ganz kleines Mädchen wusste ich mir keinen besseren Zeitvertreib als das ›Geschichtenschreiben‹. Bis ich allerdings noch ein schöneres Vergnügen fand, das Bauen von Luftschlössern, das Versenken in Wachträume, das Verfolgen von Gedankenreihen, die sich aus erfundenen Ereignissen ergaben. Meine Träume waren auf alle Fälle schöner und phantastischer als das, was ich niederschrieb. Denn beim Schreiben folgte ich mehr den Spuren anderer, als dass ich meine eigenen Gedanken wiedergab. Ich machte mich selbst nie zur Heldin meiner Erzählungen. Denn das Leben erschien mir in Bezug auf mich selbst als nichts Romantisches und ich konnte mir nicht vorstellen, dass außergewöhnliche Leiden oder merkwürdige Ereignisse in meinem Dasein eine Rolle spielen sollten. Und so konnte ich in meiner Phantasie Geschöpfe entstehen lassen, die mir damals weit interessanter waren als meine eigenen Gefühle.

Dann aber wurde mein Leben ereignisreicher und die Wahrheit trat an die Stelle der Dichtung. Allerdings war mein Mann ängstlich darauf bedacht, dass ich meiner literarischen Abstammung Ehre mache und selbst zu einer Berühmtheit werde. Er erregte in mir den Wunsch, einen literarischen Ruf zu erringen; ein Ziel, gegen das ich heute vollkommen gleichgültig geworden bin.

Im Sommer 1816 bereisten wir die Schweiz und ließen uns in der Nähe Lord Byrons nieder. Wir verbrachten mit ihm herrliche Stunden auf dem See oder an dessen Ufern. Der einzige unter uns, der seine Gedanken schriftlich niederlegte, war Lord Byron. Er hatte eben den dritten Gesang seines ›*Childe Harold*‹ in Arbeit. Diese Verse, die er uns nach und nach zu Gehör brachte, schienen uns ein Ausfluss all der uns umgebenden Naturschönheit, verklärt durch den Glanz und den Wohllaut seiner Kunst.

Ein feuchter, unfreundlicher Sommer fesselte uns viel ans Haus. Da fielen uns gelegentlich einige Bände deutscher Gespenstergeschichten in die Hände.

»Wir wollen alle eine Gespenstergeschichte schreiben«, schlug da Lord Byron vor, und alle stimmten wir diesem Vorschlag bei. Wir waren unser Drei. Der Urheber des Gedankens begann eine Geschichte, von der er ein Fragment am Schluss seines ›Mazeppa‹[8] verwendete. Shelley, der es besser verstand, Gedanken und Gefühle in die schönsten, glänzendsten Verse zu bringen, die unsere Sprache kennt, als eine Geschichte zu erfinden, erzählte ein Jugenderlebnis.

Ich selbst gab mir Mühe, eine Geschichte zu erdenken, die es mit den von uns gelesenen aufnehmen könne. Eine Geschichte, die das tiefste Entsetzen im Leser hervorrufen, das Blut stocken und das Herz heftiger klopfen lassen sollte.

Oft und lange diskutierten Lord Byron und Shelley, während ich als bescheidene aber aufmerksame Zuhörerin dabeisaß. Eine der philosophischen Hauptfragen, die diskutiert wurden, war die nach dem Ursprung des Lebens und ob es je möglich sei, ihm auf den Grund zu kommen. Man besprach die Experimente Darwins. Es handelt sich für mich nicht darum, dass der Gelehrte diese Experimente wirklich vornahm, sondern um das, was darüber gesprochen wurde. Darwin hatte in einer Glasdose ein Stückchen Maccaroni aufbewahrt, das dann aus irgendwelchen Ursachen willkürliche Bewegungen zu machen schien. Jedenfalls glaubte ich nicht, dass auf diesem Wege Leben erzeugt werden könne. Aber vielleicht wäre es denkbar, einen Leichnam wieder zu beleben, was ja auf galvanischem Wege bereits geschehen ist, oder die Bestandteile eines Lebewesens zusammenzufügen und ihm lebendigen Odem einzuhauchen.

Unter diesen Gesprächen wurde es tiefe Nacht. Als ich mein Haupt auf die Kissen bettete, konnte ich nicht einschlafen; ein halbschlummerndes Nachsinnen bemächtigte sich meiner. Phantastische Bilder tauchten ungebeten vor mir auf und erreichten einen selten hohen Grad von

---

[8] *Mazeppa: Dramatisches Gedicht in 20 Gesängen von Lord Byron*

Lebendigkeit. Ich sah mit geschlossenen Augen den bleichen Jünger der schrecklichen Wissenschaft vor dem Dinge knien, das er geschaffen. Ich sah das schreckliche Zerrbild eines Menschen ausgestreckt daliegen und dann sich plump, maschinenmäßig regen. Furchtbar müsste es auf den Menschen wirken, wenn es ihm gelänge, den Schöpfer in seinem wunderbaren Wirken nachzuahmen. Der Erfolg müsste den Künstler aufs Tiefste erschrecken, sodass er entsetzt der Stätte seiner Arbeit entflieht. Er müsste hoffen, dass der schwache Lebensfunke, den er entzündet, sich selbst überlassen, wieder erlösche; dass das Ding, dem er eine Art Leben eingehaucht, wieder in die Materie zurücksinke; und er müsste einschlafen in dem Gedanken, dass das Grab sich wieder schlösse über dem hässlichen Leib, den er als Triumph des Lebens bisher betrachtet hatte. Er schläft, aber nicht tief; er öffnet plötzlich die Augen – an seinem Bett steht das Ungeheuer, hält die Vorhänge auseinander und starrt auf ihn mit seinen gelben, wässerigen, aber aufmerksamen Augen.

Auch ich öffnete erschreckt die Lider. Die Idee hatte mich derart gefangengenommen, dass es mich eiskalt überlief und ich vergebens mich bemühte, das gespenstische Bild meiner Phantasie wieder mit der Wirklichkeit zu vertauschen. Ich erinnere mich noch heute ganz genau an das dunkle Zimmer mit seiner Täfelung, auf der sich durch die geschlossenen Gardinen fahl das Licht des Mondes spiegelte. Ich wusste, dass draußen spiegelglatt der See lag und die Alpen ihre Häupter starr zum Himmel erhoben; aber trotzdem konnte ich meines Phantasiegebildes nicht ledig werden. Ich musste versuchen an Anderes zu denken. Da fiel mir meine Gespenstergeschichte ein, meine unglückselige Gespenstergeschichte! Oh könnte ich doch eine erfinden, die meine Leser ebenso erschüttern würde wie mich das Gesicht jener Nacht!

Wie ein Licht flammte es in mir auf. Ich habe sie! Was mich erschreckte, soll auch andere erschrecken. Ich habe nur den unheimlichen Halbtraum jener Nacht zu beschreiben.

Anfangs dachte ich daran, nur eine kurze Erzählung zu schreiben. Aber dann fesselte die Idee mich so stark, dass ich sie weiter ausgesponnen habe. Und nun, du unheimliches Kind meiner Muse, gehe hinaus und wirb dir Freunde!

London, 15. Oktober 1831 – M. W. S.